舞在桥上

跨文化相遇与对话

鲁进 〔法〕魏明德（Benoît Vermander） 著

北京大学出版社
PEKING UNIVERSITY PRESS

图书在版编目(CIP)数据

舞在桥上：跨文化相遇与对话 / 鲁进，（法）魏明德（Benoît Vermander）著. —北京：北京大学出版社，2016.8
　　ISBN 978-7-301-27376-0

　　Ⅰ.①舞…　Ⅱ.①鲁…②魏…　Ⅲ.①世界文学－文学评论　Ⅳ.①I106

中国版本图书馆CIP数据核字（2016）第186546号

书　　名	舞在桥上——跨文化相遇与对话 WU ZAI QIAO SHANG
著作责任者	鲁　进　〔法〕魏明德（Benoît Vermander） 著
责任编辑	张雅秋
标准书号	ISBN 978-7-301-27376-0
出版发行	北京大学出版社
地　　址	北京市海淀区成府路205号　100871
网　　址	http://www.pup.cn　新浪微博：@北京大学出版社
电子信箱	pkuwsz@126.com
电　　话	邮购部 62752015　发行部 62750672　编辑部 62757065
印刷者	北京中科印刷有限公司
经销者	新华书店 880毫米×1230毫米　16开本　17.75印张　230千字 2016年8月第1版　2016年8月第1次印刷
定　　价	45.00元

未经许可，不得以任何方式复制或抄袭本书之部分或全部内容。
版权所有，侵权必究
举报电话：010-62752024　电子信箱：fd@pup.pku.edu.cn
图书如有印装质量问题，请与出版部联系，电话：010-62756370

目录

序言 / 费振刚 _1

作者自序 / 鲁进　〔法〕魏明德（Benoît Vermander）_15

心路：从故乡到他乡

对话，
从寂寞深处开始

寂寞：漫游者的园地 / 鲁 进 _3

舞在桥上 / 魏明德 _6

童年的梦想

遐想何仙姑 / 鲁 进 _10

树端的世界 / 魏明德 _12

梦的洞口 / 魏明德 _15

故乡的小路，
通向世界的大道

梦之源 / 鲁 进 _17

女伯爵古堡的栅栏门 / 魏明德 _19

i

舞在桥上

从我这里到你那里	记忆的空间 / 鲁 进 _22 起　站 / 魏明德 _27 比利牛斯山与嘉义梅山 / 魏明德 _28
在他乡找到故乡	卢瓦河边的古城 / 鲁 进 _30 我的驿站 / 魏明德 _33 一盏声音的灯 / 魏明德 _34
跨语言的心灵世界	穿越在多种语言之中 / 鲁 进 _39 摇荡在轻雾与阳光之间 / 魏明德 _43 母语与外语 / 魏明德 _45
最深层的道路， 是生命的灵性之路	山泉奏鸣曲 / 鲁 进 _48 我想出生 / 魏明德 _49 智慧的夜光 / 魏明德 _50

漫游世界的亲历与思索

异乡的接纳	我的美国恩师 / 鲁 进 _53 我的应许地 / 魏明德 _58 读书或工作？——不断更新的抉择 　　　　　　　　/ 魏明德（瞿彦青译）_61

进入你的文化	法国高师生活散记 / 鲁 进 _63 我的画室 / 魏明德 _69
人生如戏， 戏如人生	我在美国演话剧 / 鲁 进 _72 我的环台梦 / 魏明德 _74
观察者的目光	目光：跨文化的解读 / 鲁 进 _77 你的面容 / 魏明德 _81 你的背影 / 魏明德 _83 摄影的重量 / 魏明德（谢静雯译）_84
穿透斑斓的表象	海阔天空话浪漫 / 鲁 进 _86 心灵的计算机 / 魏明德（何丽霞译）_89
选择的困境	圣诞老人的故事 / 鲁 进 _93 "人生大学"的终生学分 / 魏明德（陈雨君译）_97
寻求和谐的世界	布列塔尼的薄饼店 / 鲁 进 _99 海格立斯与七头蛇——思索人类生存七大危机 / 魏明德（沈秀臻译）_102

面对差异	难以调和的差异：法国与美国文化解析 ／鲁 进_110 失去·重生·所罗门群岛 ／魏明德（谢静雯译）_114
花园、梦想与慰藉	我的花园／鲁 进_122 园林和苦海／魏明德（林天宝译）_124
苦与美的体验	从知青歌到芝加哥《岁月甘泉》合唱组歌 ／鲁 进_126 走过生死间／魏明德_130 呼吸着诗意／魏明德（谢静雯译）_133
没有中心的世界	散点透视异国情调／鲁 进_135 冬日城市，一个漫游者在欧洲 ／魏明德（张令憙译）_137

跨文化的相遇和随想

悠远的对话	马若瑟为什么翻译了《赵氏孤儿》／鲁 进_143 郎世宁的和睦骏马／魏明德_149 没有徐光启，就没有利玛窦 ／魏明德（沈秀臻译）_151

诗意与冥想	安德烈·谢尼耶与中国诗歌 / 鲁 进 _153 专注——天赐的礼物 / 魏明德（瞿彦青译）_157
跨文化的美学思索	昆德拉与 18 世纪法国文学传统 / 鲁 进 _159 心灵的美感殿堂 / 魏明德 _164 宝塔与大楼 / 魏明德 _169
边缘的空间	法国华裔女作家山飒小说的叙述角度 / 鲁 进 _171 嘉义竹林女巫 / 魏明德 _174
流动的身份	未完成的杰作：《玛丽安娜的一生》 / 鲁 进 _179 双极北极熊 / 魏明德 _184 阿里山新传说 / 魏明德 _189
变成自己， 相遇超越时空	马利沃与伏尔泰：穿越世纪的竞争 / 鲁 进 _193 变成你自己 / 魏明德 _197
在深思中进步	"臃肿"的伏尔泰 / 鲁 进 _204 启动进步的一星烛火 / 魏明德（张令憙译）_207 在进步与退步之间 / 魏明德（杨子颉译）_208
在思想的牧场上	矛盾的遗产：卢梭与革命 / 鲁 进 _210 放胆思考 / 魏明德 _213

心灵的记忆	昆德拉与往事 / 鲁 进 _219 心灵的体操 / 魏明德 _221 旅程的延伸 / 魏明德 _222
漂流的伤痕	失去的照片 / 鲁 进 _224 手　腕 / 魏明德 _226
身无所居	法语区域文学的困境与超越 / 鲁 进 _228 未完成的印记 / 魏明德 _231
概念的张力	时代的理想人格：18 世纪法国哲学家 / 鲁 进 _233 智慧与启示 / 魏明德（鲁进译）_236
终极的思索	幸福的作家孟德斯鸠 / 鲁 进 _241 海洋的感觉 / 魏明德（张令誉译）_244 美丽与崇高 / 魏明德（谢静雯译）_245
灵与美的合一	美的显现 / 鲁 进 _247 追随自由的风 / 魏明德 _252

序 言

费振刚

  2013年元旦后不久，鲁进通过我的大女儿燕梅给我发来了她编辑的一本文集的初稿。她是这本文集的两位作者之一。鲁进与燕梅1981年同时考入北京大学西语系法语专业，又被分配到同一个宿舍，同学兼室友，关系很是亲密。那时，她曾到过我家，在北大校园也会偶然相遇，印象中，她是聪颖灵秀的女孩。大学毕业后，我没有再见她，只偶尔在与燕梅闲谈北大的一些旧事时，断续知道她的一些消息。大学毕业后，鲁进没有像有些人那样匆匆走出中国，而是在中国取得了北京大学与法国巴黎三大联合培养的法国文学硕士学位，然后去美国，于1995年在波士顿学院取得了法国文学博士学位，其间又被派往法国巴黎高师留学。从2000年起她已经是美国普渡大学西北分校法国语言文学终身教授了，2005年升为正教授。她的著作涉及18世纪法国文学和思想史、宗教与启蒙、跨语言法语文学和跨文化研究。因为书稿的事，我与鲁进有了电话的直接联系，电话中她的话音清脆明晰、流利顺畅，让我联想到的是在未名湖畔匆匆行走、在图书馆专心读书的小姑娘。而我无法想象，在研究室中，沉潜于学术研究中的鲁进，以及在教室讲课时，在白皮肤、黑皮肤、黄皮肤的学生眼中的鲁进，是怎样的一个形象？这本文集的另一位作者是我从未谋面的法国文化学者魏明德先生。看书稿、听鲁进的介绍，知道他出生于北非的阿尔及尔，出生不久即回法国，从阿尔卑斯山到巴黎市郊。大学毕业后，他分别取得美国耶鲁大学政治学硕士学位和法国巴黎政治大学哲学博士学位；又分别在中国台湾辅仁大学

舞在桥上

神学院取得神学硕士学位和在法国耶稣会学院取得神学博士学位。上个世纪90年代初，魏先生到过中国台湾和大陆的许多地方，他以台湾和四川为自己的"应许地"，在那里长期居住并从事田野调查。1996年起任台北利氏学社主任，现任复旦大学宗教系教授、徐光启—利玛窦文明对话研究中心学术主任。

从二位的经历看，他们出生于不同的国家，但成年以后大部分时光是在异国他乡度过的。在这一过程中，时间、次序虽然不同，但他们走的大致是同一条路线，对沿途的文化有着同样的体验。他们又同样走到了对方出生的国家，并都在那里做了长时间的停留、深入细致的耕耘，作为文化学者，因而他们拥有了对对方国家文化一定的话语权。他们相遇于2012年10月，那时他们都出席了在加拿大魁北克拉瓦尔大学召开的"传教士、萨满与中国、西方及土著社会文化交流"国际研讨会。随着会上讨论、会下交谈以及会后通信的深入交往，他们发现双方不仅在不同的时段曾经生活在同一国家，而且因为走到了对方出生的国家，他们更学会了用对方的语言思考和写作。在异国他乡的长期游走中，他们有研究对方哲学、历史、文学艺术的系列学术论文和专著发表。这些论文和专著，作为研究成果，着重于理性思维，也渗透了他们在异国他乡游走的观察和领悟。与此同时，他们也有诸如散文、随笔、诗歌等文学作品，表达他们对游走中具体场景的感受和观察，以及他们面对现实、人生，面对历史、社会，以及面对学术研究的一些思考和认识。作为文学的写作，这些作品更多的是感性思维，虽也反映了作者学术研究的方向和重点，但主要是作者对游走过程中具体情景的描述，会引来人们更多的目光，他们的思考和认识，也会引发更多人的共鸣。他们已相遇，且分享阅读这些作品的快乐。他们就决定将这类作品选编成这本文集，想借助这本文集与更多的人们相遇，分享快乐。"伐木丁丁，鸟鸣嘤嘤。——嘤其鸣矣，求其友声。——神之听之，终和且平。"(《诗经·小雅·伐木》)鲁进让我知道了编辑这本文集的过程、用意，并让我在书出版之前，阅读了文集的全部作品，作为一个年近八十的老人，在这里与二位作者相遇；书出版后也会在这里与读者相遇，录《诗经·小雅·鹿鸣》首章，表达我的心声并向二位作者，也向未来的广大读者表示谢意！

由于研究方向的不同，以及上个世纪以来意识形态纷争所造成的隔阂，我对于鲁进在她所涉及的研究领域所达到的深度、广度和特点，都不能评判。读过这本文集中她的作品，我觉得我还有些话要说，虽然不一定专业，但也许与专业有关，有助于理解她研究的特点。我想这也是跨文化交流、研究的应有之义。

《寂寞：漫游者的园地》，这是她"从故乡到他乡"的第一篇文章，主题是关于跨文化的思考，但作者却选择了这样的开头：一天，她下班开车回家的路上，从车窗向外望去，一边夕阳西下，一边一轮明月正在升起，她想起了张九龄的名句："海上生明月，天涯共此时。"接着她写道：

> 我大概就是那么一个喜欢自讨苦吃的人，细想又觉得不对。中国的古人没有想到，尽管世人拥有同一个月亮，地球另一边的人，不可能和自己同时看到。古人对着月亮已经发出了无数感慨：望月怀古，月下思亲，举杯邀月，明月寄愁，春江月出，边关夜月，似乎能说的都说尽了，但现代人的怀想，比他们更无奈，更寂寞，你会走得那么远，不但有空间的距离，还增添了时间的错位，以至于不能拿"共此时"这种话来安慰自己。

这样的情景，中国成千上万的海外游子都曾遭遇过，但你有没有过鲁进这样的联想？现在你读过鲁进的解读，你是否有孟子"先得吾心"的感觉呢？它是否引起了你阅读作者所写的文章的愿望呢？

我们的前辈学者中有不少人不仅学贯中西，而且会多种语言（包括方言），例如赵元任先生，据说他在中国各地调查方言，到一个地方，用不了几天，他就可以用当地的方言与当地人进行交流；再如钱锺书先生，他的《管锥编》，除了广泛引用中国（汉语）文献，还引用了西方多种语言的文献，而译文大都是他自己翻译的（其中有的是中国还没有人翻译过，有的是有中文译本，但他对译文不满意而不采用）。我一直想知道他们是如何学习这么多种语言及实际运用的过程，但没有找到这方面资料。而《穿越在多种语言之中》一文则让我知道了鲁进的"跨语言的心灵世界"，也知道了她如何驾驭语言之舟作时间和空间的穿越，"在他乡找到了故乡"。文中叙述在一次集会中，她同家乡人说家乡话，同北京人说普通话，因而得到了北京人的赞扬，说她的中文讲得真不错！下面是她的说明：

> 我生长在中国，这样的恭维多么奇怪！北京人解释说，他见过不少像我一样定居国外的人，他们讲中文时都不大流利了，甚至时常夹带英文词，很让人别扭。我告诉他，在美国和那里的华人说话时，我也会夹带英文词，因为那属于我们生活的环境，但是在中国我不会，因为环境和对象都不同。再说，即使夹带外文，对我来说也未必是英文，还有在我思想、工作和生活中都很重要的法文，甚至有正在学习的西班牙文。如果我把它们都混在一起，别人能不能听懂先不说，自己就该去精神病院了。

多么幽默风趣！这一席话，既气定神闲，表现了她运用多种语言游走四方的自信，又含蓄委婉，表现了她对自己母语和他人母语的尊重，让我笑中有泪，很是感动。

就这样鲁进带着她的自信和尊重，走入了他乡，走进了对方的世界，经过悉心培育和深入耕耘，在无数次的相遇和对话中，形成了自己多方面的成果。它应该主要体现在她的学术论文和著作中。在这个文集中鲁进的作品，我以为更突出地表现了她在文学、历史研究、文化考察、思考上跨文化的广阔视野、新颖奇特的视角和犀利流畅、深入浅出的论述风格，每读一篇都让我受益匪浅。

《目光：跨文化的解读》是鲁进针对朱自清先生在他的著名散文《白种人——上帝的骄子》中所表达的认识的探讨。《白种人——上帝的骄子》说的是朱先生自己在上海坐电车时，看见一个十一二岁长着金黄色长睫毛蓝眼睛的西洋小孩和父亲在一起，引起了朱先生"长久的注意"。这个西洋小孩最初让他"自由的看"，但临下车前，突然伸过脸恶狠狠地瞪着朱先生。这场冲突中，谁也没有说过一句话，一切都在目光中进行。朱先生认为小孩的目光里有话，说的是："黄种人，黄种的支那人，你——你看吧！你配看我！"他认定小孩是因为人种和国家优势，在欺负黄皮肤的中国人。鲁进在她的文章中对西洋小孩的目光提出了另一种解读：

> 这件事的当事者只有朱先生和那个小孩。我们知道朱先生是怎么想的，但不能确定小孩到底有什么思想活动。当然，种族歧视不但在1925年相当普遍，到今天也还远远没有绝迹。但是，在各种不同的因素中，恐怕有一种我们未必能够完全排除：根据自己国家的礼节和习俗，那个小孩认为陌生人盯着自己看是很不礼貌的，对自己是一种冒犯。

接着鲁进用自己在游走他乡过程中的观察以及和外乡人交往中的体验，对她的解读做了翔实具体的论证，我以为是有说服力的。它不仅纠正了当年朱先生的误读，而且在今天还具有一定的指导意义。改革开放，中国人在自己的国家接待较之1925年更多的外国人，中国也有更多的人到外国去读书、工作、旅游。双方在交往中，又因为目光乃至笑脸相接，产生了不少误读而相互指责，时不时地见于不同的媒体上。我相信鲁进的这篇文章有助于消弭这些误读，而促进各国人民的友好交流。与

舞在桥上

这一篇类似的写作者通过自己观察、体验，看不同民族、不同国家人们对同一事物的不同解读的，还有《海阔天空话浪漫》《难以调和的差异》《散点透视异国情调》等，读起来饶有兴趣，也让我长了不少见识。鲁进的学术随笔，如《马若瑟为什么翻译了〈赵氏孤儿〉》《安德烈·谢尼耶与中国诗歌》《昆德拉与18世纪法国文学传统》《马利沃与伏尔泰：穿越世纪的竞争》《矛盾的遗产：卢梭与革命》《时代的理想人格：18世纪法国哲学家》《幸福的作家孟德斯鸠》等，从题目就可以知道文章的内容，我也借此了解鲁进学术研究的广度和深度，以及她学术继承和突破的用心。对此相信读者诸君会有各样的解读，不消我在这里费词了。

这本文集的结构是在每一个小标题下，两个作者的文章穿插推进，并不完全是一人一篇，而是根据文章的长短和节奏，有时会用两篇对一篇，文体也并不一定一样。之所以如此，我认为与二位作者出版这本文集的初衷有关。在相遇对话、交换文章的过程中，他们发现对话和文章中有他们相同的体验和认知。而他们决定共同出版这本文集时，这些体验和认知就成了文集的名字和各类标题，作成了文集的架构，二位作者从他们已发表或待发表的作品中挑选出来一部分充实其间，成了文集的血肉。我相信收入文集中的作品大部分是他们相遇以前写作的，而不可能是在有了文集的架构后的"命题作文"。但这样的"穿插推进"却起到了相互映衬的作用，凸现了主题，如"异乡的接纳"标题下，一方是《我的美国恩师》，另一方是《我的应许地》；在"寻求和谐的世界"标题下，一方是《布列塔尼的薄饼店》，另一方是《海格立斯与七头蛇——思索人类生存的七大危机》；在"悠远的对话"标题下，一方是《马若瑟为什么翻译了〈赵氏孤儿〉》，另一方是《朗世宁的和睦骏马》《没有徐光启就没有利玛窦》，等等。鲁进说过她与魏先生"曾经在不同的时间生活在同一个国家，说不定可能永远不相遇，但是一旦相遇，就会有深刻的交流"，"体会到对话和分享之乐"。他们出版这本文集就是要通过它扩大这种相遇和对话，与更多的人分享这样的快乐。

本来根据文集的构想，似乎在上面我说完鲁进一篇文章的体会后，应该接着说对在同一标题下的魏先生文章的体会，但我没有这样做，原因有二：一、我嘴笨笔拙，怕不能用简洁的文字说清楚，说多了，喧宾夺主，会影响了我对读鲁进文章体会的表达；二、更重要的是：文集这样安排的用意，作者没有说，不同的读者也会各有各的理解，我不必强作聪明，去误导读者。下面我就说一说我读魏先生文章的体会。先要声明的是：由于接受教育的背景不同，特别是我的老师游国恩、季镇淮先生的影响，我的学术道路在中年以后走的是"形而下"的路线，思维的方式接近于儒家。因而我读魏先生的文章会有一定"陌生感"，就如我年轻时读老庄文章的感觉，我把这些理解为老庄描述事物、阐释事理与儒家不同，走的是"形而上"的路线，有高远、空旷、神秘的特点。魏先生的有些文章我的确一时无法找到理解的切入点。但在读过文集中魏先生的全部文章，并了解了他的一些经历后，我也从他的文章中受到启发，得到教益。

魏先生的文章风格与鲁进的不同，鲁进的文章多从具体的事情入手，通过具体的描写和生动的对比，让读者自行领悟作者的写作目的，似清风徐来。魏先生的文章则常常是面对全局，从宏观的角度提出问题，并提出自己的论证和分析，高瞻远瞩，据理力争，鞭辟入里，掷地有声。在《海格立斯与七头蛇——思索人类生存的七大危机》一文中，魏先生以叙述希腊神话《海格立斯与七头蛇》作引子，在如何战胜七头蛇的众多方案中，他说自己最喜欢的一种是：海格立斯用大刀一次把七个蛇头都割下，使之不能再生。他也用海格立斯这一最终战胜七头蛇的方案来解释人类应如何迎战现今遭逢的众多的挑战和危机。魏先生提出的具体办法，可能被一些"高明"人士斥之为"书生之见"，但我读起来堂堂正正，义正词严，令人震撼，表现出作者对人类前途和命运的真真切切的关心。借用中国老百姓常说的一句佛家语，这就是普度众生的"菩萨心"。魏先生这篇文章与鲁进的《布列塔尼的薄饼店》并列组成

舞在桥上

"寻求和谐的世界"这个标题，有鲜明的对照，有相互的衬托，我觉得凸现的也是作者的"菩萨心"。魏先生这种针对人类的生存、人生的困惑、青年的成长等问题进行论说的文章还有许多，如《启动进步的一星烛火》《在进步与退步之间》《走过生死间》《呼吸着诗意》《读书或工作——不断更新的选择》等。魏先生还用自己的行动来实践他的"菩萨心"，推动社会的进步。他在担任欧洲议会和法国比利牛斯省议会政治顾问期间，曾到亚非的冲突点如以色列、安哥拉等地研究当地政治与人文发展。1992年来到中国，他以台湾和四川作他的应许地，长期在那里居住，从事田野调查。在以色列、安哥拉，他的生活状况在文章中没有提及，但我们知道那里由于民族、宗教的矛盾而演变成的流血或不流血冲突随时都会发生，但这正是他要考察的，由此可知他在那里的生活不可能是安定的、舒适的。在台湾和四川进行田野调查的具体情形，魏先生也没有提及，但我们从他的文章中可以知道那些地方都是少数民族或原住民聚居的地方，由此我们可以想象他在那里生活的具体情形，下面是魏先生在《一盏声音的灯》中描写自己在四川凉山地区生活的感受：

> 有次彝族年，大约是11月底的时候，我和友人在中午时分拜访他叔父家。虽是中午，但这里的传统房屋都以木、土筑成，没有对外窗，只有几个透风口，屋里的光线因而显得特别暗。依照彝族人招待朋友的习惯，我照例被邀请坐在火堆旁，火堆就在地上挖土而成。有人添加柴火，火焰逐渐转热、发亮、跳跃、燃烧，火舌里冒着蓝黄绿红的光，闪动交错……

有人也许去过彝族聚居地区，有人也可能在电视、图片上看过彝族生活情景，即使没有去过、没有见过，我们也可以在类似经历中进行联想，由此知道在魏先生温暖、光明、热烈、斑斓的感受背后的真实。由此我敬佩魏先生，感念魏先生，在如今这喧嚣纷乱的现实中，他不把个人的安危、冷暖放在心上,他的心在地区冲突受难者、弱势族群这一边。

让我感动的还有魏先生为了在中国实践他的"菩萨心",他学习了汉语,不仅可以用汉语同中国人交流,而且也能用汉语思维和写作,文集中他的文章有大半是他用汉语直接写成的,不仅如此,他还研习了中国的书法和水墨画艺术,而且有着自己独特的领悟,《追随自由的风》是一篇长文,共用11个标题记录了他的这些领悟,最后的一个标题是:"解放记忆,新光照亮过去的深邃不可知",作者在其中说:

> 当我开始画中国山水时,我才明白法国的景色是怎样活在我的记忆里,也才明白法国对我是多么充满怀旧与亲切的色彩。当我试着去画中国的景物时,我解放了我的记忆,我重新发现一个隐藏在记忆中的法国。

本篇是文集的最后一篇,它与鲁进的《美的显现》并列置于"跨文化的相遇和随想:灵与美的合一"标题下,鲁进在《美的显现》中说她一直喜欢屈原的《橘颂》,而结合她的经历,从下面的话可以看到她的无奈和坚持:

> 尽管这一生曾经想作橘树而不得,虽有"深固难徙"之感,却不敢以"受命不迁"自居。但是不管走到哪里,还是可以想象心里一直有一棵橘树。

我不一定能完全读懂二位作者所表达的一切,但我愿意把它们看做二位作者对过去漫游异国他乡,跨文化相遇的一个总结。问:你从哪里来?还到哪里去?回答是:我从故乡来,走进你的世界,又回故乡来。但这不是他们漫游的终止,他们又从这里出发,不,他们正在再出发的路上,等待与我、与你、与他、与更多的人相遇,共同迎接美好的明天。

舞在桥上

就这样二位作者又上路走在故乡—他乡、他乡—故乡的路上,读他们的这本文集我深切地感受到他们的行者的脚步越来越坚定,越来越有力量。这坚定、这力量既来自他们行走中与越来越多的人相遇、相识、相知;这坚定、这力量也来自他们感受到的历史的回声的推动,他们从17、18世纪中西方在故乡—他乡相互行走的先贤们的实践中得到了启发,看到了希望,受到了鼓舞。魏先生《没有徐光启,就没有利玛窦》,表现的就是作者对先贤的这一认识。用这样的文题则表现了他对于邻人文化的尊重,也表现了他要"低下身向他者学习"的谦虚态度,实际上利玛窦是这次文化相遇的主动者。我以为这是一篇《利玛窦—徐光启颂》:

> 徐光启和利玛窦两人皆如百科全书般知识渊博,对万事万物皆感到无比好奇:科学、科技、形而上学、神学、治国之术、人道文化……两个人都试图探凿人类本性的深度,以及蕴藏在人类心中的奥秘。他们同样因为冀望帮助邻人而处处忧心,并设想树立更为正义及理性的秩序……就今天的眼光来看,他们抱持乐观主义的理念似乎带着些许天真,但其中寓含雄浑的价值:相信对方;透过与异于己身的邻人缔结的友谊,对于异于己身的文化资源抱持研究兴趣,不时进行"翻译"的工程,使得对方的资源转为自身文明遗产的一部分……这样的行动计划值得我们投注一辈子的生命。

虽然作者认为先贤们保持的理念"带着些许天真",但他们为实现先贤们的理念仍愿意"投注一辈子的生命"。魏先生的《郎世宁的和睦骏马》没有写郎世宁与中国画家如何交流、切磋绘画技艺,也没有写郎世宁画的"和睦骏马"具体是什么样子。作者只用一句话交代"郎世宁笔下的骏马是西方的马,也是东方的马"之后,就主要写这些骏马对于我们今天的启示和教训:

今日的国际交流因文化与宗教上的冲突显得低迷不振，但这些骏马提醒我们，文明与文明之间，或是国与国之间的交流质量，并不是科技进步的结果，而是来自好奇心、智识上的谦卑，以及基于意识所做出的清楚决定，探索他方的语言、信仰与审美观，品味与己相异的事物，同时怀抱信心。

郎世宁的骏马告诉我们文化交流是人性的先锋。若我们被困住，身陷猜疑、自以为是，或是笃定自己拥有优于他族的文化，我们将变得不通人性，难以成为普世价值的先驱。更进一步来说，物质的进步往往成了陷阱：银行账户的满溢，并不代表精神层面的提升……

对学习的渴望，对他方传统的关注，在21世纪的今日是否依然活跃呢？我觉得很怀疑。某种程度上来说，沟通的便利与高量降低了沟通的价值与严谨度。我们"消耗"各国生产的文化产品，很多时候却谈不上真正的欣赏……

在全球化的时代，对他者的尊重是实践文化交流的首件要务。曾几何时，世界上抨击与猜忌早已超越了互重与信赖。难道大家必须无止境地编列军事预算，而忘了增加人道的援助，正如现今居主导地位的国家——美国的所作所为吗？美国不反省自身的固执，对于那些饱受恫吓的国家，是否想过如何向他们学习？

读魏先生这两篇论文，我也听到了历史的回声，也感受到作者在抚今追昔时候的那一份感动，以及他和鲁进对自己的选择以及所走的道路充满信心和薪火相传的自豪。

现在我想借助魏先生在《郎世宁的和睦骏马》中对现居世界主导地位的一个国家的批评，引申发挥一下，说一点与跨文化相遇、对话不大相关的话，但也是我想说的话，作为结束。

现在的世界并不安宁，还有不少地方正在发生流血的冲突，即使远

舞在桥上

在千万里外也能听到它的枪声，闻到它的血腥。我的两个女儿在大学毕业并在中国工作几年后，先后移居加拿大，并在同一个城市里安了家。因此在我退休以后的近十多年，我和我的老伴有相当多的时间住在加拿大我的女儿家。前几年的一天，我乘公共汽车从城北大女儿家到城南小女儿家。就在快到小女儿家附近的路上，看到街道两旁的树上及房屋的门窗上挂了许多白花和白纸条。后来女儿告诉我：这里的一家的孩子在阿富汗战死，遗体被运回。为此他们的街坊邻里用挂白花、白纸条来表示他们对这位不幸死者的哀悼心情。我的第一个反应就是本段文章开头那句话，而且至今不忘。加拿大地广人稀，也因此吸引了亚洲、非洲、南美洲，乃至欧洲、美国的大量移民来此定居，加拿大政府公开宣称它是"移民国家"，"提倡多元文化"。它在国外没有军事基地，也不必派兵到别的国家、地区去掠夺本不是自己的财富。那么加拿大的公民为什么会被派到阿富汗去送死？这难道不值得我们深思吗？

这件事，加拿大政府当然有责任，但加拿大政府不是罪魁祸首，真正要谴责的是现今居主导地位的"一个国家"。但说"一个国家"也不够准确，因为"一个国家"的政府的决策，绝大多数的人民并不知情，老百姓是不应受谴责的。但其中的来龙去脉亦非几句话可以说清楚的，在此，我也不想细说。但我想说说对加拿大公民在国外战死的联想。进入21世纪以后，美国发生了"9·11"事件，从此后"反恐"成为一面"伸张正义"的大旗，被"一个国家"高高举起，但在非洲有一些国家和地区，确因民族、宗教、政府腐败，发生了战争、血腥屠杀，不仅恐怖，而且野蛮，但"一个国家"的政府却并没有给予应有的关注，尽力去解救、帮助那里受害的无辜百姓。它在"反恐"名义下发动的战争，不仅将自己国家的儿女送上了死亡的前线，还胁迫了一些国家，将他们的子弟也送上了死亡的前线，造成对方无数人民的无辜惨死，也使自己的儿女亡命他乡，在他们亲友的心灵上，留下了永久的创伤。付出如此惨痛的代价之后，却并没有让世界更加安全。

现今的世界，有的人崇尚实力，以为拥有实力，掌握现代科技，就可以改变一切，可以为所欲为。但我认为这可以得逞于一时，但不能坚持到永远。"公道自在人心。""善有善报，恶有恶报。不是不报，时候未到。"这都是百姓口中说的佛家语，也是一切真诚的人们的善良愿望，其中也蕴含着一切事物发展的必然。但"公道"何时显现、"报应"几时应验，我亦认为无法预知。与崇尚实力相比，我相信后者，因为它与圣洁、博爱相连。这样的境界的实现，需要千千万万的人，乃至几代人的努力。我虽年老且病，亦愿为此尽我绵薄之力。也许我不能看到公道显现、报应应验的那一刻，但只要我一息尚存，这将是我永远的追求。古代诗人悠远的歌声在我耳边响起："蒹葭苍苍，白露为霜。所谓伊人，在水一方。溯洄从之，道阻且长，溯游从之，宛在水中央。"(《秦风·蒹葭》的首章）也许它可以表达此时此刻我的心情。

2013 年 9 月 24 日于加拿大卡尔加利

作者自序

从阿尔卑斯山到巴黎郊区的市镇，从巴山蜀水到未名湖畔，我们交错的人生轨迹把我们带入了对方的国家，一路经历了一个个被我们变作故乡的他乡。我们成年的岁月大部分都在异国文化中度过，同时又保留了和故国故土的深切联系，我们把根深植于生活过的每一个地方，在这个过程中深刻体验了"文化"的多层含义：从学术上我们研究对方的哲学、文学、历史和艺术，从生活上我们具体感受和观察路途各地的生活方式、风俗习惯、思维方式和集体记忆。我们既是从事文化研究的学者，也是有丰富跨文化生活经历、又喜欢观察思索的人。我们既重视理论的思辨，也看重具体场景中的感受和观察、不同文化的故事与传说，因为这样得来的结果才更真实、贴切。我们从亲历和思维的双重层面体会到文化的多元性和发展性、文化身份认同的流动性和包容性。我们的相遇也许是偶然，我们的契合却属必然：那些真诚渴望并付出巨大努力深层理解他者文化的人，他们的感悟和体验中充满不谋而合的共鸣、呼应与和谐。我们的文章以对话形式组合，每一组都体现了我们对各种文化问题相通的看法。

相信我们和谐的"跨文化对话"对今天的世界会有良好的启示。文化之间存在着多种关系：对话、力量关系、相互改变和不同程度的公开冲突，在全球化的进程中，由于接触机会的频繁，随着经济交流和文化相遇的不断增多，文化关系的问题变得更复杂化了。和人们通常想法正相反的是，和三四十年前的情况相比，这个问题变得更加棘手，所以各个文化之间相遇和相互改变的方式值得我们不断给予关注。

在漫长的世纪里，我们曾经生活在相对的"真空"里，文明与文明之间的信息和接触极为稀少。我们现在反而处于一个"饱和"的状况，旅行、信息和交流机会愈见丰富。然而，与"饱和"随之而来的便利往往造成误解不断增加，因为我们以为可以不再需要花费耐心去学习一门语言，培养对不同习惯、习俗和记忆的敏感性，仅仅满足于采用跨文化的"成衣"。我们于是就会低估"外国人"与我们既如此相异同时又如此近似，永远意识不到他之所以成为他的缘故，正如他也很可能不明白我们之所以成为我们的缘故。我们以为知道得已经够多了，误解于是就一直延续下去。

全球化过程中与他者的相遇往往会引发对自我文化身份的追寻，这种追寻如果陷入"本质主义"，用我们今天片面选择和想象的元素去重新构造一个抽象固定的概念，就会很危险。不惜代价要回归文化的"本质"，回归所谓不可触犯的传统，这种简单化的思想其实忽略了一个历史事实：我们的传统既丰富多元，又具有灵活性和发展性，传统不是一成不变的本质，而是持续变化的历史性概括的结果。传统比我们意想的更有抵抗力，尽管面临前所未有的更直接更大量的挑战。此外，文化交流也会激发超常的创造性，只要我们不是被动地去接受它，而是投身其中并清楚地意识到它所带来的变化。换而言之，文化交流最大的硕果是它促使我们不断重新审视自身，并通过这个过程创造和丰富自我的文化身份。

跨文化对话的问题对于我们思考和想象全球化背景下各国的未来具有至关重要的作用。它促使各个国家构想并继续创造自信而开放的文化身份，从而在国内不同群体之间以及与世界其他国家之间建立包容性的关系。然而，这个问题不可能首先以理论化的方式得到解决，它必须通过不同的个体思索自身的经历，总结他们在深层体验他者文化过程中的感悟，分享他们的痛苦、欢乐和困惑，让他们的体验鼓励更多的人投入同样的尝试，从而促成对文化身份的全球性集体思索，让各个国家探寻自己在文化、伦理和灵性方面能对世界做出的特别贡献。

本书正是基于这种叙述和反思式方法探寻文化对话问题。它一方面是两个作者跨文化相遇的故事，因为我们从各自的文化出发，走到对方的文化很深入的地方，学会了用对方的语言思考和写作，相遇在连接我们各自文化的宽广而丰硕的桥上，同时又讲述了我们曲折漂流的人生历程里在周遭环境中各式各样的相遇。希望它也能成为我们与读者相遇的渠道，愿您踏上我们的心路，伴随我们的亲历，契入我们的随想，加入我们的沟通与对话，用您的心声融入我们用生命与相遇接纳的文化谱成的悠远的和声。悠远，因为人与人的深刻交流都是生生世世的积累，因为我们的旅程和思索跨越了空间、时间和文化的局限。

我们生活和思考的世界没有中心，超越了传统思想框架下的东西方二元对立。在中国、法国和美国的多重视角下，在错综复杂的法语区域文学和跨语言法语文学的背景下，在台湾和四川少数民族的空间里，在多种学科的交融之中，在文化交流的漫长历史过程里，现存的任何理论概括都未免苍白简单。我们不是在单一地比较任何两种文化，而是在全球化的视角下从变幻的观察点讲述我们真切细致的体悟。我们认为对文化的真实认知离不开观察者自身的经历、投入、自省与变化。只有在渗透和囊括特殊性的基础之上，我们才有可能瞥见人类文化交流的普遍性。本书旨在向读者展示我们身处多种文化之中的故事、观察和思索。有心的读者自然会时时发现我们不约而同的契合之处。

历史上最深刻的跨文化相遇和对话之一发生在明朝末年以利玛窦为代表的耶稣会传教士和以徐光启为代表的中国士大夫之间。值得注意的是，利玛窦的第一部中文作品就是《交友论》，因为他把友谊看做人与人和文化与文化之间关系的根本基础，并以此找到了与中国文化的第一个契入点。利玛窦与徐光启的对话，至今还是跨文化交流的典范，它建立在平等、虚心和倾听的原则上，在这个过程中，双方都做出了冒险、付出、接纳和变化。他们相遇的故事向我们启示了文化身份的沟通性和流动性,他们谱写的和谐乐章今天仍回旋在人类文化交流的交响曲里,愿我们的书成为其中一个小小的和音。

心路：从故乡到他乡

寂寞：漫游者的园地

鲁 进

有一天下班开车回家，正值黄昏，橘红色的夕阳还停留在西边的天际，宛如展开的最后一片花瓣，一轮泛着金光的月亮已经从另一边升起，那么大，那么圆，悬挂得那么低，我开车向月亮的方向驶去，仿佛离它越来越近，也许伸手就能摸到。我不由得想到了张九龄的名句：海上生明月，天涯共此时。

大概我就是那么一个喜欢自讨苦吃的人，细想又觉得不对。中国的古人没有想到，尽管世人拥有同一个月亮，地球另一边的人，不可能和自己同时看到。古人对着月亮已经发出了无数感慨：望月怀古，月下思亲，举杯邀月，明月寄愁，春江月出，沧海月明，边关夜月，似乎能说的都说尽了，但是现代人的怀想，比他们更无奈，更寂寥，你会走得那么远，不但有空间的距离，还增添了时间的错位，以至于不能拿"共此时"这种话来安慰自己。中秋的时候，就算我们有心赏月，第二天的太阳已经在中国升起了。在印第安那，每年中秋的时候都很冷，比北京还冷，即使天气好，能看见月亮，赏月的兴致也被冷风刮走了。我曾经想过在后院搭上帐篷赏月，不过自己也觉得这个念头太怪诞，连提出来的必要都没有。

美国有一句谚语：跳出盒子思考，意思就是鼓励人们超越习惯思维的定势，找到新的思路。可是，也有人面临另一个问题：他们的内心世界和思想方法本来就不属于任何"盒子"，所以他们用不着费心去想如何跳出什么"盒子"，相反，他们的苦闷是很难找到能把自己放进去的现成的"盒子"，也无法代表任何"盒子"。他们或者在各种不同的"盒子"中进进出出，或者造一个适合自己的新"盒子"。他们自然而然就会不断变换视点，从许多不同的角度去考虑问题。他们比有现成"盒子"的人更自由，当然也更寂寞。那没有现成盒子能容下的空间，是他们构想耕耘的园地。

记得在伦敦开过一次小型学术会议，结束后大家去一家酒馆聊天，聊到不知哪里，一位女学者问我："你什么时候结束流亡？"第一次听见有人把这个词用在我身上，所以半天没有反应过来，只能说："我可以随便出入中国，不是在流亡。"我喜欢很多和"流"相关的词组，比如说流动、流淌、流逝、流畅、流利、流露、流转，甚至流浪，都给人一种自由自在、自然而然的印象，但是不喜欢"流亡"。法语 exil 和英语 exile 可能没有中文"流亡"那么严重，而且和"移民"相比，在欧洲人的口中，可以说是一种恭维，因为移民是为了生存，流亡是为了理想，是一种心灵的体验，无形中笼上了一层悲剧的光环。"流亡"未必是被迫的，也不能说纯粹是选择。也许在生活的某些阶段，我们面临有限的一些可能性，以为自己是自由地、无可反顾地做出了选择，但是，如果当时某些因素稍有变更，我们还会有同样的取舍吗？

在语言上，和故乡、故国相对应的是我们的母语。我刚进北大时的理想是当文学翻译，从法文翻译成中文，那已经很难了，因为必须彻底掌握法语，而且对中文要有熟练精深的驾驭能力，但是至少是用母语在写作，拥有语言的家园。用另一种语言写作，就是语言的流亡。要把一门"外语"化为己有，不仅仅用作日常交流和工作通讯，而是用它作为内心最深刻的思想和最私密感受的载体，必须经历一段"忘掉"母语的阶段，也就是说，在不依靠母语的情况下，完全生活在要攻克的语言之中。经过这个阶段后，要再回到母语，并不像走下坡路那么顺畅。每一种语言都包含特有的精密和丰富，如果你从来没有体会过一门外语中具有母语难以表达的词汇和语句，那你等于还没有入门。即使完全运用母语，感受丰富细腻的古人不也感叹"言不尽意"吗？有些人在某种意义上走上了不归路，比如不能用母语做学术报告的学者，不能用母语写作的作家。不放弃母语就是拒绝流亡，不放弃自己掌握的其他语言就是选择漫游。每种语言都代表一个世界，一段历史，一片思绪，也许你可以把它们编织在同一个梦里。

  寂寞
  是不规则的钻石
  哪一面能代表自己

  寂寞
  是一颗小小的心
  分给好多故乡

  寂寞
  是多少可以走的路
  不能合成一条

舞在桥上

寂寞
是无数次生命
失去了相互的记忆

寂寞
是独自运行的地球
离所有的星球都太远

寂寞
是时间的轨道
够不着终点和起点

寂寞
是复活节岛上的雕像
保守着千百年的秘密

寂寞
是漫游者的园地

舞在桥上

魏明德

我只想留在桥中央,静静望月,看鱼儿游在桥下,与我共享大乐。

这辈子我走过很多桥。不管坐车或坐公交车,我穿过许多大桥,大桥护着大河,有的护着海湾。童年在法国的时候,我常常把手搁在小石桥的栏杆上做梦，小石桥硕实得像一只驴子。在台湾的山里，我喜欢走过长长的吊桥，感受吊桥在我脚下摇晃的感觉。四川的山间，有一次我还走过一根横摆在急流上的树干，我要紧紧抓住前面那个人的手和后面那个人的手才敢过桥。

桥是最美的舞台

走在桥上，我常常很想跳起舞来，独木桥不算在内……我认为桥是最不会让人悬空的，人的心渴求在一片空里跳舞，没有依靠，跳出一支可以传达出内在最深层活力的舞，不需要透过其他媒介来表达这份活力。桥是最美的舞台，蓝天高高在上，河川在低处共舞。

我终于明白庄子的确分享了鱼之乐，原因很简单，因为庄子在桥上。我觉得那一刻的庄子应该同样有跳舞的想法。如果他不在桥上，就无法体会到真正的鱼之乐。即使他和鱼同在水里，他感受到的乐也不会是大乐，因为水变成了一个阻碍的因素。在桥上，人在自己的位置上，在高天与深渊之间。

桥是有魔力的，因为桥象征了个人与群体的努力不懈，以求两方相通，希望能够从河的一端过渡到另一端。我常常把跨文化相遇比喻成一座桥，跨文化相遇谈的是两方如何在桥中央相遇。两方的人各冒着半段路的危险，感到桥上前摇后颠，风吹微晕，终于在桥中央交会。不管哪一方都会为自己所做出的努力而感到骄傲，为的是能够一起谈话，一起看天赏水，一起在生与死的一线间跳舞。巴黎的桥难道不是恋人最喜爱的相见地吗？有时河水泠泠，增添忧郁，因为桥早已预见了爱的消逝。桥是个相会地，在永恒又短暂的瞬间，两个灵魂有了交集。

我只想留在桥中央

是的，我喜欢桥。我喜欢巴黎的月亮升上塞纳—马恩省河时，巴黎入夜的桥。我喜欢四川山上的藤桥，同样的月隐蔽云后。我喜爱跨海

大桥，我喜爱通往池塘水中央的小桥。我喜爱河上的断桥，阿维尼翁（Avignon）的石桥被暴风雨切断，小孩子还是在桥面上围起圈圈跳舞。但我也喜爱金属结构的桥，显露自信，就像一匹飞马飞到河对岸。我爱桥，每当我过了桥，到了对岸，我就会感到遗憾，心忍不住会揪一下。我只想留在桥中央，静静望月，看鱼儿游在桥下，与我共享大乐。

舞在赌注的深渊

有一首法文老歌，《在南特的桥上》，谈的是有关大桥上的舞会。有一个女孩子听到了有人办舞会的消息，很想去；对女孩来说，舞会已经够令人兴奋了，更何况是在桥上的舞会呢！但是这个女孩的母亲不准她去，倒是女孩的哥哥了解她的想法，对她说："妹妹，穿上白色的连衣裙，金色的鞋子吧，我带你去舞会跳舞。"

在桥上跳舞的时候，桥忽然断了，这对兄妹落入水里，被滚滚河水吞没。这就是不听话的孩子的下场，这首老歌是这么唱的。这首歌说来实在恶毒。光想到能够在桥上跳舞，就让人无法却步，这是很正常的。

在冒险中跳舞，桥会摇晃、扭曲，桥会断，让人淹没，但冒着这些风险跳舞却是非常好玩的。跳舞好玩，桥上办舞会好玩，那是因为桥会断。当我们冒险，我们就必须承担，这首歌同样告诉我们喜悦、生命、赌注、舞蹈与死亡的深渊亦步亦趋。当我们在桥上跳舞，我们好像象征性地死了一次。当我们在桥的护栏之间跳舞，后来又能安然抵达另一端，好像就可以嘲弄一次命运……等着吧，命运可又会前来相寻！

遐想何仙姑

鲁 进

小时候我曾经有很多奇奇怪怪的想法，其中最怪的一个来自一本已经忘了来历的书，书里讲一个很勤劳很可怜的女孩有一次在河边洗衣服时，被一条大鱼吞到肚子里带到了龙王宫，龙王宫又漂亮又好玩又有好吃的东西。我站在家附近池塘边的时候就会想，如果看见一条大鱼想把我吞下去，要不要跟它走呢？不走，可能错过了去龙王宫的机会，跟了它又可能白白被吃了。好在我连小鱼也没有看见过，不用真的做这么痛苦的抉择。

知道何仙姑以后，我的想象世界就愉快多了。究竟是怎么知道何仙姑的，我也忘了，而且对其他七仙也不大感兴趣，也不怎么关心他们是怎么过海的，因为我在四川看不见海，只看过山，所以觉得他们平常一定居住在云雾缭绕的山林里面。何仙姑长得很漂亮，不是因为穿了什么漂亮衣服，我那时还真没看见过什么漂亮衣服，而是因为天然美貌。她梳着齐肩的短发，穿的是裤子，不是裙子，所以跋山涉水，行走自如，永远十五六岁的样子。按理她既然是仙，应当不需要吃东西，但什么都不吃也太无聊，我总是想象她吃各样果子，都是我没有吃过的。她必然住在山洞里。"洞中方数日，世上已千年"这句话，让我觉得洞是个奇妙的地方。何仙姑不必要走在山路上，她可以踩着树端行走，也可以飘飘飞行。我没有想过为什么八仙里只有一个女性，因为在想象的世界里，一个就够了，你可以把全部的遐想，都寄托在她身上。

　　仙姑和仙女不一样。仙女穿着长袖飘飘的衣裙，因为她们做什么都不用费劲，而且基本上也不用做什么。当然她们偶尔下凡来，但是也不会来找我。我喜欢何仙姑，因为她生来不是仙却成了仙。她像个女侠，可是不用杀人就可以做很多好事，《水浒传》里所有的女英雄都比不上她。如果她来找我，我一定毫不犹豫地跟她走。何仙姑自由自在，却永远不孤独，她总是和七仙在一起，因为他们不管在世上做了什么事都可以很快回去。我没有担心何仙姑如果爱上了吕洞宾会怎么办，或者七仙会不会为她争风吃醋，因为那些事情没有意思。我看《西沙儿女》的时候，只喜欢看他们小时候在岛上奔跑游玩的故事，欣赏海洋和岛屿的美景，对他们长大以后的事情不感兴趣。还看过一本书里有个坏分子用漂亮的尼龙袜去腐蚀一个小女孩，因为一直在想那些尼龙袜究竟和商店里的有什么不一样，就没怎么注意女孩究竟做错了什么事。当我12岁时偷看《红楼梦》被发现后，父母大概觉得只能以毒攻毒，赶快给我看了李希凡和俞平伯的评论。从此以后我什么书都可以看，包括俄国小说和法国小说，也明白看书要抓重点，讲逻辑，不能自己随便遐（瞎）想。我告别了童年时代，告别了何仙姑。

舞在桥上

树端的世界

魏明德

童年的梦想带领我们攀升,直到接连天地。

小时候,大家都喜欢爬树。即使有人像我一样,个子长得不怎么高,心中还是有这样的渴想。坐在树的枝干上,就算树身不高,我们多少还是变高了,看世界的方式变得不同了。人在梦想与现实之间轻盈地来回,望着现实就像看着梦一般,也看着梦想几乎成真。

正爬与倒爬之旅

偶有一点小小的危险,拂过我们的想象。有时,危险是真的。12岁的时候,有一次我从树上摔下来,一支小树枝划破了我的眼睑。我跑回家,满身是血,还需要紧急动手术,缝了好几针。不过,梦想是值得冒点风险的。

再仔细想想,想要爬树的欲望不单单只是来自想要爬高的欲求而已,同时也来自一股想要与大地中更深层、更神秘的力量有所接触的想望。我喜欢树,喜欢它的粗犷,喜欢它从树根吸取一股近于粗野的力量。我喜欢树向天攀高,连起天与地的方式。当我爬树的时候,我也想象一场倒爬之旅,想象自己下到树根深处。

探索树上的居民

爬树的梦想也来自与树上的居民——鸟儿和松鼠共同生活的渴望。跨坐在枝干上,与一只山雀为伴,我们是否会吹着口哨,与之唱和?如果我们就着鸟巢的暖意度夜,当我们醒来时,是否会自然而然地与幼鸟同唱晨曲？如果我们和松鼠做朋友，它是否会领我们到它的树洞里？我们会随它入洞，而不是只待在外头吧？树干的最深处，闪烁着什么宝藏呢？树的世界在我们面前开展，就像一座房子，任我们探索每一个隐秘的角落。

童年时期看过一本小说，书中的故事常一段段浮现脑海，虽然记不起整个情节。我记得年轻的主角爬树，慢慢往上爬，从一个树枝到另一个树枝，进入越来越神秘的世界。见过鸟儿之后，树还是高高耸立，让人望不见树的顶端，树上有一层住着仙女，有一层住着魔法师，也许有一层住着天使……

危险与神妙的世界

最后主角因为开始感到害怕，一下子被魔法抛到地上；后来他回到自己的家，松了一口气。梦想总有一部分藏着危险，当我们爬得太高的时候，我们会忽然动摇起来，然后回到地上。一旦我们不动摇，我们的梦想带领我们攀向天际，那又是怎样呢？

树是一道梯，这一道梯子下至地底深处，并往天际攀高，到一个我们不熟悉的地方。我们希望确定这一道梯子立得稳，这样我们才能随心所欲地爬下再爬上。有时，猫爬树爬得太高，都不知道怎么爬下来，还得叫消防队的云梯相救。倘若我们真的爬得高，没有云梯可及。一个充满各种形态的危险世界向我们敞开，却也有可能是一个多姿的神妙世界。

保有童年爬树的梦想

立于树的最高端，有谁能够知道我们会采到什么样的果子呢？当我们在往上爬的时候，或许我们会发现前所未见的品种，这样的果子在星光下成熟。或者我们可以说，星光是果子的光芒，在树的隐秘叶丛处，一明一灭。坐在一根枝干上，跨越可见的与不可见的世界。啊！品尝一颗熟透果子的滋味吧！

让我们保有童年爬树的活跃梦想，别怕爬得太高。这样的梦想带领我们攀升，最后让我们明白，我们成了树，被召唤长高，直到接连天地。当我们达到梦想的高度，鸟儿就会飞到我们的枝头上，吱喳哼唱。

梦的洞口

魏明德

一幅好画是一个诞生。轻轻地在心灵的房间点燃一根火柴，留下一幅画。

小时候看过一部影片，给我留下了深刻的印象，那部影片就是《欢乐满人间》(*Mary Poppins*)。女主人翁是一个英国保姆，叫玛丽·波萍兹，我深深着迷，现在还隐约记得她。

自天而降游地洞

这位保姆撑着一把黑伞，随着风，骑着马，自天而降。她到一个家庭照顾一个小男孩和一个小女孩，帮助他们梦出自己的梦。做了梦之后，两个孩子也就能比较平静地接受现实世界让人不怎么愉快的一面……更相信想象力，相信理想，相信良心的正直单纯。

我最迷恋的一集就是女管家陪小孩遇到流浪汉的故事。流浪汉变成他们的朋友，他拿出粉笔，在伦敦的石板地上画出一个公园的草图。四个人于是双脚一并，一起跳进这幅画里头。咻地一跳！公园竟变成真的。一整个下午，他们一块儿在梦中散步。他们走过小路，经过篱笆，跳上马背，救出一只被猎人紧追不舍的狐狸，参加一场赛跑。直到一场大雷雨来了，雨落在地上，洗去粉笔的魔法，他们回到现实，在伦敦湿漉漉的地面上。

创作的魔法公园

每当我欣赏一幅心爱的水墨画,就仿佛走入了玛丽·波萍兹的魔法公园。几点墨迹开出了新路,让我在画里的底层漫步,在若隐若现的点点水墨上跳跃,或就从水墨画的幽微小口进入遨游心灵的广阔世界。我也以同样的意念画水墨画,让自己随着梦与夜的牵引,小心翼翼地引领画笔,绘出我生命的秘密花园。多希望他人动了心意,也在我的园地卧游忘返呢!

我们在水墨画中游历,因为画有留白。笔到意未尽,物外有韵味,水墨画留了空间给梦想。不管东西方的画都或多或少能让我体会到近似的体验。塞尚懂得在画布上留白,就算留白的空间很小,甚至小到像老鼠洞或钥匙孔一样不起眼,从这里你也可以走入艾丽斯梦游奇境般的世界。我还是比较喜爱两度空间的创作方式,那是我的生命地图。

当我看到雕像或是陶艺作品时,总会不知所措。三度空间的艺术对我来说不但太具象,而且摇动人的心性:唤起的渴盼多于想象,只让人想轻触抚弄。我觉得水墨画就是地图,领着我探索内在生命的底层,就像模型地图指引人穿越群峰、深谷、湖泊、林木。

水墨照亮心灵迷宫

《欢乐满人间》故事中流浪汉用粉笔在地上画图,就像火柴照亮我们的潜意识。只有在最幽暗的地方,我们才能画出好画。一件作品提示一种视角,有如在心灵中一个幽暗的房间点燃一根火柴。幻影在墙上摇曳,画家尽其所能把它画下来,随后黑暗就会吞噬一切,因此我们得要再划上一根新的火柴。

一幅好画是一个诞生。有数秒钟的时间,微光驱散黑暗。这样的奇迹却是转瞬而逝的。当黑暗返回的时候,请你要再次把它收服。然后,你要轻轻地在心灵的另一个房间,点燃一根新的火柴,留下一幅新的画。若在寂静中静观,你就学会如何摸索内心宫殿的迷阵,每一次多一份信心。

故乡的小路，通向世界的大道

梦之源

鲁 进

蜀光中学是我生命中的一片乐土，是照亮我少年时代的亮光。但就像我们放在匣子里精心保存的旧日照片一样，我轻易不肯去打开它，因为开启匣子的时候心里总不免怅然。那个依山傍水的童话世界，我们要走多少路，才能回到那里？

在迷濛的晨雾中我独自穿过狭长的公园，走出弯曲的小巷，慢慢开始碰见越来越多的同学，我们一起沿着河边的小路去学校，拐过一小片竹林的时候，就看见校门了。进门左边的花园里，有一片雪白如云的栀子花，它的芬芳至今能带来故乡的味道。在美国寒冷的中西部，栀子花不能自然存活，如果去植物园碰见了，我一定会凑近闻上好半天。学校操场边有好几个花园，天气好的时候我喜欢在花园里或林荫道上一边走路一边看书，不但心情愉快，而且觉得看一段换一个地方，记得更清楚。传来传去，就成了我连走路都在抓紧

舞在桥上

时间看书！同学中流传的那些所谓我刻苦学习的传闻其实都不是真的，因为我从来就不觉得学习有什么苦。我们那时候没有电视也没有游戏，做难题就如玩游戏一样让人着迷，不做完不想放手，最好能试着用不同的方法求解。我们也没有条件旅行，只有书能把我们带到遥远的地域漫游。就算是复习考试有些枯燥，那也是一个有序可循的世界。

蜀光像一个温暖的家，因为好多老师就住在学校，他们住的小平房旁边似乎都有花园，他们没有什么架子，很多同学都去过老师家。高中楼旁边隔着一个花园就是老师的教研室，我们随时都可以去找他们请教、交谈。食堂最好吃的东西是包子，里面包上芽菜和五花肉小丁，我后来再也没有吃过这样好吃的包子。高中二年级复习高考的时候是最紧张的一年，那时我们住校的同学在一起，晚上有说不完的话，我们盼着高考完就会有无穷的时间，一定要把话说个够。那时候说了什么，已经不记得了，只是明白那种日子也别有一番幸福，如果现在想找一年的时间专心去做什么事，就不大可能了。

高中毕业联欢会的时候，文科班同学要求跳集体舞，这个想法在当时是很大胆的。我们的地理老师王文芬正好是副校长，竟然答应了，因为她很"开通"，不过条件是只能女同学和女同学跳。其实她就算允许男女同学跳，我们也不好意思。作为班长，我好不容易说服了八个我觉得很漂亮的女生，练了好几个星期，就差几天了，其中一个怯场，一定要退出表演，说什么都没用。当时除了她们八个，只有我看见过这个舞，为了救场，只好临时加入排练。表演的时候，大家反应很热烈，敲饭盒为我们叫好，其实那次联欢会设备很简陋，我们跳得也未必好，但我们跳的是青春圆舞曲，我们的青春刚刚开始，充满许诺。

女伯爵古堡的栅栏门

魏明德

> 回家后,我感觉到心的清净与新生,好像我的小路每次会带我回到生命的起源。

我家住在巴黎郊区的一个小市镇,我从 5 岁住到 22 岁。那里大多数的房子是新盖的,但是小市镇还保留了乡村的味道。虽然这个地方距离巴黎只有 17 公里远,但是田里长着玉米,田野上也可以见到赛马。这些马是市郊一座古堡的马,那座古堡叫做女伯爵古堡。

事实上,虽然我们的市镇的确有一位女伯爵,但是这座城堡早就不归她的家族管,而被一个很有钱的商人买去了,那是巴黎丽都剧场的业主,也是一个喜欢养马的人。

我的童年小路

古堡边有一条侧环小路,大家称作"女伯爵小路",离我家步行约二十分钟左右。初中和高中的时候,我常往这个方向散步,渐渐养成了习惯。我先要过一座"母与子"铜像,然后沿着一排两层楼的房子走,经过小学,走过一条马路后右转,在一道老墙和一道绿篱之间,就是女伯爵小路的开端。

女伯爵古堡的小路并不长,一个小时就可以来回,左侧是城堡的高墙,右侧的风景却一直有变化。我常常一面沿着大树、绿田、篱笆散步,一面慢慢在脑中思索我回家后要完成的小诗。有时候,我也会带着一把小刀,从石灰质中把化石挖出来。在这个地区,最常见的化石是菊石,也就是铈矿石。我从外头看不见城堡内,墙太高了,只有一个地方,有一道栅栏门,让我望见里头的林荫道和小湖。

奇怪的是我对城堡本身并没有很大的兴趣，我的喜乐都牵系于小路的变化与静默。小路就要走到尽头时，有一个陡坡，下坡会走到一间教堂和一座老旧的公共洗衣场，这个地方曾经是凡尔赛公园的侧环地。到了那里，我不作停歇，马上又折回"女伯爵小路"的静谧地。回家后，我感觉到心的清净与新生，好像我的小路每次会带我回到生命的起源。直到今天，我心灵最隐蔽的花园里，很可能藏有几匹马、放在小盒里的化石和高墙上的树梢。

18 岁的时候，我的父亲去世了。尽管我还是在小路上继续散步，小路的风景和味道，却都变得不一样了。童年已经过去了吧。四年后，我到美国留学，再也没有回"女伯爵小路"想诗、收藏化石。我离开了巴黎的郊区，到世界上当大道的行者，但是世界的大道是从女伯爵古堡的栅栏门开始的。

在小路上相遇

1995 年，我陪着一个中国朋友在成都郊区参加他同事儿子的婚礼。餐后我们在他同事家的附近走走，我的朋友触景生情，忍不住落泪。"这是我的小路"，他说。"文革"的时候，他因为受到政治批判，必须要留在工厂里，不能回家，每天只能在工厂附近散步一个小时。六个月里，他在同样的小路上来回，和农民讲几句话，为白杨树和小丘写个生：他在悲苦的小路上所收集的勇气，让他最后回到人生的大道。这个朋友比我大 15 岁，当我走女伯爵古堡路的时候，他正在白杨树的小路上，等待黎明的降临。

每个人的小路条条相通，就像从巴黎郊区通到成都郊区。每个人开拓自己生活的小路，逐渐地建构出小路的网径。行者从自己的道路，发现天地之美，再走别人的小路来继续探索天人合一的奥秘。深究自己内心的途径，会使得我们与他人的世界相切。而走他人的道路，会带领我们回到内心的林荫道。地球是圆的，所有的大道都是从内心的小路开始，对我来说，它们终究会回到女伯爵古堡的栅栏门。

　　我时常想起童年的时候，我多么喜爱流连在难以攻越的女伯爵古堡的环堡小路。在法国大大小小的路上，我环游过许多古堡，体会了古墙的坚巩，遥想着古堡里隐藏的秘密，绕游于一个难以定义的奥秘，品味其趣。在中国，人们常有机会沿着延绵的古道走路、遥想，寻找关口，寻找门的奥迹。也许我环绕中国，正如我绕游一座古堡一样。

记忆的空间

鲁 进

那天晚上做了个梦,梦见我在母校蜀光中学门口有了所房子,房子本身什么样醒来后已经记不清了,只记得从门口就能看到学校的大门,出门沿着河边延伸着一条绛红色的长廊,有点像颐和园的长廊,两旁开着烟霞缤纷的桃花,大概因为小时候最喜欢去桃花山春游,那时只能叫拉练。在梦里我想一直住在那里,可是又隐约记得孩子只愿意在美国上学,于是想可以平时在美国,周末回来住。在梦里跨越空间的界限很容易,醒来后自然知道这是不可能的。我还时不时做梦在国内找工作,脑子里有一幅全国地图,觉得在很多地方都可以,都离家乡很近。有时候在梦里苦苦思索,为什么必须离家乡那么远,无论如何想不出来,然而醒来后,所有的原因都那么明显,没有商量,不容置疑。

我一生住过很多地方,在故乡因为父母工作的关系,就搬过很多次家,记忆中就换过七个住处。据长辈讲,更早的时候还住过其他地方,那我无论如何也想不起来了。记得小时候曾经时常梦见一条细长的马路，在拐弯处有一所平房，空空的院子里长着一棵枝繁叶茂的大榕树，直到几年后和父母探访旧居时，才发现那是一个真实存在的地方，是我幼小时和家人进城的必经之路。有意思的是，得知真相后就再也没有梦见过这个地方。从那以后我总不免疑心，自己常常梦见的地方，也许真的曾经去过，它们存留在记忆的深处，召唤你再去探访。也许摆脱一个梦最有效的办法就是重回故地，可是自己常常不知道梦的来历，而且有些地方可能已经拆迁重建。我曾经沿着河边的路，穿过青石板的小巷，去寻找过去走过的路，但那些地方像打上新补丁的旧衣服，和记忆中的模样对不上号。第二个住处似乎是一栋青砖房，楼前有一个院子。那时大人都在奔忙，学会认字读书之前最主要的消遣就是东想西想。记得我和小朋友捉迷藏时曾经藏在树后，把眼睛藏好，就以为不会被人发现，被人家捉住以后还很吃惊：我看不见你，你怎么看见我了？还记得有一天傍晚在院子里走来走去，看着天上的月亮也跟着我改变方向，我就在那里想为什么月亮总是跟着我，突然却顿悟了：世界上有那么多人，他们同时朝不同的方向走，也都会觉得月亮在跟他们走，这就说明月亮不会跟任何人走。那是我记忆中最早的逻辑思维。能在没有任何科普知识的情况下独立做出这样的推断，是因为我们那代人从小就知道自己不是世界的中心，没有那么强的自恋倾向。

也是在这个院子里，我第一次品尝了香蕉，那是一个小朋友的，我连她长什么模样、叫什么名字都记不清了，她正在吃香蕉，我从来没有吃过，大概很贪婪地望着，她主动让我尝了一口，现在再吃香蕉，无论如何不能复制当初的味道，只是有点相似。那时大家都很穷，她那样做是很慷慨的，可惜我已经不可能知道她是谁，只能在心里祝福她。

上小学三年级时终于有了固定的住所，在那里住了八年。那时觉得故乡的中心，就是人民公园。公园的中心是长长的人工湖，中间横跨一条彩色的长廊，四周围绕着花草树木，记得有栀子花、玫瑰花和紫薇。

绕湖的小道既是跑步散步的地方，也是从家到市区的捷径。湖的两旁都是山丘，一边是操场，一边是动物园，当然最喜欢的是儿童乐园，全市都有名的，那里有个很别致的滑梯：从大象的屁股爬上去，鼻子里滑下来，孩子们乐此不疲，我妹妹一直滑到第一次穿的新裤子都破了，在那时可是一件难以原谅的错误。我很胆小，却最喜欢秋千，绳子做的，站上去自己就可以荡很高，仿佛很自由，突然害怕腿软了，还可以赶快坐下来。

尽管住过很多地方，17岁上大学之前我却从来没有离开过四川，现在想起来，这个局限影响了我一生的路。如果我小时候去过别的省份，就会知道自己的情绪受环境、气候和饮食影响太大，那就不会选择去寒冷的北京上学，而会去一个更适合自己居住的城市，不至于离开了故乡才意识到自己有故乡。后来因为各种因缘，总是生活在寒冷的地方。不管是时间还是空间上，要重回故乡，总要穿过一层忧郁的屏障：夜雨中缕缕薄雾笼罩着远处的青山，近处的田野在夜色中若隐若现，雾气中有迷蒙潮湿的清香，飘飘的细雨丝洒落在玻璃窗上。我后来再也没有去过故乡的火车站。记得那是个简陋的小站，火车只停留几分钟，在那里上车买票都没有座位，行李还经常必须让送行的人从窗口扔进去，自己拼命挤上去后，先拿到行李，再看有没有运气找到一个空位子。在这样的车站出发你会感觉任何离情别绪都很奢侈。在北京的年月里，我像需要氧气一样喜欢出去郊游，还开始梦见美丽的地方。那些梦都是彩色的，醒来后还清楚地记得某些画面。有一个地方，至今还有时梦见，可能完全是梦，也可能和某次郊游有关，似乎要翻山越岭才能到那里，然后有一条长长蜿蜒的小溪，水中长满鲜花绿叶。沿着小溪从头走不到尾，一路都在观赏变幻的美景。在梦里总会对自己说，我又回到这里了，这次一定要记清去那里的路，当然醒来后都忘了，很失落。

我曾经在寒冷的严冬做过一个梦，梦见自己到了一个美不胜收的热带岛屿，每座房子都被花园掩映，远处是树木繁盛的青山。我好像是路过那里，路边坐着两个和我年龄相仿的女人，她们的神情幸福而闲适。我用法语问她们这个地方的名字，她们重复了两遍，我最后还是没记住，似乎是中美洲的一个岛。我突然哭了，因为岁月流逝，我却从来没有在如此令人惬意的地方生活过。两个女人尽量安慰我，说这个岛也并非十全十美，比如说，气候太潮湿，家具都朽烂了。可是我对家具不在乎，还是继续痛哭，竟然就醒来了。我为什么要浪费时间去哭呢？为什么不在温煦的阳光下去探寻岛上的美景，去观赏那里的植被，去参观花园，去爬山……？对热带岛屿我小时候曾经心向往之，那些千奇百怪的植物、伸手可及的各色水果、埋在沙滩里就可以烫熟的鸟蛋、永远吃不完的鱼虾和一望无际的蓝色大海，怎么会不让一个被巴山蜀水环绕的女孩子遐想？不过后来去过很多次海边，也到过一些岛屿，太大的岛看上去和陆地差不多，太小的岛又让人感觉有幽闭恐惧症，如果鸟蛋都能烫熟，自己也不会太舒服，对岛的兴致已经消减了很多。不过，梦中那个岛没那么热，只是很暖和，在寒冬腊月做这个梦不奇怪，它的信息很明白：我还是受不了萧杀的严冬。

在美国飘流多年后才安顿下来，有了属于自己的房子。房子周围树木环绕，夏天搬进去时，只认得梨树，因为正在结果子。第二年初春的一天傍晚，我在后院散步时，忽然闻到一阵熟悉的花香，我惊喜地发现，原来是我喜欢的丁香。也许因为北大的宿舍楼门口有几棵丁香树，也许因为刚进北大时读到了戴望舒的《雨巷》，在我记忆中丁香是和北大联系在一起的。初到印第安那的几年十分忙碌，一直没有注意到当地有很多丁香花，却在朦胧的夜色中辨认出了它的花香。

没有月光的晚上
看不见淡紫色的云
久违的暖风
告诉我是丁香

穿过岁月的海洋
你香味如故
心漂流了多少年
这里是归处

一样的芬芳
他乡与故乡
地球太小
还在寻找亮光
梦中的空间
不分这里与那里
交错的轨迹中
我知道有你

起 站

魏明德

　　游牧人，记忆流浪，从这一段到那一段，段段相连，拼出了生命拼图的全貌。幸好，拼块的组合方式不一，拼块的形式千变万化，而且可以重新切块。过去的记忆于是有了新拼法，出乎意料的内涵，看似熟悉的一景一物，却全然是新风光。

　　游牧人，记忆在创作中游荡。一离开了家，记忆也就成了想象、盼求、自由⋯⋯

　　游牧人，记忆飘游丰厚。影像、言语、韵律、香气、味道，记忆被重新洗牌。在草原和山巅之间，在重新出发的时刻，记忆沉淀片刻，诞生新的图文。

游牧人，记忆哭，记忆笑，记忆相互吓唬、彼此安慰。我任由记忆的节奏摇摆，把自己托付给一匹马——马儿有时发呆，不怎么赶路，有时奔驰如飞。

游牧人，游牧记忆。游伴在我耳旁呢喃，悄悄说着永恒的新誓言。

比利牛斯山与嘉义梅山

魏明德

嘉义梅山常让我想起法国的比利牛斯山，两座山有某种神似，然而给人的感受却是两样……

从1岁到5岁，我在阿尔卑斯山区长大。然而，在我脑海中留下最深的印象，却是分隔法国和西班牙的群山——比利牛斯山脉。大约我9岁的时候，全家到这里度假，后来自己又重游了几回。

比利牛斯山脉是一座座干旱的山，衰颓、原始。早些时候人烟密集，后来人去山空。比利牛斯山是羊群的山，是长坡浸浴在阳光里的山，杜鹃花乍然蔓烧，那是粗犷的山。

善意的庇护

然而，曾住在这里的人，后来却不知去向，群山仍留下旧人足迹。掩门的小屋，荒废的羊圈，一排排无人照料的果树，都引人追想旧日时光。

在全家度假的小屋前，有一棵老椴树，树身高大，散发着香气，在我的记忆里，它一直是这座大山的圣树。椴树下有一大片梯田，顺势而下可看见梯田下坡的梯线。田间常出现一个年纪很大的牧羊人，带着小羊群来来回回。当时还是孩子的我，对牧羊人的肌肤特别感到着迷。他的肤色棕褐，满布皱纹，我总觉得他的肌肤是原野所覆盖的大地，是龟裂的土所烧成的。

山野的褐地，牧羊人的褐肤，同样的质土构成世界最基本的元素。牧羊人的笑容温煦，娓娓说着我听不懂的土话。老牧人、老椴树，传达了同样的神情，给予度假游人同样善意的庇护。

死亡的回忆

比利牛斯山同时也满载战争与宗教战争的回忆，令人难以忘却。最壮观的地方，非蒙塞居（Montségur）的山岩莫属。蒙塞居山峰上耸立着许多碉堡，早已成废墟。中世纪时，这里躲藏着一群被视为异端的人，抗战到最后一刻。这最后一群人，属加达赫派（les Cathares，意译为"纯洁"）。

战后这个地方异常宁静，碉堡外观庄严，引人深思。对我来说，老椴树与老牧人是护佑的灵，蒙塞居美虽美，却是镶嵌在蓝天里的岩块，犹如一只茹血的兽。

山的新生命

当我在嘉义县梅山乡的高山散步，身在井然有序的广大茶园时，我想起法国的比利牛斯山。两座山的景色有某种神似，然而给人的感受却是两样的：虽然现今比利牛斯山是很有活力的山，但是之前两个世纪历经的沧桑荒凉仍引人幽思，而那时台湾中南部的山广为人居，佃农纷纷上山开辟整地。今日的情形却刚好相反。台湾中南部的村落似乎显得老化，而西班牙与法国却由于旅游业兴盛，为比利牛斯山带来了新生命。或许所有的高山都面临同样的命运：被殖民、荒芜、被殖民……总之，在荆棘满布道路前，人要取道开垦好路过山。

山，总是在那里。

卢瓦河边的古城

鲁 进

来到卢瓦河边这座古城,似乎是出于偶然,除非你相信命运。那年夏天,我的法国朋友安妮开车带我和我女儿去参观卢瓦的城堡。我等待这一天已经很多年了,在女儿出生之前就决定等她懂事以后把第一次参观这些文化遗迹的快乐和她共享。第一次游历一个地方是很重要的经历,不仅是视觉的享受,也是心灵的发现,所以我尽管经常去法国,但是每次去的地方都很少,这样总是有新的地方去。卢瓦河地区最著名的景点,我从书里早已熟知。安妮最好的朋友住在图尔,所以她来过这一带很多次了。让她这么陪着我们玩,我有些不好意思。就像外国人到了北京一定要去天安门、故宫和长城一样,我说我很想去香波堡、舍农索和维朗德丽花园城堡,其他就随便她吧。她说她自己从来没有去过布洛瓦,我们正好路过,就在那里停留一天,住一晚吧。

沿着碧波蜿蜒的卢瓦河,我们到了这座靠山临水的小城。穿过一座石桥，就到了城里最热闹的街区。我们顺着盘旋的小路开向山顶，两旁都是餐馆和店铺，迎面有一道长长的石梯，石梯上有一个花坛和雕像。我们左拐后很快就到了一个花草树木繁茂的街心花园。花园附近是我们的宾馆，旁边有一座中世纪的教堂，另一边就是皇家城堡的背面。女儿很快就发现了一个美丽的取景角度：她站在盛开的绣球花丛边，背后就是雄丽的城堡。城堡坐落在山顶，它代表中世纪、文艺复兴和古典时期不同的建筑风格，也从侧面见证了自13世纪到17世纪的法国历史。

站在城堡的花园边，顺山而建的房屋，尽收眼底，卢瓦河宛如一条绿色的丝带，环绕着这座山城。卢瓦河地区素有法国花园之称，这里有一个顺着山势设计的花园，一层层花圃伸向卢瓦河。这座小小的城市有一所工程学院、音乐学院，还有一所风景设计学院。那天还正好有一个露天音乐会。我们在露天街市上买了面包和香肠夹在一起当午餐，连我女儿都承认比美国的香肠好吃多了。这里的街道弯曲起伏，当你随意漫步时，常常会一拐弯就遇见出乎意料的景观。城市保留了很多古老的建筑，因为法国人很重视历史，当他们在室内安装上现代的舒适设备时，同时会注意保存房屋古老的外观，所以各个地方都有迥然不同的风貌。傍晚，我们选了河边的一家餐馆吃饭，看着人们沿着河边慢慢地散步，我突然觉得这座城市很像我少时的故乡。

我的故乡也在一条河边，那是一条曾经清澈的河，但到我记事的时候，河里的水已经不能喝了。不过，我最美的回忆，都和这条河有关。河水绕着市区缓缓流过，流到很远的地方。故乡的房屋也是顺山而建，街道蜿蜒曲折。我们徒步在城里穿行，踏着小巷的青石板。我们记得哪个街道有可口的小吃，我们记得公园的哪个角落有什么花草。印象最深的是春天的桃花、夏日的栀子和秋季的紫薇。我们也会在露天街市买菜，每个时令都有不同的新鲜蔬菜，时光在盼望和变换中流过。有些菜我离开故乡后就再也没有吃到过，有些菜名在普通话里也不存在。16年后重返故乡时，发现我最珍视的记忆已经被现代化的车轮抛在后面，故乡的有钱人都搬到了河对岸的新区,那里有都市化宽广的公路和绿草茵茵的小区。我站在路边,望着周围的景观,觉得不知身在何处。"老区"显得那样破旧,和印象中的故乡比,像走了样的照片。自那以后,我又回去过几次,但梦见故乡时,还是从前的样子。

也许除我之外谁也不会认为卢瓦河边的这座古城和我的故乡有什么共同之处。然而,著名美籍华裔人文地理学家段义孚一定不会觉得奇怪。在《空间与地方》里,他详述了人类文化情感经历与地理环境的关系,并以神学家蒂利希(Paul Tillich,1886—1965)为例。蒂利希年少时每年都去波罗的海海边度假,他喜欢无际的大海,甚至觉得大城市,比如柏林城,也和大海一样广阔。蒂利希退休后选择了居住在大西洋边的一个地方。我对安妮说,也许我退休以后会到这里来住。她笑了,因为我离退休还远呢,而且她是巴黎人,觉得巴黎以外的地方都不能久住:"几个小时就能走遍全城,你该有多无聊呢?"我告诉她,我生长在一个小城市,在这里觉得很适意。她在给我们的一个朋友的明信片中笑谈了我的想法,并评论说:"她有的是时间改变主意!"

一年以后,我又回到了卢瓦河边的这座古城。在洒满阳光的路上,我慢慢向山顶走去,如同攀登走向天堂的阶梯。我找到了去年到过的所有地方,在同一条街上吃了午饭,看着同一条河载着历史,从容地流向大海。这次我来是为了建立一个文化交流项目,以便每年暑假都能到这里来住。我想,凡是想退休以后做的事情,都应该尽量从现在开始。

如果你有一段闲暇的时光,你可以慢慢地沿着卢瓦河游历,或徒步,或坐火车。你可以随兴而至,在任何小小的地方停留,也许你会经过这座古城,也许你会发现另一个地方,它恰似你心灵的故乡,让你在另一个空间里,找到你在时间里丢失的东西。于是你知道你那癖好漫游的心可以在那里停留。你不会觉得寂寞,因为卢瓦河像一条纽带,过去和未来、他乡与故乡,都在这里汇合了。当你不得不离开的时候,你知道自己还会回来。

我的驿站

魏明德

> 真正的旅行是内在心灵与外部景色的共鸣。

我的法文名字叫 Benoît，中文译名应该是本笃，但我喜爱用笨笃，因为它符合我的性情与才能。

晕拓心灵景色

真正的旅行是内在心灵与外部景色的共鸣。从西班牙到法国的朝圣古道、峨嵋山登山步道、澎湖玄武岩萧瑟小路、四川大凉山的曲径、藏区高地的史诗路，这些我经历过的路，仿佛编造了一条独特的路线，通向人类历程的探索。时间与距离编织了一条共同的道路，这条道路把每个人联系在一起，每个人的心灵也在这条道路上相遇。

旅行是我画画的灵感来源，每每拜访一个地方后，我的素描簿就成为山光水影的纪录。我试着在水墨画里留下初次的感动：擦肩而过的面孔、路旁的树丛、低矮的房舍、扬尘的道路、柳树下嚼着青草的水牛……有时，心中浮现的不是一幅幅画，而是一首首诗。

我的诗都是在不同的地方写的：法国与西班牙的乡间、泰国出车祸后的医院、成都、台北、长崎、康定等等，但这些体验都可看成单一旅程中的驿站。这几首诗宛如旅途旁的一颗颗小石子，引导我探索人类历程中最深层、最遥远的道路。真正的旅程并不是去挖掘奇闻异事，而是引导我们去欣赏生命的奥妙。

从我这里到你那里

对于旅途中不同文化的对话，必须信守一个智慧的原则：我们必须先深刻地认识并热爱自己的文化传统，才能深刻地理解对方的文化，继而启迪自己看待世界的眼光，荡漾出新的智慧，激荡出新的创作。身受西方文化洗礼的我，深深地爱上了东方的山水，也感受到东方人美好的情感与深厚的爱。虽然我不会变成亚洲人，但亚洲的确改变了我。

从法国、西班牙、日本、中国的成都到中国的台北，从这一端到那一端，大自然中流动的都是同一真气。诗人总是力图运用不同的形式去描绘宇宙中把人类聚集在一起的勃勃生气，产生了各种形式的艺术风格与绚丽多彩的文化。

人类共同憧憬着人与人、文化与文化间的对话，它的基础建立在人类世代累积下来的文化宝藏。对于把每一个人联系起来的世界，我希望我的作品能够或多或少表现出我的赞美。

一盏声音的灯

魏明德

借由心中的灯，艺术家闪射出光亮。

天笛、地笛与心笛相互聆听

有个人缓步登山，是峨嵋山，或是某座心天相会的中国名山。他坐了下来，打开行囊，掏出一支笛子。笛声化入林木的色彩。笛音唤着大地之笛，一唱一和间暴露了天笛的奥秘。

在欧洲博物馆里，伦勃朗自画像里的夜色让人进入更为沉静的境界。微光凝聚在画像的脸上，或者说，脸孔的光闪射到静谧的四周。克罗岱尔（Paul Claudel）曾说，这样的画，听比看更胜一筹。

李可染的滚滚湍流，浴在某种淡淡的橙光下。狭长的峡谷里，摆渡人冒险前进。橙光照着河流低处惊险的放筏。高处的苍松，透露唯有永恒,才是熙攘的本源与仲裁者。

教堂的彩绘玻璃流泻的蓝光与红光,把圣所转化为宇宙的一颗心,栖息在奥秘中。奥秘让这颗心变得活跃,让这颗心的血脉在宇宙的肉身里流动。这是石材与玻璃结合的奇迹。这颗心的深处,回响着管风琴的琴音,时而宛如麻雀嘈嘈切切,时而宛如岩下泉涌无言甘美。人笛、天笛与地笛传递了不同的曲调,流动的是同一股真气。

艺术作品唤醒我们五官的知觉

上面举四个例子,是艺术体验,也是心灵体验。这四个例子融合了视觉与听觉、音乐与绘画、中国艺术与西方艺术的印证。艺术指的是不同传统的审美观与独特技法。认识并懂得欣赏这些技法与传统构成所谓的文化。一个文化的审美品位是一个民族历代以来不断发展独特性的结果。这些独特性是珍贵的宝藏,宛如大自然、植物、矿物、气候以及各种丰繁面貌的人文反映。为了让这些独特性能够繁茂茁壮,我们必须回溯生命的体验,超越宗教、语言与技术等层面。艺术作品在这样的独特性中,踏出心灵探索的足迹;透过心灵的探索,人类的本性与命运得以显扬。

真正的艺术作品会传达出心灵的探索。我希望能以我本身的体验作为起点,以一个画国画、写书法的法国人,而自小听的是西洋乐曲,并从中获取灵感与慰藉的体验为起点。也许某天我们会遇到一个对油画着迷,同时又热爱国乐的中国人……不论怎么说,水墨画与西洋音乐之间的对话可以用一个比喻来描述:对艺术路上相逢的人,艺术作品是一盏灯,并不是任何别的灯,是声音之灯。

将灯与声音两个字放在一起的用意为何?在静观与聆听的过程中,我们发现艺术作品宛如照射内心世界的一盏灯。换句话说,艺术作品宛如夜里诉说的声音。我认为,声音不只是音,声音是取得了形、意、体的音。灯也不只是光,灯是有秩序的光,被投射出来的光明,是取得了形、意、体的光。

"声音之灯"意指两件事。首先，艺术作品不论采取何种形式来表现，都带领我们观赏聆听，唤醒我们五官的知觉，唤醒我们的四肢肉身，来到一个世界，我身即万物。艺术作品唤醒我们的五官知觉，将我们的体会纳入同一气息、真气、节奏。

声音的奇迹与光的奇迹

"声音之灯"的另一层意涵为：艺术作品对我们的直觉来说，宛如一个肉身，唤醒我们的内心世界，更精确地说，宛如他人的肉身。异于己身的创作，感动我，伤害我，借由他者的沉思，启发一个未知的自我。艺术作品的肉身为我带来无法预期的喜悦、痛苦与欲求。每当面对他人"声音之灯"的呼唤，我竖起耳朵听，睁开眼睛看，比自我更为深层的内心就会苏醒。透过艺术作品，他人呼唤我，我更变成我自己。当我创作的时候，我随即进入这样的对话，透过这样的对话，他人与自我内心里的独特性与共同点，不断取得更为深层的意涵。

用"灯"与"声音"来形容艺术作品时，艺术作品当然被视为一个肉身，有血有肉。当我作画时，画转为我内心的血肉。当画转为我的血肉时，我不再看画了，我透过心里的画来看世界。我不再听音乐了，我透过心里的音乐去听宇宙之音。画不只是用来看的，画是一种眼光。音乐在聆听中诞生。他人对我的呼唤，将我们带回这样独创的眼光、独创的听意。

若再深一层探讨，在同一真气下，当所有的感觉相互交流、融合之时，当光转为音，音转为光时，我会透过画去听音乐，透过音乐去看宇宙形与色的交往。

《圣经·创世纪》谈到世界的诞生，这个章节让我们对艺术作品的诞生有更贴切的理解，同时也有助于观画者以专心、爱心与虚心，来体会、观看、聆听艺术作品，理解更深一层心的再生。"起初，天主创造了天地。大地还是混沌空虚，深渊上还是一团黑暗，天主的神在水面上运行。天主说：'有光'，就有了光。"同样的，艺术家结合声音的奇迹（天主说："有光"）与光的奇迹（就有了光）。借由心中的灯，艺术家闪射出光亮。有一次，因着一次因缘，我感受到光诞生的奇迹。塞尚曾经说过："色彩是大自然深奥的展现，色彩来自天地万物的本原。"这句话在我脑海盘旋不去。

我觉得这是一句极具诗意的格言，对于其中的深意我的体会很有限，只有在某些时刻才能领会。那是我在四川凉山地区，和彝族朋友同在一起的领悟。我深爱那个地方，那也是我常造访之地。有次彝族年，大约是11月底的时候，我和友人在中午时分拜访他叔父家。虽是中午，但这里的传统房舍都以木、土筑成，没有对外的窗户，只有几个透风口，屋里的光线因而特别暗。依照彝族人招待朋友的习惯，我照例被邀请坐在火堆旁，火堆就在地上挖土而成。有人添加柴火，火焰逐渐转热、发亮、跳跃、燃烧，火舌里冒着的蓝黄绿红的光，闪动交错。最让我难忘的是，火焰取得深层土壤的黝黑本质，燃放各种不同的色彩。

从燃烧的木柴，我看到从天地万物的本原闪射出的各种颜色。后来我们交谈的言语，有如火堆中的炭，为火焰增添熊熊热力。屋外光线明亮，色彩奔放四射。屋外的明亮难道只是外在的，不也是宇宙内在的火闪射出来的？是的，色彩来自熊熊之火燃烧的天地万物的心，这正是我作画色彩的本原所在。同样的，无论中国的笛声或是法国教堂的管风琴声，都有其本原与终极目的：在静默中，声音瞬间创造了光。

静观并聆听心中的天

"声音之灯"一明一灭之间，心自觉到它那无穷尽的天以及它那丰富的色彩。艺术家帮助愿意静观、聆听心中的天的人。我以一首自己创作的小诗，轻轻地回味前面说的话：

舞在桥上

声音之灯小小，
但使我们过渡，
天地之间的森林。

空林的黑深深，
但使我们望见
言的珍珠。

  这首简单的小诗带我们回想《创世纪》的雄伟崇高，来自渺小与微小的事物，有如随风飘去的笛音、小滚动条里的戏墨、孩童的赤子之心，或是姑娘轻吐的爱意：爱的话语一出，心中就燃起火光。

跨语言的心灵世界

穿越在多种语言之中

鲁 进

带父亲赴美之前,他的朋友在北京为我们饯行,席间除了一个北京人,都是我的故乡四川自贡人。我和老乡说自贡话,和北京人说普通话。谈兴正浓时,北京人突然说:"你中文讲得真不错啊。"

我生长在中国,这样的恭维多么奇怪!北京人解释说,他见过不少像我一样定居国外的人,他们讲中文时都不大流利了,甚至时常夹带英文词,很让人别扭。我告诉他,在美国和那里的华人说话时,我也会夹带英文词,因为那属于我们生活的环境,但是在中国我不会,因为环境和对象都不同。再说,即使夹带外文,对我来说也未必是英文,还有在我思想、工作和生活中都很重要的法文,甚至有正在学习的西班牙文。如果我把它们都混在一起,别人能不能听懂先不说,自己就该去精神病院了。

我的第一语言并不是标准普通话,而是四川自贡话。如果你生长在

舞在桥上

四川，你就会觉得不存在什么四川话，因为四川那么大，每个地区的口音都不完全一样，就是邻近城市的口音也有明显的区别，以至于可能成为自己骄傲的资本，被人讥讽的笑柄，或者区别亲疏的界限。我在17岁上大学之前除了念课文外没有讲过普通话，不过后来的条件却很好，在北大的宿舍里住了七年，一直有北京同学作同屋，那都是耳朵很挑剔的学外语的女孩子，她们对细微之处只言片语的指教，是很难从别处得来的。

我中学学的是英语，上大学却选择了法国文学专业，前两年不免有些悔意，因为我那时盼望早日具有欣赏作品的能力，却不喜欢学习语言，就像希望领略山顶风光却嫌爬山太累一样。到第三年才学出点意思来，因为开始有文学课了。等到用法文写了硕士论文后，英文已经忘得差不多了，阅读还可以，但是讲不出来。我那时分配在北外的外国文学研究所工作，王佐良先生是我们的所长，他让我把所里的英文杂志，比如《纽约人》《纽约时报书评》《泰晤士报文学副刊》上的文章做卡片摘要，我做了一些，他当时很满意，觉得法文专业的研究生英文能这样已经不错了。准备去美国留学时，我也开始学习托福。我在北大三角地看见广告："留美硕士、托福640分获得者任教……"我不知道640分有多高，就知道自己没有那么多钱，只好土法上马自学。因为法文的基础，词汇和阅读都不成问题，语法也可以学会，最难的是听力，那段时间我听了好多录音，后来竟然考了647分。

到了波士顿学院后，我发现听懂当地人讲英语很困难，尤其是学生说话东拉西扯，和托福录音差得很远，自己表达更是吃力，法文专业又不像理工系有成群的中国学生，法语就成了我的避难所。因为上课和论文都用法语，班上既有法国人也有美国人，我完全可以适应。可是这样一来几乎所有人都认为我刚来时不会英语，不知道我那时就可以用英文阅读很多美国人都看不懂的文学理论文章。这个美名一直传了下去，临毕业时一个新来的法国同学还这么恭维我："我真佩服你的勇气，不会英文就敢到美国来留学！"

这样的恭维应当怎样回应？只好一笑了之。很多年后，我又时常听到相反的评论："你说你的法文比英文好？这怎么可能呢？你在美国生活了这么多年，在法国有这么久吗？"

世界上有多少我们不了解和不理解的事情，可是我们却那么容易断定什么事是可能的或者是不可能的。

在美国从事法国文学研究的学者普遍是或者用法文、或者用英文写作，用英文写作自然在美国发表机会多一些，用法文写那一般就要到法国或者魁北克，我在多数情况下选择了后者，这是因为很长时间里用法文思考感觉更自然，也是因为觉得既然是在讨论法国文学问题，那么对象当然是懂法文的人，加上从在高师留学起到现在，我和法国或魁北克的学者交往更深，这不完全是我自己的原因。

和一个美国同事在语言实验室查资料时，我给她看一个中文网站，她指着屏幕上的中文说："你真的会这个吗？告诉我你真的会这个！太不可思议了！"

感谢在国际会议上认识的国内学者，他们对我一见如故的热情，让我有机会回归了母语的家园。我从2002年开始在《中华读书报》上发表文章，在这之前用法文写的论文，我都觉得很难翻译成中文，因为1989年出国后，中文还存在于我的一部分生活中，但是写文章时已经不再用中文思维，这和翻译完全不同。

"你用什么语言做梦？"很多人问过我这个问题。其实多数时候我们根本不记得做梦时用了什么语言，但是的确有记得的时候，尤其是突然或者很快醒来时。做梦用什么语言取决于你梦见了谁，梦里在什么地方，在做什么事情。醒着的时候也一样，我如果习惯和某人讲某种语言，就不会轻易改变，否则就很别扭，似乎在扮演一个角色。

我和安妮在都柏林的国际18世纪年会上认识。汽车正要出发去参观

舞在桥上

一个庄园，车上每一排椅子上都至少坐了一个人。我靠窗坐着，旁边的位子空着，安妮上来后，看了看我胸前的名卡，知道我从美国来，就用英语问我旁边有没有人，我看了看她的名卡上写着来自法国，就用法语说，没有人，请随意坐。安妮是法国的英文教授，我们后来的习惯是用法语交流，尽管她和我女儿说英语。

我曾经十几年没有回过故乡自贡，觉得家乡话已经忘了，给家人打电话时也讲普通话。当我收到高中闺蜜的信和电话号码时，决定给她打个电话。这么多年杳无音信，好容易联系上了如果和她说普通话，一定会增添我们的隔阂，所以我独自练习了差不多半小时自贡话，心里没底，可是一听到她的声音我就毫无问题了。后来回到自贡时，很多同学告诉我，所有离开家乡的同学里，我的自贡话最原汁原味，声音没有变，口音没有变。生于加拿大的法语作家南希·休斯顿（Nancy Huston）说自己做不到这一点，老同学不知道南希·休斯顿是谁，但是他们觉得有些同学变了，他们更喜欢没有变的同学。

"你一定有语言天赋！"没有，没有，真的没有。我不会鹦鹉学舌，不理解的东西从来就记不住。还不如说是多年的经历改变了我大脑的结构。我和大学生一起坐在教室里，开始学西班牙语，和当初那个在北大学法语的17岁少女相比，我更懂得语言，更知道怎么学习，记性也不差。学一门语言仅仅为了应付生活和工作，那还不算难，真正让一种语言成为我生命的一部分，我必须感受到它特殊的美。在我心中，中文和法文一直是最美的。而英语呢，在来美最初几年只是生存学习的工具而已。但是有一天和朋友在波士顿去看了音乐剧《歌剧院幽魂》，受到其中歌曲的震撼，从那以后，我才开始觉得，英文也是一门美丽的语言。我心中能不能再容纳一门美丽的语言，现在我还不知道。

摇荡在轻雾与阳光之间

魏明德

我父亲来自欧洲法兰德耳，但我对地中海的阳光和拉丁语言，有一种说不出的思乡情怀。

我上初中的时候，第一个学习的外语是德文，我学得不太好。当时是在70年代初，学校使用的教材仍然带着第二次世界大战后的氛围，阴郁而晦暗，充满德国战败后的悲凉。简单说，就是一点也不有趣……授课的老师也是如此。

音乐与诗想的德国

我妈妈是德文迷，在我的床边贴了一堆动词变化表和位格表，光看到那些密密麻麻的东西就使我退避三舍，怎么也记不住。

直到后来渐渐接触里尔克（Rilke）等人的诗，特别是巴赫的音乐之后，我才勉强"入门"，但是一直无法正确流畅地开口说德文。

西班牙式的悲欢离合

相反，从高中一年级开始，我就发现西班牙语非常有趣，会话课滑稽好笑，授课中歌曲和诗占了大部分，使我迷上西班牙式的悲欢离合。

高中三年，西语的老师都是年轻女性，她们的态度轻松自在、热情洋溢，使得学习语文变得更加容易。上大学后，我继续修西语，这一辈子所交的朋友，不是西班牙人就是拉丁美洲人，西班牙语甚至成为我的一部分。

坦白说，我的德文学不好，多半要归咎于自己的懒惰以及对西班牙文的偏爱。对一个法国人而言，德文比较难学，而西班牙文尽管不像初学时以为的那么简单，但入门容易多了。

金发褐眼的我爱慕地中海

这或许不是唯一的原因，可能也包含认同感的问题。虽然我的童年在法国度过，但我的家族来自法兰德耳（la Flandre / Flanders，包括比利时、卢森堡以及法国东北部分地区），这个地区的历史相当复杂：在语言文化上和日耳曼民族很接近，但好几世纪都是被西班牙所占领。虽然在政治上的记忆不甚愉快，但在这段时间却多少感染了地中海文化的内涵。

虽然我的头发是金色，但是我的眼珠是褐色，这是从我的母系那边遗传而来，他们长得多少有点像西班牙人的样子。

我听亲友谈起，母亲的祖先曾经是海盗，住在法国西北沿海。他们常常在暴风雨来临时，放火烧毁船只，以便抢劫财物。他们其中或许有些是西班牙逃兵，谁知道呢？我就这么胡思乱想，只知道自己不愿承认是北欧人。

拉丁语言的呼唤

我对地中海的阳光和拉丁语言，有一种说不出的思乡情怀。以前我父亲是拉丁文教授，他出身于法兰德耳一个贫穷的家庭，20世纪才移民到法国找工作。我父亲那一代的移民几乎都不说法兰德耳语了。

我父亲升任教授后，就被派到北非的阿尔及利亚任职，而我就是在那里出生的。所以打一开始，我的脑海里就摇映着北国的轻雾以及地中海沿岸的暖阳，直到我14个月大时才离开北非……

无尽迁徙中的珠宝盒

这种一南一北的情愫持续很长的时间，而且沾染"浪迹天涯"的味道：因为童年我是在意大利边境的阿尔卑斯山度过，而成年后的第一份工作，却又把我带到比利时的布鲁塞尔；然后我又离开那里，住到邻近西班牙的土鲁斯（Toulouse）。

而此刻，我则逃离南、北欧之间的无尽迁徙，来到了台北。在这里，才有真正所谓认同的问题吧！所幸在内心深处，我一直珍藏着北欧的轻雾与拉丁的阳光。

认同的难题无解也罢，或许正由于这种复杂的情结，不断地使人自我探究，并在面临各种困境中，找到启发性的答案。

对于自身归属感的问题，我觉得不该简化它，也不该去突显它，而是应该多用一点幽默感，多给它一点空间，学着在自我与集体的矛盾中取得祥和。这就是阴阳调和的处世态度吧！

母语与外语

魏明德

教育的奥义不仅在于教材和教法，教师的教育哲学和理念、对所授内容的想象、理解与期待，在教育当中其实扮演着更为重要的角色。语文教师（特别是初等教育的语文教师）不只是教导学生听说读写，更是在为学生逐步建立自我的重大人生功课立下基石。语文是知识的敲门砖，更是人文教育的基础。

学习母语和学习外语是两种彼此相关的经验。唯有了解母语的精髓，才有可能真正理解外语的奥妙。相对地，学习外语时，我们得以在母语文化之外回头审视，大大有助于我们以新的眼光和角度欣赏并理解自己的语言。除此之外，学习语文还有四个重要的作用面向：认识自己、认识他人、发展个人创造力、嵌合个人与团体。

舞在桥上

学母语，探索自我

我们自襁褓时期便接触母语，因此很容易误以为学校里本国语文的教学，不过就是读书写字而已。但其实我们是借由学习新的字词、吸纳更多的文字表达方法，而得以谈论自己、表述自我。我们是在界说"我是谁"的过程当中认识并建构自我。同样的作用当然也见于外语的学习过程，但母语是最切近一个人的语言，故而在这方面的作用最为强烈。因此课堂上的母语教育不该只是生硬地教导字词和句法，要求学生鹦鹉学舌般"照样造句"，而应该鼓励学生自我表达，让语汇句法的学习和自我的探索自然融合。

学外语，认识他人

观察他人透过语文而自我表达的方式，是认识他人的一个重要管道，这一点在学习外语时更加明显。在母语中视为理所当然的文化假设与价值，在外语中可能全盘皆非，学外语于是不仅是学别种发音、语调、文法和字汇，更是在学习一种不同的文化、不同的思维、相异的世界观。在不知不觉间，外语教师碰触到了"自我"与"他者"相遇、碰撞的课题，并且在其间起着莫大的作用。

学语文，发展创造力

字汇和句法就像元件，每个文化社群表达沟通的体系，都建筑在这些看似零散的小部件上。手上拥有越多元件，意味着潜在的重组、运用方式也越多元。语文教师若是体认到这一点，进而鼓励学生在学习语文的过程中，以各种不同的方式来表达所见、所感、所思，在相当程度上也等于在教导学生自由、创意的思考。如果教师不只是僵化地塞给学生更多词汇和成语，就等于是在透过语文教育来教导学生自由的意义与内涵。

学语文，嵌合自我与群体

若是真的认识自己、理解他人，又具有自由、创意的思考能力，我们也就具有在团体中与人共同合作、共同发明的能力。人类社群的维系、沟通、辩论、进步，乃至于持久不断的自我创发，都以语文作为最根本的工具。

语文既是一种工具，当然有其善用也有其恶用，而语文教师在课堂最大的挑战与使命，就在于让学生了解学习语言的真谛——在单字、片语、考试和升学之外，语文的学习所带来的自由与创造，才是真正伴随学生一辈子的无价珍宝。

最深层的道路,是生命的灵性之路

山泉奏鸣曲

鲁 进

清泉从石缝出生
流过深涧和花径
告别溪边的水草
去找自己的河道

它在草原上奔流
也在荒漠中行走
有时和山谷交错
有时被泥沙淹没

记忆中的河道
有星星在关照

江河里的波光

映出久远的海浪

水雾与云彩歌吟

咏唱天外之音

我想出生

魏明德

我想在树上出生,

慢慢地爬树,

爬向我的圆满。

我想在水源地出生,

急促地随流而下,

迈向我的新生。

我想出生当一只鸟,

不停地飞翔,

从现在飞向现在。

我想出生当一颗石头,

只停留在

风催生我的时刻。

我想出生当青苔,

轻柔地栖息

舞在桥上

在空壳与热血之间。

我想出生当一个男人,
认识全部,
放弃全部。

智慧的夜光

魏明德

虫子与石子的语言,
启示智慧的夜光,
唧唧的词汇和沉默的文法,
使聋子听懂图像。

请你向小河俯身,
倾听石与虫的对话,
石子说流水,
虫子解星辰,
胸内涌生宇宙之言。

漫游世界的亲历与思索

我的美国恩师

鲁 进

我于 80 年代末随波逐流地去美国攻读法国文学的博士学位。现在想起来也觉得不可思议，因为人生最重要的决定之一，竟然不是自己深思熟虑主动作出的。我在北大的七年间，知道很多人一心想出国，但我完全无动于衷，因为自己花了很多年才勉强克服了对故乡的思念，适应了北京的生活，要长期在遥远的异国他乡生活学习，根本无法想象。我只来得及申请了一个大学，可巧波士顿学院竟然录取了我，并给了我全额奖学金。现在想起来，那大概就是缘分，或者说命运。在波士顿学院我遇到了玛蒂尔达·布鲁克纳（Matilda Bruckner）教授，她对我有知遇之恩。我有过不止一个恩师，但布鲁克纳教授改变了我一生的道路，至今还是我学术和教学的楷模。

因为办护照时的延误，我迟到了两个星期，当时修两门课，其中一门就是布鲁克纳教授的。到美国一两个星期，就要交第一篇论文，她规定题目必须是课堂上没有讨论过的。我去了她的办公室，提出了好几个题目，她都说课堂上讨论过了，尽管我没有在场，也不能特殊照顾我。我不得已又花了很长时间看书思考，终于选了一个题目：从亚里士多德的悲剧理论看拉辛的《费德尔》里心腹的戏剧功能，她这才接受了。我只有一个周末的时间写论文，而且是第一次使用电脑，因为时间紧，不得不边写边打。这篇论文我得了个 A-，她在评语中说我开头和中间都写得很好，遗憾的是结尾比较仓促！不过系里秘书对我说，她打分很严格，得 A- 的人就很少。她这门课一学期要写三篇论文，做一个口头报告，作品就要求读 12 部，还加上有关的理论研究评论文章，比我以前修的任何课分量都重。不过这些都可以克服，最让我紧张的是她要求课堂上必须积极发言，发言的数量和质量是期末分数的一部分，并对我说，如果上课像我这样一言不发，论文写得多好也不能得 A。我在中国学习多年，上课是基本不要求发言的，除非老师点名，而且班上差不多有一半是法国人，即使是美国人，也都在法国生活过，他们都显得那么自信、那么流利，让我没有勇气说话。我请求教授考虑到我的文化背景，给我更多的时间适应，她说既然到了美国，必须按照美国的标准求学，如果不马上开始发言，就会来不及了。当我第一次在课堂上发言时，心跳的速度都很快，声音恐怕也有点发抖，但后来就觉得如鱼得水了。第一学期下来，我两门课都得了 A。在美国修课，评分标准非常清楚，开学的第一天就公布了，教授还会时常提醒你，如果有足够的能力和努力，自然能得高分。我至今还感谢布鲁克纳教授对我的严格要求，她迫使我发掘了自己的潜能。美国大学的学生到期末都会给教授匿名打分写评语，学校在教授提升和加工资时通常会把学生评价作为标准之一，这种规定一方面让教授不得不认真备课上课，另一方面恐怕也是大学分数膨胀的原因之一。但是布鲁克纳教授以打分严格出名，这是很不容易的。当然，光是严格也不行，我觉得她也很公平。

波士顿学院的法语博士项目要求用两年的时间修课，包括从中世纪到20世纪所有的阶段，加上当代文学理论。文学理论课用英语授课，因为所有罗曼语的博士生都修这门课，其他课全部用法语授课，教授学生都不能讲一句英语。作为中世纪文学专家的布鲁克纳教授始终是我最崇拜的教授。她是耶鲁大学哲学系的硕士和法文系的博士，在普林斯顿大学任教过，发表过质量很好的专著和文章。她开场的讲解总是很精辟，更让我佩服的是她掌握课堂讨论的能力，她非常聪明，不管学生发言的方向如何变化不断，她总是能够在充分调动学生发言的同时巧妙地把握讨论的方向。她在学生身上花很多时间，在重视学术研究的教授中不少人做不到这一点。她总是及时地修改发还学生的论文，学生有什么问题她也及时地解答。那时还没有电邮，我曾经把她回答我问题的便条如同情书一样保留很久。我没有选择她做我的导师，因为古法语基础太差。我在北大的时候也没有修过17世纪和18世纪法国文学，但在完整地读过许多原著后，我恰如发现了一个新天地，决定从中选择论文的题目。修完两年的课程后必须通过博士资格考试，口试范围是包括从中世纪到20世纪的几百部重要作品，加上重要的理论书籍，在这个范围内六个教授可以从任何方面提问。口试之后再定论文方向，并通过相关的笔试。口试和笔试加在一起，最快也要一年，一般需要更多的时间。通过了资格考试才能做论文。

我准备博士资格考试那一年，打算找机会去法国学习。作为博士生，我一直在波士顿学院教基础法语，可还从来没有去过法国，我自己是没有经费去的。波士顿学院和法国高等师范学院有个交换项目，高师是法国学生梦寐以求的名校，交换项目是每年高师派一个学生到波士顿学院教法语，免费修课，波士顿学院也派一个学生去教英语，并免费住在高师宿舍，修高师的课程。大家当然假定波士顿学院派去教英语的学生母语是英语，法国派过来的学生母语是法语，否则没有必要交换。但这是我当时唯一的机会去法国学习。我去找布鲁克纳教授谈话，因为她是研究生主任。她当时对我说，学校选派学生的唯一标准是学业成绩，目的是要为最优秀的学生提供在法国生活学习的机会，绝对不会因为学生的国籍对任何人歧视，教英语只是学生生存的手段，不是派学生去法国的目的。她没有明确说会选派我，但是按照她所讲的标准，我很清楚她的立场。按照布鲁克纳教授声明的原则，我顺利地去了高师，并且破例得到了一般是写论文最后一年才能拿到的论文奖。系里的教授认为，那笔奖学金将来自然是我的，根据我的特殊情况灵活处理提前拿到，并没有任何不合理的地方。这件事情使我对波士顿学院终生感激，也觉得这样的事情在世界上任何其他国家都难以想象，是我后来决定留在美国工作的重要原因之一。没有那年去高师的经历，我不可能在美国大学找到正式的教职。我在高师那一年也利用时间到索尔本大学读了博士预备班，结识了一些研究18世纪的学者和学生，为我后来的研究提供了不少机会。我很佩服我的导师达冉先生，他那么博学，我提出的所有问题他都了如指掌，而且对我一直很客气，只要请求见面，他总是很快安排。在高师过了一年，我那时觉得只要一个月继续有一千美元的奖学金，免费住在高师，我可以这么过一辈子。我很喜欢法国，有些朋友也劝我留在那里，但是我一直拿着美国的奖学金，没有在法国面对现实生活的勇气。离开之前，达冉先生答应和波士顿学院联合指导我的论文，我在美国的导师也同意。这个计划后来没有实现，责任完全在我，那时心情太不好。离开索尔本大学多年后我还拖着女儿去见过达冉先生一次，顺便向他展示我一生最自豪的"杰作"。

在美国事业何去何从的问题上，不少人给我提过建议。中国留学生中的朋友都对我说，改行吧，学一个好找工作的专业，对你来说很容易，谁听说过中国人在美国当法语教授。那时参加华人聚会，最怕人问我学什么专业，回答之后或者是尴尬的沉默，或者说我浪漫，那意思就是异想天开，不切实际。北大法语专业到北美的同学，留下来的好像都改行了，改什么的都有。有一个老同学读法国文学博士已经读了一半，经过一番调查之后放弃了，她对我说，每个大学教职都有两三百个人申请，即使已经通过第一次面试被选到学校去面谈，也有可能在最后一关被淘汰，连法国人和魁北克人都很难找工作，我们继续读下去太不明智了。听了她的话，我只能去问自己最信任的布鲁克纳教授，她对我说，相对于博士毕业生的数量，法国语言文学的教职的确很少，因为60年代后期起美国大学不再扩建，很多专业外语不再是必修课，而西班牙语在外语中占的比例又越来越大，对法语是很大的冲击，因为只有教授退休后才能招新教授，有时学校干脆把名额取消，所以教职越来越少。她坦诚地告诉我，找到正式的教职对谁都不容易，但我是她一生遇见的最杰出的学生之一，应当全力以赴去争取。她说的话对我当然起了很大的作用，我想一生最好的年华都在学习法国文学，当初也是自己选定的，改学其他专业充其量也就是个饭碗，不应该在撞到南墙之前就回头。作为中国人在美国找法国语言文学的教职，我没有任何天然的优势。布鲁克纳教授在我找工作时给我写的推荐信，我从来没有看到过，因为按照美国学术界的惯例，工作申请人最好放弃看信的权力，以便推荐人能够畅所欲言。很多年后，在我评定终身教授时她又给我写了推荐信，按规定这封信我可以看，那时我才明白自己能找到教职的部分原因：她对我的评价，我至今不敢用来评价自己，只能当作一生努力的目标。在我心目中，布鲁克纳教授代表美国最可贵的精神：她工作严谨、对人公正、不徇私情、心胸宽广，坚持给外来人同样的机会。我后来当然明白，不能指望所有人都像她。但我从求职到提升，从来没有请客送礼，找到工作时，不认识大学的任何人，提升终身教授时，连谁是学校评审委员会的成员都没有关心过。按照世俗的眼光，我如此天真，竟然在这个世界上找到了安身立命之处，说得上是奇迹。布鲁克纳教授从来不接受任何学生的礼物，也不接受学生请客吃饭。在校时我们一起吃过一次饭，也是各自付账。她开始时是研究生主任，后来又做过系主任，始终不和任何在校学生有密切的私人关系，这样不会显得在作决定时对任何人有偏心。我毕业以后她到芝加哥开会时才请她吃饭，约定轮流请客，我后来带着女儿去波士顿，她也请过我吃饭。我已经很多年没有见到过她了，也记不清下次见面究竟该谁请客，不过这已经不重要了。我轻易不肯打扰她，因为知道像她那样对研究、教学和家庭都完全投入的人，时间有多么紧，但在面临重要决定时，还会写电邮给她，她总是及时回复。她是美国人，但是我们谈话和通信都用法语，她叫我的名字，而且很多年前就署名玛蒂尔达，但我始终不能像美国人一样对她直呼其名，因为她在我心中早就定位了，永远是我的恩师。

我的应许地

魏明德

神操启发我的内在感官，让我朝向应许之地走去。水墨创作有如实践神操的操练法，让我迈向内在的自由。

在法国初修之前，我曾经到中国大陆去过一次，停留的时间短暂，不过印象却很强烈。初修两年后，我到台湾念神学，开始学习写书法，研究道家经文，并练一点气功。如果没有神操启发我的内在感官，让我觉得往这个方向展开我的"应许之地"，我想我无法这么全心投入这些学习活动。后来，我才真正踏进华人社会，主要的居住地在台湾和四川。

学把异乡当成故土

感谢萍水相逢的朋友不吝惜给我帮助，奉献他们的友谊，这是我幸福的依据，这份友谊的沃土逐渐结出新的果实。我结交许多画家、书法家，和他们变成好朋友，其中不少是深研道家或佛教的男女。某些抱持开放态度的优秀人士，他们的涵养都立于本身文化与艺术的传统，他们传承的根基与影响的层面都很深厚。幸亏有这些朋友，我逐渐明了我可以放手学习并忠于自身的传统文化。因此，在学习的过程中，我源源不绝地完成的画作说明了什么是双向的忠实。

初修的体验，锻炼神操的体会，对我来说就是经历到雅各布伯两个夜的体验。梦中我见到天空被打开了，允我一块应许之地。我听到天地间的召唤，隐约看见被召唤的流放路，披覆着希望的光彩。

接下来的几年，我在异乡奔走，尝到探索的辛苦，也体会发现的大乐。幻念逐渐消散，善德逐渐纳己。我学会把异乡当成故土。水墨画也是如此。水墨画的灵魂与技法是我的情有独钟，水墨变成我的表达语言。水墨构筑一个空间，整合我本身的记忆、源流，探索交会的动能。画桌变成了分享地，我的画作变成与每个人分享的甘美果实。

水墨创作给我新自由

认识水墨艺术，从事水墨实践究竟给了我什么呢？我想是创作的勇气。我有一股欲求，希望透过绘画表达居于我内心的世界。虽然这样的欲求和西方艺术的法则与技法格格不入，也许我原本身处的文化环境一开始即标立艺术的准则与判断，我总是被弄得窒碍难行。外国人从事水墨创作本来就逸于审美的判断，我重新拾回内在的自由。

像我这样一个外国人、新人、初学者，大家好像都能够给我宽容，随着新画的问世大家仍旧宽容如一。我发现原来水墨画的艺术本质及审美观教我们寻找创作的心源。透过艺术实践表达，我越来越感受到内在自由。我越来越相信，虽然许多水墨画家察而不觉，自限于各种技法与画派，很多卓越的水墨艺术家往往不受正规教育的启发，但是，比起西方，水墨艺术中的法度、严谨的笔法却不是品画的首要标准，有时画坏的作品却是一大佳作。水墨画的法度有如催化剂，就像走平衡木时手上拿的棍子，最后必须舍去而舞出自由。换句话说，当艺术成了内心自由的教育者和启迪者，水墨画艺术的确是灵修艺术。

天心与人心的新表达

水墨画的内在性与中国宇宙观的再现有密切的关系。水墨画家都知道什么是性灵现于形体，形体彰显性灵，在灵与体交会处推动宇宙与历史的律动。在这样的律动里，人类居其中，也扮演着见证者的角色，这个道理连中国哲人、神秘主义人士及中医师都认同不疑。水墨画的艺术原则不拘法度，对形式的迷恋只问能否转化，这是很有意思的。形象赋流动，性灵寓形体……岩石、林木、浮云、走兽、溪流的呈现，甚至连画的构图也是如此，难道还有别的事物能够予以启发吗？我想，水墨画的灵感源源不绝，将不会压迫题材与技法的发展。除了题材、风格与画派以外，当代水墨画应该可以找到新的表达方式。

性灵与形象的灵妙遇合，这样的遇合既寓于有形又逸于画外，两者水乳交融，也针锋相对。真正的自由地是一个充满各种可能的地方，充满了选择与决定。若水墨画懂得如何持护这方丹田，那么水墨画的内在潜能就会永恒持新。

读书或工作？——不断更新的抉择

魏明德（瞿彦青译）

该进修深造还是投入职场比较好？这个问题时常困扰着大学毕业生。一方面，他们兴奋于刚取得的学历证书所带来的各种机会：可以真正成为大人、赚取收入，在实际应用上磨炼所学、承担责任，即使这份责任不见得很大；另一方面，毕业生的确意识到自己所知不足，也许到研究所精进几年可更有竞争力，而且比起继续当学生，维持一份工作可能很快就让人感到无聊或倍感压力。

要在当下和未来之间，在不同的得失与生活方式之间做出决定，从来就不是容易的事，也可能带来很大的焦虑。以下几个观点，也许可以提供给大学毕业生参考。首先，这类抉择已不再像过去那样强制和绝对。如今有各种桥梁，可让人同时兼顾学业进修和工作，朝着专业之路迈进。如此一来，除了有益于保持个人对知识的好奇与渴望，也能在某些时刻准备好放下眼前利益，再次步入学习和研究的道路。

此外，工作可以重新启动一个人对知识学问的渴望。学生往往因为在高中或大学受教育的方式，渐渐失去对学问和研究的兴趣。不过，现实生活所遇到的问题和挑战，却时常让他们重启追求应用知识和智慧的动力。例如现实中被科学进步的奇观所包围、复杂的社会机制、社会不公以及道德困境……在在使人升起一连串波动心灵的问题，而想解决这些问题，需要应用非常多元的知识系统，以更了解和通晓这个世界。

当大学毕业生知道在学习和工作间寻找平衡，也是所有长辈到晚年（甚至到生命终点）还会遇到的问题时，也许会感到欣慰一点，到最后问题可能会变成："将我的精力投注在我知道、我能做的事情上，因此能立刻帮助我的家庭和在乎的人，这样比较好？还是要再次挑战自己步入增进专业和智识的道路？我是否应不计利益报酬地选择进修和研究？"幸运的是，这种选择并不总是这么极端，职业生涯也许能为渐进的学习计划提供时间和资源。

当你面对如此的抉择时，该以什么方式决定呢？基本上，问问自己的"感觉"，在你的心里可有强大的渴望去探求知识与投入研究？或者说，是否活跃于社会并从成就中得到肯定，才是最吸引你的愿景呢？如果你能不多犹豫，平实地回答这些问题，那就跟着你心中的感觉吧。如果不能，那就等待答案自然地在你的内心慢慢成熟。但要记住：在工作时，要保护和滋养求知欲的火焰；在读书时，不要把自己关在象牙塔里，要保持和别人分享你研究的热情。要知道，生命时常更新它的挑战，它将不断使你产生疑问，要你找出自己的答案。

进入你的文化

法国高师生活散记

鲁 进

我在巴黎高师度过的一年,应当说是人生的一个重要里程,但是那时候没有记日记,所以留下的是断断续续的回忆,时而清晰,时而模糊。我很佩服那些写回忆录的人,他们把过去的事情记得那么清楚,一定是从小就记日记吧。我其实从初一就开始记日记,但是我母亲总是能把我藏好的日记找出来,背地里看看也就算了吧,她还会理直气壮地来指责我"觉悟"不高的地方,要求我解释比较朦胧的想法,每经过这种遭遇后我都会把日记烧了,如此重复了好几次。我高一的语文老师薛老师要求大家写日记,那种介于公开和秘密之间的日记,因为毕竟老师要看,但又不是谁都能看。我因为喜欢薛老师,所以写得认真,薛老师看了我的日记,坚决鼓励我考文科,以后当作家。北大中文系是薛老师心目中的圣地,1981年高考时我是四川文科和外语类的双状元,有资格上北大中文系但竟然选择了法语专业为第一志愿,我想薛老师始终没有原谅我。到北大后我坚持写了几年日记，到出国前重读从前的日记，觉得其中有那么些年少偏激和夸张的成分，加上远行需要轻装，就都烧掉了，决定从此以后，让心灵去面对未来，凭记忆来筛选过去。

高师的学生也许有不少人认为自己会成为法国未来的伟人，这种想法并非完全没有依据。高师的录取率比北大清华还低，学生一进校就开始算公务员的工龄，每月有津贴，住房有专门的宿舍区，巴斯德就从那里毕业并曾任科研主任，学生里出过12位诺贝尔奖获得者，包括三位文学奖得主：罗曼·罗兰、萨特和柏格森，尽管在蓬皮杜之后再也没有出过总统。人文学界大家熟悉的泰纳、朗松、阿尔都塞、福柯等，都是高师的学生。当初我在高师那一代同学，现在已经有相当多人成为了学术权威。

高师和世界各地的许多名牌大学都有互派学生的协议，我们这些交换学生都在高师学生宿舍区分配了自己的房间。我把去高师当作一个很珍贵的机会，但是据我观察，当年和我一起去高师的外国学生却不是每个人都充分利用了机会。各个大学选派学生的标准不一样，有些学生被派的原因是他们的研究课题涉及法国，但是法文表达水平很差，所以很难和人交流。一个从普林斯顿来的学习艺术史的女孩，据说男朋友是个银行家，她只出现过几次，而且只和英语国家的学生在一起；一个学法律的英国女生总是和一个学历史的美国女生在一起；有两三个美国男生形影不离，我忘了他们是从哈佛还是从耶鲁来的。一个从杜克大学来的女生和高师的一个男生很快就成了一对，同出同入，至少她一直在讲法语。有一次吃饭的时候遇见他俩，我提到自己经常出去玩，喜欢照相，那个男生笑着说，这太像日本人了，我十分生气，对他说，我在中国的时候做过法国游客的导游，他们都一手拿着照相机，一手拿着旅行指南，甚至还有人带着录像机，那又像哪国人呢？从欧洲大陆来的学生相对适应得更好。有一个德国女生，她的法语不能说特别好，但是会拉小提琴，和几个高师的学生组成了一个小乐队。还有几个意大利留学生，我常常和他们一起玩,时常会听见他们用意大利口音的法语慷慨激昂地控诉高师学生对外国学生不够热情。

法国普通的大学生食堂是每个学生自己买一份饭,随便找个座位吃,完全可以谁也不理。高师的食堂那时是六个人坐一桌,学生先后到了以后要坐在桌边等齐了六个人,服务人员才会开始上菜。这样的安排,同桌的人出于礼貌,都会边吃边聊,就如同和家人或朋友吃饭一样,自然促使学生尽可能多和人交流。比较密切的朋友有时会招呼着一起来吃饭,但是因为必须六个人一桌,所以还是要和其他人讲话。高师学生常年在这里,认识的人多,自然很容易,初来乍到的留学生,刚开始的确有些不自在,法语程度不够的外国留学生尤其会觉得无所适从。的确,高师的学生有些热情健谈,也有些可能因为腼腆、孤僻或者傲慢,和他们坐在一起很别扭,可是,在哪里不都这样吗?尽管有牢骚,多数外国学生还是去那里吃饭,毕竟高师的饭菜比普通大学食堂要好不知多少倍,且不说和人交往本来就是来留学的目的之一。只有美国学生忍耐力最差,宁可舍近求远,几乎从来不在高师吃饭。我喜欢高师的伙食,除非来不及回去,否则总去那里。中午和晚上都有五道菜的正餐:先是汤或者荤素冷盘,然后是两道主热菜,然后是绿叶生菜和奶酪,最后上甜点。每桌还有水和酒,尽管不是什么好酒。这样一顿在餐馆里至少要花上百法郎,但因为政府补贴,我们只用了18法郎。尽管如此,有些高师学生还是喜欢批评那里的饭菜。除了食堂外,公共活动的空间主要是电视屋、电脑屋和咖啡屋。我经常去电脑屋写文章,在那里认识了P,他是学历史的,朋友不多,我和他熟了,就常常在一起聊天。我去过几次电视屋,可是那里人多嘴杂,很难选定一个大家都要看的节目。本来我也不大挑剔,只要是法语节目就行,可是高师的学生偏偏喜欢看美国电视,也不是说他们很欣赏美国节目,他们喜欢的是选一个自己看不起的节目,然后好一边看一边嘲笑。我想觉得自己很聪明的人常常不肯轻易流露欣赏什么东西,因为那样就显露了自己的品位在什么程度;讽刺嘲笑的时候，可以显示自己的程度至少是更高的。我去电视屋的时候也就不多了。

G从美国C大学来，也正在读法国文学博士，是美国学生里最友好的，总是面带笑容，但是我第二学期才认识他，因为他第一学期和女朋友住在校外，两人关系不好后才搬到高师来住。那天吃完午饭后一桌人都很高兴，继续到咖啡屋去聊天。可是那以后我几乎没有在食堂再碰见过他，因为他和其他美国人一样去附近的大学餐馆。我问他为什么，他说，高师的学生太冷淡，合不到一起，还必须坐到一桌找话说，不如到大学餐馆更随意。我问他，上次在食堂遇见你那天大家谈得不是很热闹吗？他说，这全凭运气，碰见有些人坐在一起就很别扭。我对G印象不错，所以对他说实话。高师的学生比我们小好几岁，又生活在自己的国家，有自己的朋友圈子，外国学生每年都换新的，不能苛求人家的生活里总能容下新朋友，如果我们不做努力，不给人机会，当然很难有真正的交流。他想了想说，的确，我们（他和其他美国学生）不习惯做什么努力。G其实人很好，他在高师最好的朋友是那里唯一的黑人学生B，很多年后还有来往，B应该是很优秀的，因为法国不搞种族名额优惠，但是他在高师好像也没有其他什么朋友，那些抱怨高师学生不够热情的外国学生也没有别人去接近他。

我和L都攻读18世纪法国文学，我们在高师的宿舍区有时会碰见，也在索尔本大学上达冉先生和莫南先生的研究班课程，可是我们到第二学期开学后才成为好朋友。她正好满21岁，请了不少同学去她家聚会，也请了我。她后来告诉我，好久就想和我交朋友，可是我一直对她爱理不理，见面打招呼总显得匆匆忙忙的。那当然是误解，我再忙也不会没有时间多交一个朋友，而且还是未来的同行。看来在法国想要交朋友，一定要显得从容、好奇，别让人觉得是个工作狂。我临回美国的时候，L对我说，她想去国外学习，希望能够交很多朋友："你看，你在这里多么受欢迎，那么多人都在接近你。你觉得我去美国怎么样？"我对她说首先我不觉得这里有那么多人接近我；至于美国，去法国的美国人普遍都认为美国人容易接近，但是深交很难，而且我觉得美国人还不如法国人那么对外国人有好奇心，所以最好根据自己论文的题目决定去哪里。L后来选择去了意大利。我们至今还是好朋友，每次路过巴黎我都会去找她，我们也合作过。

有一次吃午饭的时候碰见了A，他是那种一见面就可能给人很好印象的人，风趣、健谈、一见如故。他表示对中国很感兴趣，请我教他中文。我们在咖啡屋见面，因为那里是宿舍区最方便的地方。A喜欢速成。不想学汉字，只想通过拼音学习对话，我对他说中文同样的读音可能代表很多意义不同的汉字，在没有自然语境的情况下那样学习，知其然不知其所以然，和鹦鹉学舌差不多，但他还是坚持不肯学汉字。后来L告诉我，A总是喜欢突发奇想，可是什么也做不完，他的博士论文就拖了很久，再不做完就麻烦了。A没有学成中文，我倒让他帮忙看过我写的一份法国政府奖学金的申请材料，他看后拍案叫绝，说只要有奖学金，一定有我的。我当时想在法国延期一年，需要经费，但是A太乐观了。我亲自去见过专管此事的政府官员，他说法国政府奖学金是按国籍分配的，给中国人的奖学金都在中国通过官方渠道发放，给美国人的奖学金必须有美国籍才能申请，在漂流中的我根本没机会。的确，北大的不少同学都得到过法国政府奖学金，尽管数额不丰，但是对求学者来说也够了。

在咖啡屋认识了S。他喜欢聊天，所以主动兼任了咖啡屋的管理员，在那里耗去大量的时间，和来来去去的人谈笑风生，或者下国际象棋。S的女朋友有一头漂亮的栗色卷发，是个沉默寡言的乖乖女，早睡早起，生活很有规律，和他正相反。晚上咖啡屋最热闹的时候，是S精神最佳的时候。他教我下国际象棋，我连中国象棋都下不好，国际象棋就更没有培养前途。后来他又教我玩一种叫奥赛罗的游戏，简单得多，我还是总输。S下棋在咖啡屋的熟客里是数一数二的，赢了我胜之不勇，故意输给我也不会有人信，当然我输给他也不难过。我想我和S唯一的共同爱好是聊天。他和我一样喜欢马利沃，看过很多他的剧本。他不喜欢旅行，说地方无所谓，重要的是人，我想这也许是他欣赏马利沃的缘故之一。他大概不会受得了巴尔扎克。S认为我生活在异国他乡，不可能如鱼得水，他自己就无论如何不愿意离开法国。他对我说，喜欢做同一件事的人就容易成为朋友，比如和他来往最多的，不是一起下棋就是一起练习乐器。我那时喜欢看书、漫步、聊天，前两件事情都是适合一个人做的，只有聊天需要朋友。他从小就拉大提琴，当我告诉他我喜欢听大提琴时，他觉得不可思议：肯定是受了西方文化的影响，因为中国传统乐器的音色和大提琴差得太远了。没有必要跟他提马友友，因为他会说马友友也受了西方影响。可是我记得第一次听大提琴演奏时，就很喜欢，那时候年龄很小，根本谈不上什么西方影响。美难道没有普遍性？难道我们内心对某些美的事物，不可能有一拍即合的共鸣？

　　我决定学年结束后回到美国。我在法国的经费都是波士顿学院提供的，不知道如何在法国生存下去，而且在波士顿学院的经历使我当时对美国社会很有认同感，尽管和法国人总是更投缘。在巴黎我生平第一次品尝了孤独和自由，在反反复复中寻找自己，学会了为自己一个人创造一片天地。也许离开法国更让我保留了她在我心目中的理想地位，得到了一个没有忧伤没有生存压力的自由净土，一个永远可以憧憬回归的心灵故乡。离开高师回美国那天正好是周末，早晨走得很早，除了来接我去机场的朋友和几个特意起早送我的同学外，宿舍区的院子里空无一人。我在反思一年来的生活，有没有错误的选择，错失的机会。从S的窗口传来大提琴的乐声。也许他偶然早起练琴，也许他特意为我送行。但琴声在潮湿的晨雾中弥漫，它超越国界。

我的画室

魏明德

> 我的小画室就像是生蚝的壳,也像珍珠的蚌。

有一段很长的时间,我没有画室。我住到哪儿,桌子就借用到哪儿。我得注意别把墨泼得到处都是,这对手拙的我来说简直变成一项不可能的任务。完成水墨画或是写好书法后,我很怕一桌的乱招来严厉的批评。

老实说,批评是有,但很少是严厉的。仔细想想,我的朋友对我都有着卓越的包容心。我很敬仰旁人能够容忍我的个性及行为的缺陷,我也常想我对他人的缺点是否有着同样的忍耐心,是否能给予同样的宽容……

穴居的盛宴

我的第一个画室是一间教室。我在四川师范大学学书法,学了一个学期。教室很大,是我用过的最大的空间,立着三道门,窗子对着梧桐小径。我拉了几张课桌当画桌,放宣纸。隔壁班有许多学生吵闹着,走廊尽头的洗手间脏得出名,我常常就在那里洗笔换水。我和几个学生成了朋友,他们时常在我的穴居出没。

我的老师也是我的好朋友李金远,每隔一段时间就会到这里看我。这里名副其实成了一个相见地,备好了筵席——语言的盛宴,线条与色彩的盛宴。我常常怀念这段魔力时期,画画的空间和闲暇的时间一样用不完,这样奢侈的享受后来都无缘再次品味。

小室孵化饱满

之后,我就窝在小画室里。小的空间尽管带来许多不便,但我很惊讶地发现小空间反而是创作的吉地。小画室就像是生蚝的壳、珍珠的蚌,像是子宫里有胚胎成形,像蛋壳等小鸡破壳而出,更像蚕茧生丝。

画室里的气氛渐渐凝聚,次要的东西不见了,一切都在帮助作品诞生。我到过日本两三次,住在小小的房间,为的是祈祷和写作。在日式建筑特殊的气氛下,我发现孵化诗画的条件变得更好。诗作和画作同样简洁,仿佛每一个字及每一个线条都绽开到最饱满的极点。

城市的激励音影

后来我的画室在台北光启视听室的办公大楼里。这家公司很好心地把内部空间借给我用。画室不大,但方正简单,窗户对着忠孝东路的招牌。晚上霓虹灯幻梦似的在树叶间闪烁,像彗星一样闪亮。市声在街上喧闹,奏出一个音乐的基调,不管是城市的白天还是夜晚,好像激励着我去寻找新的色调和形式,激发我的创造力,使我清醒如一。

环境的魔力刻在心窝

不同的画室用不同的方式为我的作品上色,就像环境影响我们一样。有时候换个环境是件好事,不要老是眷恋同一个地方:我们要小心环境的氛围最后会取代我们性灵的色彩,对内心世界的自然发展反而成了障碍。不要留恋任何一个住所,这样才能让影像与字句从心中源源流出。作品诞生的地方,那些地方的魔力一直留在我内心,有点像心爱的友人照片或是亲人照片一样。

每个画室都如一个宽厚的主人招待我的心灵,对于每一个让我休憩、给我鼓励、给我灵感的地方,我的内心都有一股温厚活跃的谢意。我甚至觉得在睡梦中我的灵魂也还常常回到这些地方拜访探寻。

我在美国演话剧

鲁 进

我从小想象过自己会做很多事,甚至异想天开想过当海员,因为向往大海,但从来没有想过要演戏,更没有想到是在美国演戏。当时的校长助理找我,让我组织本地华人社区在学校用英文演出一台中国话剧,剧本由我挑选。我看见校长助理如同看见校长本人,说不出理由拒绝,而且觉得这很有意思,所以就答应了。要选一部既有现成的英译本,而且美国人和来自世界各地的华人都能接受的剧本还真不容易,最后选了淡江大学教授、剧作家黄美序创作并自译的《空笼故事》。我至今还是觉得这个剧本最适合我们演出针对的观众。

《空笼故事》受道家思想影响很深,剧本扑朔迷离的结构就来自《齐物论》中庄子化蝶的典故:老人声称梦见了中国学者和其他人,中国学者又说在梦中见到西方学者浮士德,浮士德又说他梦见自己是中国学者,甜妞是中国学者以魔术变出来的,老人全家和观众都看见她与美洲印第安夫妇的感情纠葛,她最后却说那只是一个梦。剧中所有的人都在体验爱,因为爱是人生万花筒中最迷人的景色。空笼象征人生,它本来是空的,但它万花筒般的景色却常使人过分迷恋。根据不同人的经历和处境,它有时很轻,有时很重,这个意象里又有佛教的影响。《空笼故事》更是东西文化对比和交流的尝试。老人为了寻找亡妻,克服困难学英语,并不时用他所熟悉的中国谚语去解释西方文化;中国学者和浮士德属同一种类型,但前者以道家哲学为思想方法,强调事物的相对性,后者是理性分析型,博学多言,却缺乏生活的智慧;女孩和男孩善于思索,敢于发问,他们将来更有可能对中西文化兼收并蓄,因为他们有更多跨文化接触的机会。以白居易《长恨歌》改编的杨贵妃的故事,和荷马《伊里亚特》中海伦的故事,都体现了"红颜薄命"的观点。尽管东西历史上都有类似的"女人是祸水"的说法,剧中人物对杨贵妃和海伦却充满同情。正如海伦所说,毁灭特洛伊城的并不是她美丽的脸孔,而是那些把"面子"看得比其他一切都更重要的人。全剧最终以一般人所认为的中国式的思维方式结束:人生如同空空的万花筒,人应该用中庸的态度,既要看到它空的一面,不要过分执著于感官所能接触的现实,又不妨享受它色彩斑斓的境界。在老人的启发下,全家人都看到了眼睛所不能看见的美妙景色。

最难的还是找到演员。我开始以为会有很多人愿意参与这么好玩的事情,结果社区里愿意花时间用英文演话剧的人太少了,找了很多人都说太忙,要不然就说没这个能力或爱好,让我苦不堪言。从来没有求过这么多人,最后能求动的,基本上都是自己的朋友,说是在帮我,让我欠下大笔人情债,多年以后还要偿还。我不得不和丈夫饰演一对新婚夫妇,尽管我们的女儿已经六岁了。连她也没有逃掉,扮演了九岁的小女孩,而且台词很多。因为整个节目的责任压在我身上,我觉得折磨自己的小孩比折磨别人的小孩方便。我站在台上很别扭,因为觉得我们根本装不像新婚夫妇,被那么多人看,还要录像。好在我的角色台词不多,她的注意力都在自己丈夫身上,我就专门去担心万一谁忘了台词怎么办,我如何能巧妙救场,尤其我女儿才六岁,她当时阅读能力已经很不错,记性也好,但是要在近一个小时的表演过程中一直保持高度注意力,知道什么时候接上自己的台词,这很难。她喜欢画画,所以我让她在所有自己有台词的地方把当时的剧情画出来,我们经常一起看她的"画册"。我最担心的是当时台下有几百人,万一她吓懵了怎么办,话剧不像电影可以重拍。幸好演出的时候有惊无险,虽然想起来后怕。从小就没有想过要当演员,这是有道理的。但是有机缘演过这么一次,现在想起来也觉得是人生体验。

我的环台梦

魏明德

若有剧团的陪伴,我的环台梦就会成为一趟美妙之旅,恍如在旧日时光旅行。

念小学的时候,我读过一首阿波利奈尔(Guillaume Apollinaire)的诗,一辈子都不曾忘记。诗的开头是这样的:

无人闻问的街道

戏人在原野上远离,
一个果园接一个。
灰色旅馆的街,
没有教堂的村。

一群走唱的马戏团或是剧团,戏人在不受欢迎的气氛中前进,这是诗一开始的基调。

摘取果子填肚子

小孩在前面走，
其他人在后面梦。
远远对果树打招呼，
棵棵果树委身迎。

这些戏人有点小偷样，依赖路旁找到的果子过活。他们路过的果园里，果树上结实累累。

戏人与观戏人同在

他们的杂耍有圆有方，
还有金箍鼓。
熊和猴子动物乖（配合演出），
来回来回找铜板。

基调在这里有了转换。马戏的魔力转变了色彩和气氛。奇迹忽然出现，照耀不受欢迎的心境。戏人与动物共同表演，相信心情定欢悦了起来。

流浪的梦想

后来，我读到法国小说家高蒂耶（Théophile Gauthier）写的长篇小说《法加斯上尉》(*Le Capitaine Fracasse*)。故事描述一位穷困的年轻贵族，在老旧阴郁的城堡中感到乏味。在一个狂风暴雨的夜晚，突然来了一支巡回表演剧团。为了团里伊莎贝尔美丽的眼眸，这个年轻人也成了戏人。他随着剧团闯遍法国，从一个村落到另一个村落。这本小说很快就成为我最喜欢的作品之一。

在台湾，当我坐在民间庙宇附近观赏舞台表演时，听着老人彼此拌嘴后畅笑，看着戏员在布景前对着麦克风唱歌，我常会想起这两部作品。我曾经参观过后台，在笑声中，拍下戏员的模样，也在女演员前略微呆想：她们早凋老成，但夸张的妆扮却让她们有种奇特的美。有好几次，我打算学法加斯上尉，跟着巡回剧团，用同样的方式来认识台湾。我第一年在台湾的时候，还写信给一个剧团，却从来没有收到回音。

戏剧的魔力

巡回剧团的魔力是双重的。首先，戏员带来了梦想和奥秘。他们的落脚地往往是小地方，只靠着几盏灯泡，几种乐器，却给出了一个新的深度。他们一下子就把地方上的团体聚集起来，让人重温一个表演与观看的相生之境。而且，戏员在演出的时候变得神秘起来，展现凡日所没有的高致，令人为之着迷。戏剧让演员变得魔幻，也让观众变得魔幻起来。若有剧团的陪伴，我的环台梦就会成为一趟美妙之旅，恍如在旧日时光旅行。幕一拉开，见一化境……

人生的朝拜路

巡回戏员给了我们重要的一课。过日子的地方，不见得无味，重要的在于我们看待这些地方的眼光，究竟是遮住还是揭开其中的魔力和深度？只要多一点灯光，多一点音乐，台湾的庙宇村镇就会变得异常美丽，日常的生活也会变得高致。这份魔力是需要想象力的，同时它也是真实的。我们只需要保有像朝拜小丑一般的心，重新感受那份藏在人间的美：它等待我们把舞台准备妥当，在我们眼前登台，迷乱我们。若我们想要加入巡回戏团，沿路采果子，滚金环，走人生的朝拜之路，这样的渴望，又有什么好奇怪的呢？

观察者的目光

目光：跨文化的解读

鲁 进

朱自清先生有一篇很有名的散文：《白种人——上帝的骄子》，讲自己在上海坐电车时，看见一个十一二岁长着金黄色长睫毛蓝眼睛的西洋小孩和父亲在一起，引起了朱先生"久长的注意"。朱先生喜欢小孩，认识的小孩会去拉手、摸脸，即使碰见陌生的小孩也会盯着看，这次这个西洋小孩，最初让他"自由地看"，但是临下车前，突然伸过脸恶狠狠地瞪着朱先生。这场冲突中谁也没有说一句话，一切都在目光中进行。朱先生认为，小孩的目光里有话，说的是："黄种人，黄种的支那人，你——你看吧！你配看我！"他认定小孩是因为人种和国家的优势，在欺负黄皮肤的中国人。看来目光真的很重要，和语言一样有交流的功能，当然任何交流方式都存在带来误解的可能，尤其是跨文化的目光。这件事的当事者只有朱先生和那个小孩，我们知道朱先生是怎么想的，但不能确定小孩到底有什么思想活动。当然，种族歧视不但在1925年相当普遍，到今天也还远远没有绝迹。但是，在各种不同的因素中，恐怕有一种我们未必能够完全排除：根据自己国家的礼节和习俗，那个小孩认为一个陌生人盯着自己看是很不礼貌的，对自己是一种冒犯。朱先生说父子俩是英国人或美国人，但没有讲为什么这么认为。西洋人包括的范围太大了，不同国家的礼节未必尽同，就是我比较了解的美国和法国，对目光也有不同的解读。尽管存在个体之间性格的差异，但各个民族在礼节和行为方面还是有一定规范的。

不管在美国还是法国，陌生人明显地盯着别人看都是非常不礼貌的，意味着对别人不尊重，这也包括学龄儿童。学龄前的儿童如果你要多看几眼，那至少要跟旁边的大人友好地搭搭话，而且目光还应当比较含蓄，这才显得不太冒昧。长时间被人盯着看，即使是欣赏的目光，他们也会感到很不舒服，甚至会很气愤，觉得是对自己的侵犯（我是大熊猫？你心存暧昧？）。如果盯着自己看的人是异国人，文化的差别会使人更难解读对方的目光，那么被盯的人就会产生更多的疑心：你觉得我长得奇怪？你在挑衅我？你在笑话我？不要盯着别人看，父母从小就会这样教育小孩，不但现在如此，去翻阅19世纪或者20世纪初有关礼仪的书，这也属于基本礼节。

看多长时间算是盯着看，不同的文化有不同的容忍程度，我知道有不少美国人抱怨在亚洲多国老是被人盯着看很久。如果在狭小的空间中，比如地铁或者电梯里目光不小心相遇，美国人会用微笑来表示善意，然后赶快看别处，法国人会面无表情地看着前方，显得无意真正看见你。美国人和法国人之间常常因为对目光和微笑的不同解释而闹出误解甚至笑话。在美国，陌生人在比较安全的街上、社区或其他公共场所迎面相逢时，一般会看着对方点头、微笑甚至简单地打招呼，但是目光不会停留在对方身上；在法国，不能无缘无故地看着陌生人笑，尤其对异性，否则对方会认为你对他有意，如果他也看你不错，有可能就会追你，还认为是你先主动。美国的年轻姑娘在法国常常遇到这种情况，她们认为，法国男人真浪漫哪,对我一见钟情,说了好多动人的话;法国人也有的觉得,美国姑娘真容易啊,那么主动。读过这么一篇文章,一个美国女孩在法国过马路,开着卡车的法国小伙子停下来让她先过,她一边过马路一边习惯性地看着这个礼貌的小伙子微笑着招了招手,这在美国很正常,没想到小伙子以为她对自己有意思,竟然开车跟着她。美国人对法国人那种不带表情的目光很不习惯,觉得他们不热情、不礼貌;法国人又觉得美国人无缘无故笑个不停十分虚伪,或者像大孩子一样天真。其实关键在于,他们对微笑的交流功能解读不同。比如在两个国家买东西你就能感觉到,面带微笑的美国人不一定对你服务很周到,因为笑是一桩任务;相反没有笑容的法国人可能带着关心的表情提供贴心的服务,因为不笑并不意味着他不尽心。去法国的咖啡馆也一定要注意自己的目光。你或者和朋友说话,或者和老板说话,或者自己悠闲地看书、看报、做作业等,如果东张西望,人家就会觉得你行为暧昧,在那里寻找风流奇遇,老是看某个人那就显得是在调情。但是你可以自由地观看街上走过的人,尤其你如果在露天座上,那就更方便,区别就在于感觉行人和咖啡馆的顾客不在同一个空间里,如果你是顾客,路过的行人好似流动的风景,你的目光并不执著,不可能把视线长时间强加给他们,所以不算冒犯。

置身于人群中,观察别人是完全正常的,但原则是目光基本不留痕迹,尽量不让对方感觉到你的视线。法国人比美国人好奇,更喜欢观察人。我和朋友莉莲娜、她的丈夫和两个孩子去吃午饭,我们要了露天的座位,莉莲娜热情地把靠墙的好座位让给了我和她丈夫,这样我们就能看到其他顾客和行人,而她和孩子的座位对着墙,没什么好看。一边吃饭、一边聊天,我已经很忙了,哪里有工夫注意其他人,她丈夫凯文也谈笑风生。等听到婴儿不断的哭声,我才看见一对夫妇坐在那里,谁也不去管。我心烦地说,怎么这样,谁也不管孩子。凯文面不改色、目不斜视地小声说,这对夫妇已经生气很久了,刚开始一直是太太在忙上忙下照顾孩子,喂了奶,又换了尿布,最后她开始抱怨丈夫了,结果两人都撒手。我一直没有注意到凯文在看别人，当然这正是看的艺术。莉莲娜斜背着他们，但是很好奇，也忍不住若无其事地瞥了一眼。好在夫妇俩正在赌气，不大会去注意别人是不是在看自己，而且既然他们的小孩在公共场所这么大哭不停，有人要看，他们也不能全怪别人。

陌生人之间的目光这么复杂，熟人之间也未必简单。在宿舍、学校或者工作单位见面打招呼时，美国人经常是匆匆忙忙地一边走一边说："嗨，你怎么样？"回答总是：还好，不错，忙啊，等等，几乎不看对方一眼，更不大有人会站在那里听你闲谈到底这么样。法国人打招呼时总不会忘了加上对你的适当的称呼，如果关系比较正式，会一一握手，是好朋友会亲面颊，至少会关心地看着你，往往会站在那里问你怎么样，会留时间听你的回答，一般也会根据关系的深浅和你交流一下不同的话题。法国人不像美国人那样喜欢说自己忙，一方面那样会给人印象似乎不想和对方交往，另一方面也不愿意显得像个没有情趣的工作狂。至于美国人为什么喜欢说自己忙，可能是觉得忙的人就不无聊，很充实，工作不偷懒。美国人说话更重视的是谈话的内容和信息，法国人更在乎的是谈话人之间的关系，所以法国人不大会像美国人一样，初次见面就显得很热情地和你交流一大堆个人信息和见解，后来再见面又很可能根本记不得你是谁。总的说来，对人说话总要看着对方，否则就显得不礼貌，或是轻慢，或是不坦荡。但美国人看人的目光相对更短暂、更含蓄，时不时地看你一眼。法国人的目光会更强调、更长久。美国人说话是按次序的，你说完了我再说，你说的时候我耐心听，轮到我说的时候多长你也要听我说完，所以不必很在意对方的表情。法国人谈话时表情很丰富，相互都会对对方说的话作出反应，会根据别人的表情和反应调整谈话的方向，自己也有各种办法转换话题，可以插话，也要容许别人插话，谁也不能说个没完。这样的谈话很热闹，自然需要注视对方的表情。

随着全球化的推进，各个民族之间的交往越来越多，但是如果不了解不同文化交流方式的不同，就会产生很多的误解，甚至得出以偏概全的结论，加深相互的歧视和激烈的民族主义情绪。和其他交流方式相比，目光的含义更加微妙，有不少规则都是潜在的，不经过大量的观察、调查和思考，的确很难把握。但是由目光带来的误解，和话语、沉默、姿势及动作带来的误解一样，都可能会造成长久的伤害。

你的面容

魏明德

法国哲学家穆尼埃想望时间的终点，想望在人间诞生的新天新地。

仔细凝视一张陌生的脸孔，迎接对方的眼光，当双方的眼神在静谧中相遇，那真的很难，却也是最令人感动的一刻。你敢正视穷人的脸庞吗？这一张脸，历尽社会沧桑、出身的苦，写满贫困、疾苦、饥饿和认命。若我们还能超越自身的富足、游人的心情、偷窥的心理、旅人的心境来正视这样一张脸，那真的是很难做到的事。

失神远望，梦想的力量与无限的等待

然而，这样的面容却是最美的，尽管这样的美有着吊诡性。从皱纹、眼睛、嘴唇的裂纹，我们读到人性的高致。从日常生活中为生存而战，我们读到谦卑；从日复一日的挫折里，我们读到羞愧。从痛苦与失败中，我们读到尊严、勇敢、怜悯。从老妇人的微笑，我们听到喜悦的泉源。失神远望，那是梦想的力量与无限的等待。七孔、皱纹、肉峰里激荡着人心的涟漪与潮汐。

相机的确都能够把这些画面拍摄下来，但摄影是否仍有不及之处？影像的主角和镜头如此亲近，面容在镜头前展露无遗，镜头是否能够拍出面容的神秘内心？和面容相迎的一刹那，画家是否能够更进入面容的内蕴？

舞在桥上

在面容中，寻找大日子的恩宠

我常想起法国哲学家穆尼埃（Emmanuel Mounier）说过的话，那是二十多年前我读过的句子。穆尼埃想望时间的终点，想望在人间诞生的新天新地。他说这样的降临，不用惊天动地的方式来描绘，莫非是"苹果树看起来更像苹果树，橡树看起来像永恒一样长，每张面容上，大日子的恩宠变成凡日的光辉"。

这几句话传达了画家的企图。品嚼日常的事物会使得不可见的东西闪烁、破出。画笔如同盲人。是的，如同盲人一般，在每个面容的起伏中寻找"大日子的恩宠"。墨迹、画纸让面容变得柔弱、短促、瞬间即逝——直达永恒。画笔寻找一股气韵，永不停歇，不断扩展，探向永恒。双眼的凹陷处，骨与肉的反面，画笔寻找载覆肉身堡垒的气韵。

解构面容，度向无条件、自由与无偿

每一个面容是一个度，度向条件的消失、绝对的自由和绝对的无偿，七孔安排的是每一个面容的度水而过。也许在贫陋的面容上，当我们看见大日子的奇迹显现时，体会到的感恩最为高致。当挥出的画笔意图师法时，那就是诞生降临的一刻。现容，是的，容貌一现，为的是完成面容说过的话。

不要掩藏生死交战的赌注。叶子上有某物垂死，脸上有某物垂死，让我们闭眼，生的盛荣在我们的眼内苏醒。面容尚未诞生：当面容看着镜子的刹那，面容死于此。画家必须不断解构面容，唯有死亡，唯有尸解时，面容才会真正地渴盼诞生。画纸是白色的深渊，尽头死死生生。是否纵渊？

你的背影

魏明德

相机照出灵魂之窗的反面，有如推开通往神秘性灵的暗门。

照相拍人的背后，既不美也不礼貌。但万一有人生性羞怯呢？万一背影很美呢？万一背影如正面般向人打招呼，跟人说话呢？假如现场整个气氛使你忍不住想按快门呢？假如你一个城市接着一个城市地游历了数个月，同样的念头不断重复，而光线很美，人们不认识你，春天使人蠢蠢欲动呢？

如果这样，就拍下一系列的照片，然后取名为"背影"吧！

望着背影，想象一段生命

有何不可呢？望着那些用背影对你说话的人：有的驼背，有的腰杆挺直，有的摇来晃去，头发飘动，步履加快，或者久候不耐，等人的身影更形慵懒。他们并不知道有人在看他们，这一切实在可让人玩味无穷。

的确，望别人的背影有一种猎人般的偷窥快感，但这是一个迷失的旅人在陌生城市中探索的方式；借着偷偷注意城市居民的手势、特性和生活习惯来掌握新奇事物。拍背影也能为喜欢天马行空说故事的人提供乐趣，因为望着别人的背影，即能想象一段生命、相遇，偷拍者可藉此揣测被拍摄者的目的地、梦想、烦忧、情感、过去……

时间定格，被忽略的灵魂

雕像同样有背影，若我们仔细看就会发现，雕刻家最大的乐趣必定在于塑造雕像的肌肉与曲线。铜表现力量，大理石表现柔美，木头表现韧性，这些质感与质材传达了我们的苦恼、愿望、疲惫与渴求，为我们陌生的脸庞增添活力,说出了被我们忽略的灵魂。而我们一旦被敲醒后,无不羞愧满怀。背影是"无意识"的一个面貌,本人自己并不知道;纵使背影向背后的每个人说话,背后却很少人抬起他们的目光。摄影师捕捉背影无言的生命,所获取的乐趣其实和雕塑家殊无二致。

隔着距离,探索一段生命

对于所爱,什么我们会特别珍爱?一直望着对方的眼眸、双唇?难道不也是,或许特别是在他们不知情的情况下,凝望他们自身所不曾注意的一部分?例如当一切不顺利时,那披散在颈上的发丝和垂丧的肩膀;当生命美好时,突然伸直的腰杆,紧握的拳头……这一切都是照片喜欢捕捉的。拍照使得无言的、无意识的瞬间得以见到天日。照片会小心翼翼地赞扬这极少被人们在意的部分。

隔着距离,胆怯地、有敬意地暗中观察别人的背影尽管还是有些缺德,却是在探索生命:探索不受社会习俗束缚的、连对方都感到陌生的生命。同时也在探索人类内在的变动。那是灵魂之窗的反面,有如推开通往神秘性灵的暗门。对于懂得品味、懂得观赏的人而言,背影中的无言之声至少和高谈阔论一样是深富内涵的。

摄影的重量

魏明德(谢静雯译)

摄影越来越普及,甚至已到了人人随手可拍的程度。轻易按下的快门,真能显影生命的特殊质量吗?

拍摄照片的方式多彩多姿,正如观看世界的角度。有些照片展现对主题的同理心;有些照片创造距离感,甚至引发嫌恶感。有些照片笼罩于光线与柔情里，有些照片则弥漫着怒气或绝望。有些照片聚焦于日常生活，流露出某种耐性、冥想般的基调。有些照片试图捕捉稍纵即逝的时刻，捕捉改变群众情绪或脸部表情的变革性事件。有些照片给世界与人类生活的意义带来冲击，有些照片则呈现无意义的漂泊。有些照片似乎是闲荡漫游的产物；有些照片针对都市与个人的灵魂，进行炽烈的探求……

我正在教授"宗教人类学"这门课。我发现让学生先接触"视觉人类学"，是带领他们进入这个主题的最佳方式之一。我让他们观看纪录片与照片，让他们慢慢意识到，最好的与最能增广见闻的纪录，并不是尝试以客观角度记录资料的那些，而是见证导演或摄影师与相遇对象的互动关系的那些。某种冒险与困惑的感受、叙述一个人的观点如何产生变化、鼓起勇气把自己放进正在探索的环境——这些都是我们正在寻找的特质。在最好的状况下，视觉人类学能给我们一种无与伦比的记述，记录人们如何生活、如何表达信仰、如何投入仪式、如何理解与形塑自己居住其中的世界。

相片含有丰富的资讯，可是不只有资讯而已。它们是可以呈现关系的物品：表达我们如何与挑起个人兴趣的物品建立关系或不建立关系；我们彼此的交流如何创造机会，得以拍摄丰富抢眼的相片；如何融入自己所记录的场景之中（乡间景致或是街头场景）；疆界模糊到我们分不清是自己在摄影，还是被自己的所见所闻摄走心魂。

摄影这样的行为走到了极端琐碎化的地步。人们时时用手机与其他装置来拍照（大多是自拍）。我们花几分钟观看这些照片，之后就把它们抛进回收桶，永远将之遗忘。就我来说，我喜欢感受真正的相机重量靠在肩上的感觉，这个重量象征着拍摄相片所必须付出的代价——就是那种我会投入心力来领略、感受与创作的照片。说到底，总是有那些拍完就该扔进回收桶的照片，还有那种由泪水与欢笑构成、真正可以称为"人生精华时刻"的持久照片。

海阔天空话浪漫

鲁 进

在美国生活时间长了,很自然就会意识到美国人把浪漫看得很重。你不需要是个社会学家,做过什么统计调查,只要你接触的普通美国人较多,对大众文化稍有了解,就会注意到美国人用浪漫这个词的频率是很高的。和我所熟悉的法国人相比,相当多的美国人认为浪漫是一种值得追求的境界,觉得自己很浪漫,而且会期待自己的恋人或配偶也浪漫,还会经常有人用赞美或羡慕的口气说,某某可真浪漫哪。广告里也不断向消费者推荐浪漫的东西、浪漫的地方、浪漫的事情。至于他们心目中什么是浪漫,那更是个有趣的文化现象。

记得刚到美国读书时,有一次系办公室突然比往常热闹,一问原来是一个美国同学的男朋友从花店给她订送了一打玫瑰。从秘书到同学都围着一脸幸福的她,都说他可真浪漫哪。我当时就有好几处想不明白,也不好问谁。我不明白花为什么送到系里来了,而且是花店送来的,他为什么不亲自送到她的住处交给她呢？而且他当天下午就到学校来找她了。我后来经过很多观察和了解才总结出美式浪漫的一些特点：它一方面强调二人世界，一方面又想引起很多人的注意尤其是羡慕，说的是感情但常会有些商业化，尽量别出心裁却最终免不了程式化。最有特色的是浪漫常常和食品有关：烛光下的晚餐、床上的早餐、情人节的巧克力。餐馆的选择尤其重要：最浪漫不过法国餐馆。

我因为在美国一所大学教授法国语言和文学，从课堂讨论和课外接触中了解到美国人心中的浪漫和法国还有很深的联系。许多美国人认为法语是爱的语言，巴黎是座浪漫的城市。法国《快报》曾采访过到巴黎旅游的外国游人，其中意大利人、德国人甚至日本人都不觉得巴黎很浪漫，但两对美国人都把巴黎看作浪漫的化身：对于更有文化知识的年轻情侣，巴黎的拉丁区、海明威去过的咖啡厅、拉雪兹神甫公墓爱洛伊斯（Heloise）和阿贝拉（Abelard）的墓地，是世界上最浪漫的地方；而富有的老年夫妇体验的是豪华浪漫：三星级餐馆的烛光晚餐、富丽堂皇的酒店、昂贵的商店。

从一个法国文学研究者的角度，我对浪漫与法国的等同感到不可思议。法国思想史和文学史都显示，批评精神是法兰西精神的重要组成部分。即使对爱情的描述，也着重清醒的分析，这点从法国文学的代表作——从克莱芙公主，到巴尔扎克、福楼拜、普鲁斯特、科莱特的小说等中都能看出。尽管在法语里，浪漫（romantique）这个词来源于中世纪的传奇文学（roman），也就是后来的小说，但除了短暂的浪漫主义文学时期外，法国人是不会认为他们的文学与常人所讲的浪漫有任何关系的。而普通的法国人也极少会自认为浪漫，或者说，浪漫这个词在法国早就过时了，因为它和法兰西民族重视理性分析的精神和轻松讽刺的风格背道而驰。同样一件事情或一个场景，美国人会用浪漫来形容，法国人往往会用另一个词。

大多数美国人都不知道浪漫这个词的来源。英语 romantic 和法语

romantique 都与欧洲中世纪传奇文学有关，而欧洲 19 世纪的浪漫主义文学和艺术也是以中世纪为灵感反对欧洲古典文学的清规戒律。浪漫主义文学的主要特征是：男女主人公生死不渝的爱情往往受到各种阻碍——地位的差别、伦理的束缚、宗教的对立等等；主人公深刻体验到个人和社会的冲突，他们在社会中感到孤独，而从大自然中得到慰藉，自然景色的描写因而有很重要的作用；作品风格常常是很感伤的，主人公的性格也敏感而富于幻想。法国文学中拉马丁的《沉思集》、夏多布里昂的《阿达拉》、雨果的《埃尔那尼》等，都是代表作。浪漫主义文学过分感伤和缺乏距离化的特点，从 19 世纪中后期直至今日在法国文学中都是受到弃绝的。浪漫主义中生命力最强的部分大概是个人主义吧。根据浪漫主义崇尚大自然的特点，巴黎作为古老而繁华的西方文化中心，是一点儿都不浪漫的。因此被《快报》采访的日本人就认为，阿尔卑斯山区很浪漫，但巴黎不浪漫。

浪漫主义文学对爱情理想化的表现，成了后世很多人理解浪漫的基础。当法国人说一个人很浪漫时，意思常常是他有些不切实际，对事情，尤其对爱情有不现实的幻想；当美国人说一个人浪漫时，主要是褒奖的意思，说他是个理想的爱人，说话做事都会使对方感觉到他特别的爱意，包括用心取悦对方，设法让对方惊喜等。当他们举出浪漫的例子时，提得最多的是去好餐馆吃晚餐和送玫瑰花。因为惊喜是必不可少的，所以要别出心裁：在餐巾纸上写情诗，在浴池边点上蜡烛，深更半夜把一朵玫瑰花放在她车的挡风玻璃下好让她一早就看见等。尽管多数人都不会承认浪漫和金钱有什么关系，我的一个学生却不讳言："我认为美国人是世界上最浪漫的，因为别人谁也不如我们富有和风流。"

美国人把巴黎和浪漫连在一起主要是受好莱坞电影的影响，因为它们把浪漫与爱情联系在一起，又把巴黎当作爱的城市。正如我一个学生所说，只要一部电影是在巴黎拍的，那一定有个爱情故事。因此你要不然和爱人一起去巴黎，要不然就在巴黎寻找新爱。在巴黎可以做很多浪漫的事情：两人单独去配有浪漫音乐的法国餐馆吃饭，坐在路边的咖啡厅悠然观看行人来往，欣赏艺术和建筑、美食和美酒，在富有异国情调的街上和公园里散步，在塞纳河上乘游船，在埃菲尔铁塔最顶端亲吻……

我的很多学生尽管认为巴黎是一座浪漫的城市，却否认法国人比美国人浪漫，他们一再强调浪漫纯粹是个人的性情，每个人对浪漫都有不同的理解，和文化、民族、宗教都毫无关系。他们认为如果说某种文化和民族更浪漫，那就是陈旧的偏见。追求个性化在某种程度上是美国人的优点，但他们对历史的忽略和对自身文化之缺乏反思却使他们意识不到文化对他们很明显的影响。比如说，他们对浪漫的理解，其实就是非常雷同的。细心观察美国社会的人不难发现，美国人在很多方面都如此。他们声称要我行我素，同时却做着时髦的，很多人都在做的事。对于绝大多数人来说，自己想做的事已经受到了文化的界定，这本身没有什么错。但否认环境和文化对自己的影响，那就不知道是无知还是傲慢了。不过，美国人这种强烈的个人主义情绪，也是浪漫的涵义之一，所以我最终还是认为，美国人属于我所了解的最浪漫的民族。

心灵的计算机

魏明德（何丽霞译）

我记得利氏学社的创办人甘易逢神父（Yves Raguin，1912—1998）曾经对我说，他多么渴望看到华人的灵修资源"完全整合到人类心灵的电子计算机中"。甘神父对中国古籍的反思，在比较灵修学界的游历，都显示出他的渴望——渴望构筑桥梁和管道，使不同的传统和文化能够相互烛照其核心的直觉真道。甘易逢神父一辈子使用打字机，从未浏览过互联网，他对于电子计算机，即所谓的电脑，只有很粗略的了解，但已足够让他把其中关键之处引入其比喻：电子计算机是一部机器，用来处理输入的资料，使之成为一整合的体系，并在其内部连结通往各个方向的路径。如同所有的比喻一样，这个比喻也有其限度，不过，它的确告诉了我们一些至为重要的讯息。

灵性网络运算的三个层级

依据甘神父的比喻，让我们自问：假设真的存在像"心灵计算机"这样的东西，它是由什么成分组合而成的呢？基本的组成要件，当然是我们个人的经验和这些经验的表达方式。若我们在生命历程中好好深思这些经验，并勇敢地追寻成长与内省之旅，这些经验便会变为一个不断扩张的意义网络。这构成第一个层次的灵性资料运算过程。

第二个层次则是由我们所邂逅的人、事、物形塑而成。这里不是指那些在会议桌上、宗教交谈聚会或学术会议等正式场合的邂逅，而是另一种深刻的会遇，一种可遇而不可求的上天赐予，彼此能够以真诚、谦卑和尊重的态度聆听和交谈。这样的会遇能够滋养双方的生命，并为双方的灵性追寻之旅注入新的向度。这样的追寻有时是非常个人的，有时也会发展成共同努力的行动。

到了第三个层次，心灵计算机处理的是另一种类型的会遇：有时候我们被某些人的言行感动，虽然因为年代久远或地域阻隔，我们与他/她们素未谋面，但这些人的追寻之旅与我们自身的经验产生了许多共鸣。在某种形式上，他/她们便成为我们灵性上的父亲或母亲，由此"代代相传的"心灵家族遂建立起来，创造出跨越文化和岁月的团结共融。这些连结使得人类心灵的计算机能够处理新建的内容，也使得整个贯穿其中的意义网络更加丰富。

灵性之旅的戏剧性与孤寂

此外，"电子计算机"这个比喻还为我们提供另一更重要的寓意。

灵性的追寻，如同出现在电影或电脑游戏中的情节，有其非常戏剧性的部分：史诗式战争、与恶兽搏斗、力量或智慧的消长、拥有宝藏或秘诀……从某些方面来看，这些意象的确有其价值，在电脑时代以前，我们也可以在灵修文学中找到类似这些描述的影迹。不论女人或男人，只要深入内心世界，都会经历挣扎，遇到负面或正面的力量，奋力争取无价的珍宝。

然而，这些意象也可能使人产生误解，因为灵性挣扎的胜利并非光靠意志和暴力，通常更是藉着接受，藉着匮乏而得胜。由此可见，灵性之胜利含有吊诡的本质：往往当人失去某一珍贵的物件后，内在的心灵世界才会开启。灵性宝藏的追寻关涉"存在"的艺术，而非"行动"和"知识"的层面而已。事实上，灵性世界的探寻不像电玩世界的多姿多彩，其中大部分都是发生在单调的日常生活中，在私密和静独中。

灵性伙伴的相遇与彼此滋养

如我先前所言，那些依稀感到被召唤以真理生活的人们在相遇时，她/他们便能认出彼此。有时候，这灵性的情谊会在某一次的邂逅中显露出来，而这刹那的相遇将停留在她/他们终生的记忆中。有时候，灵性的友谊能够不断滋长，经过多年之后，成为双方人生旅途上弥足珍贵的支持。这种跨越时间长河的友谊表达，当然也是我们的心灵计算机的重要成分之一。

灵性的追寻，是人类参与的所有寻索旅程中最崇高和最重要的，甚至比科学真理的追寻更为崇高。事实上，当科学研究以谦卑和反思的态度进行时，它与灵性的追寻是非常相近的。但奇怪的是（与科学真理相反），从前灵性追寻所发现的智慧，随着时间流逝而遭遇消亡的危机，尤其如果这些智慧是以某个时空脉络的方式表达，而这些久远的方式已无法获得当前生活传统的支持、滋养和充实之时。

整个灵性追寻之旅是起起伏伏的，每个时期都需要有新发现，追寻之旅常常重新整装出发。如果幸运的话，这些寻索者将在路途上找到导师和长者与之同行；不过，有时他们因受到文化和社会强大的束缚，只能在漫漫长路中痛苦地孤军奋斗。

共织人类集体历险的瑰丽绣锦

回到原先的比喻，不管我们的灵性追寻旅程多么孤单，它都有着宇宙性的普遍意义。在电子计算机的资料处理过程中，分散的元素一一被组合到整个体系内；探索自我的忠诚，每一个人对自身使命的忠诚，一一决定人类的终极归向。不论个人的灵性追寻是何等的微小和拙朴，它都为地球群体奠下巨大的意义。灵性活动的纵横交错，创造了一幅人类集体历险旅程的瑰丽织锦，没有任何一个人能够预料这幅织锦最后的形状和颜色。但是，组成其纹理的元素必定经由我们心灵的计算机不眠不休地处理。

每一次，当我们在自己的路途上奋斗，让我们记得，那使人类成为一体的种种连结。人类灵性历险之旅的壮丽激动人心，超越世间最刺激的电玩所提供的——只有我们真正的心灵计算机，才能处理人类集体努力的奋斗，特别在其复杂和极简之间。

圣诞老人的故事

鲁进

很多年前刚到美国读书时,一个法国朋友给我讲过当她知道圣诞老人不存在时的反应。她八岁时一个同学告诉了她,但她不肯相信,就去问了她妈妈。当她妈妈证实圣诞老人只是传说人物的时候,她受到了很大的打击。那从小深信不疑的神奇世界在转瞬间毁灭了,她突然感到那么孤独无助,甚至有受骗的感觉。这个信念是她童年的一部分,它的幻灭所留下的真空是有着另一种文化背景的人很难感同身受的。

我曾经想过她大概是个格外敏感的人,于是时不时就想知道更多人的经历。在中西部的一所大学任教后曾经找机会问过不少学生:几岁知道圣诞老人只是传说的?是慢慢明白的还是突然知道的?是别人告诉的还是自己问出来的?知道后是什么反应?相信圣诞老人的利弊何在?以后会让自己的孩子相信圣诞老人吗?

他们的故事很有意思。不少人到十岁左右才知道,多数是八岁左右，最早的是五至六岁，有一个人几乎从来没有信过，因为她和妈妈形影不离，知道礼物从哪里来。一般说来，反应比较平和的人是自己琢磨出来的，或者在别人告诉自己之前就有了疑心，包括为什么圣诞老人从北极来竟能在一夜之间给所有的孩子送到礼物，他怎么能从烟囱里下来且自己家根本就没有烟囱，也有人认出了礼物签上爸爸妈妈的笔迹，那五岁就知道的女孩子很喜欢看书，她从书里看到圣诞老人喜欢吃蛋糕喝牛奶，但每次来她家后却不碰这些东西，倒喝好多啤酒。她知道爸爸也喜欢喝啤酒，于是就问妈妈：爸爸就是圣诞老人吗？更好玩的是有人早有疑心后也不敢不信，害怕心不诚收不到礼物。一般人明白之后对圣诞节的兴趣大减，只有一个女生说她兴趣更大了，因为可以参与给弟弟准备礼物。那些很受打击的几乎都是在毫无思想准备时同学或哥哥姐姐告诉他们的。有一个哥哥因此那年被罚不能开礼物。有个女生八岁时给圣诞老人写了一封信，放在窗户上，希望能收到一个妹妹。当她哥哥告诉她没有圣诞老人时，她还不肯相信，那天晚上她一直不肯入睡，当她看到妈妈把礼物放到圣诞树下时，忍不住哭了。有一个学生七岁时在爸爸妈妈的房间里提前发现了圣诞礼物。她什么也没有对她妈妈说，却问她是不是真的有圣诞老人，妈妈说当然是真的，她因此对父母有些怨言。尽管我问过的所有人在得知真相后都不同程度有些失望，但他们还是说要把圣诞老人的传说延续到下一代，因为觉得它有助于发展孩子的想象力，但基本都说会在孩子十岁左右透露真相。

  我刚刚听到这些故事时，觉得那些到十来岁还没有自己琢磨明白的孩子是不是太笨。后来想，这可是成年人精心维持的童话。每年他们都会偷偷买礼物包好，再费心藏起来，到了圣诞夜趁孩子睡着后放到圣诞树下。孩子还小的时候他们为了自圆其说会不惜牵强附会地解释。我一个同事有三个女孩，经济不宽裕，她们曾经问她为什么圣诞老人只给她们便宜的小礼物，给有些孩子的却是昂贵精美的礼物。这个很天真很合理的问题差点难倒了她，幸亏她反应快才说：圣诞老人不会给孩子超过父母经济水平的礼物。孩子算是被敷衍过去了,她的回答却经不起推敲。圣诞老人说起来那么慷慨慈善,越穷的孩子他应该给越好的礼物啊。有些美国父母一年到头都在对孩子说,做个好孩子,圣诞老人才会给你礼物。反过来,威胁他们时也会说:你这样圣诞老人不会给你礼物的!我女儿两三岁时就曾经在我管教她时瞪着小小的眼睛说:圣诞老人不会给你礼物的!显然是从她保姆那里学来的。我从来没有跟她说过圣诞老人真的存在,当然我也没有说过他不存在。

对于只喜欢礼物的孩子,失去圣诞老人是无所谓的,礼物总会有;比较理智、善于批评性思维的孩子会自己明白,也不会受什么打击;喜欢游戏的孩子也许觉得这一切很好玩;天真而富于想象力的孩子,可能会因为失落而伤心,甚至会对精心蒙骗自己的成年人产生怀疑和反叛心理。当成年人对心理特点千差万别的孩子重复同样的故事时,对他们会有什么影响呢?又有多少人想过这个问题呢?多数人只是不加思索地遵循传统。

卢梭是反对给孩子灌输圣诞老人的故事的,因为他反对对孩子撒谎,乔治·桑却认为儿童的世界里应当有神奇事物的位置,这不会妨碍理性的发展。其实他们都是根据自身的哲学观念和心理状况来作判断。困难的是从孩子的角度出发。尽管很多父母会毫不犹豫地用自己的人生观去影响孩子,但不能不承认要影响孩子的心理特征却更难,而且有必要吗?有人敏感而富于想象力,有人冷静而条理清晰;有人幽默而好游戏,有人认真要求实在。这些特征都没有错,但不同的人对圣诞老人的故事会有不同的反应。但愿父母能尊重孩子的心理特点。不过这也很难,因为难以从小就看清,而且它会随着年龄增长而变化。

圣诞老人牵挂我思绪最多的时候,当然是我女儿小时候。不但要在东西文化中游移,还要在我的原则和她的特征之间找到平衡。我从来就没有对她说没有圣诞老人。她那么喜欢他,我为什么要剥夺她天真无邪的快乐呢?何必跟她的保姆及幼儿园的老师唱反调呢?即使她相信我,

舞在桥上

怎么保证她不去告诉别的孩子？不管对她还是对别的孩子，都是自己琢磨出来为好。可是我也不愿意跟她说不真实的话。所以她从小就知道自己的礼物是爸爸妈妈和亲戚朋友送的。那几年她每次提起圣诞老人对我都是一个新的挑战。幸好由于我的冷处理，她提得倒不多。有时候我就只能顾左右而言他。

——我什么时候能见到圣诞老人？
——谁也没见过圣诞老人。
——他等你睡着才来吗？

或者是：

——我要圣诞老人给我礼物！
——有爸爸妈妈的礼物就很幸福了。
——我要圣诞老人！
——你可以用自己的想象力呀！
——圣诞老人是从烟囱里下来的！
——是吗？
——是的！老师说的！

就这样在有或没有、说与不说之间，我让圣诞老人以一种特殊的方式存在于她幼小的心灵。她上学前班时从朋友那里知道了圣诞老人只是个传说，但因为她从来就没有很狂热地相信过，所以也没有过什么失落感。她今年16岁了，了解她的人都觉得她是个富有想象力和独立思考能力的人。她至今依然觉得自己是一个幸福的孩子，依然相信我说的话，这是我一生最欣慰的事。

"人生大学"的终生学分

魏明德（陈雨君译）

> 在道德困境泅游的人们，必须置身且不断回应真实的关系，才可能逐步培养伦理的敏感度。

我在哲学学院教书，虽然不教伦理学，有时仍会碰到这个领域的相关问题。学生们受到抽象思考的训练，喜欢想出一些难以解决的逻辑难题。我很难让他们了解一个很简单的事实：在现实生活中，你通常不会遇到抽象、逻辑的个案；反之，一些多面向的，需要一连串讨论，需要不断分辨、调整的棘手复杂的情境，可能才是你经常得费心处理的。面对具体的道德困境，少有透过逻辑的答案便能获得解决者。你必须检视细节、问问朋友与同侪的建议。解决问题的能力更与随着经验增长的智慧有关，而不只是逻辑推论。

当然，学生能够想到这些问题是很好的。这个现象呼应了道德发展的一个阶段。你寻找原则、强化判断能力和稳定度，却不会自满于简易的安排；你的良知要求自己依据清楚定义的标准来决定和行动。

尽管如此，为了活出一个真正的伦理生命，也应发展其他能力。就像女性主义研究强调的那样，同理心只是其中之一。伦理判断关注真实的人们，同时必须回应这些人的需要。而这些需要，特别是弱势族群的需要，通常是很特殊的。如果你真的想回应，尊敬和关心渐渐会成为你个人良知的要件。这样一来，关心的态度便会和同理心一起培养起来。伦理较少依照"原则"而建立，更多时候是依照"关系"来发展。真理与生命是一同出现的，它们从来就不是各自独立的个体。抽象的真理可能变成有害的真理——或致命的谎言；反过来说，一个不会探问真理的生命将很快地因感觉迟钝而变得无意义、无味、暗淡无光。

舞在桥上

伦理的"敏感度"往往是一步一步慢慢获得的。当我们进入复杂、不断发展的关系,向他人打开心防,将会挑战我们的原则以及自我中心的态度。在往后的生活里,我们从这些关系中学到的事物可能会萌发出新原则或更大的视野。而当我们从普遍原则移到具体关系时,将再次聚焦在普世的关怀上。但是在这个阶段,我们的信念将会被缓慢反刍的经验喂养:关心和同理心将会为我们打开心与脑,带领我们通往人类多元的无垠世界。

多数人在这条路上并不顺遂,我们可能会经历多次的道德退化和道德觉醒。很多人会挑战我们思考的习惯与偏见——有时以婉转的方式,有时则不是,而我们如何回应这些挑战,在发展道德的过程中是不可少的问题。最重要的是,我们必须意识到:活出伦理的生命既是一种需要不断重复确认的决定,也是一个需要培养、持续到生命尽头的过程。

寻求和谐的世界

布列塔尼的薄饼店

鲁 进

  从圣马洛到中世纪古镇迪南,最好是坐船从海湾沿着朗斯河溯流而上,行程两个多小时。朗斯河一部分是海水一部分是河水,沿途会经过几个古老的渔村和18世纪的古建筑,还有15世纪存留下来的潮汐磨坊,既能观看帆船林立的海湾,也能欣赏峰回水转、绿树掩映的河景。等船到岸时,俨然已有恍若隔世的感觉。

  正午的阳光让人惬意,也有些慵懒,我和女儿顺着第一个城门就进了城。它坐落在一个山丘上,四周环绕着古城墙。踩着磨光的青石板路上坡,让我想起少时的家乡。狭窄的街道两旁是典型的法国古城古朴而整洁的房子,古旧的石墙上攀沿着茂密的青藤和繁盛的鲜花,处处显出生活的情趣。该是吃午饭的时候了。在圣马洛住了几天,已经吃过好几次布列塔尼薄饼,本来打定主意今天不再吃了,可是一抬头正好到了一家薄饼店门口。店面不起眼,大概也就六七张桌子,门口有遮荫的青藤架。我一扫眼看见名字，认出是米其林指南上推荐的餐馆，再一看门口贴着好几家法国权威评估机构的推荐，除了米其林，还有路达尔、小灵通等。既然得来如此不费功夫，我决定就在这里试试运气，再说也快一点钟了。

店里的布置很简朴，没有一丝张扬。我选了一份乡土套餐，包括两张荞麦饼和一张小麦鸡蛋饼。布列塔尼薄饼分两种，荞麦饼是咸的，包着各种肉菜，相当于主餐，小麦饼包着甜品，算甜食。第一张是猪肠荞麦饼，味道好得出乎意料，荞麦饼细腻，略脆而不干，猪肠切得很细，和饼的味道相辅相成，是我吃过的最好的法国薄饼。女儿对自己选的五花肉丁荞麦饼也很满意。在美国吃饭，顾客喜欢上菜快，服务员会多次来笑眯眯地问你是不是喜欢每一道菜，是不是对一切都满意。美国的服务员主要靠小费生存，顾客满意小费就多，所以他们一定会以不同的方式让你注意到自己的存在。美国人经常不明白法国餐馆几乎不收小费，怎么可能有良好的服务。在法国优质的服务在于细心体察顾客需要，不打乱客人吃饭的节奏，不在顾客正在聊天时过来打断你，也不急急忙忙地上下一道菜，好像想赶人快点走，况且烹调美食是需要一定时间的。我们快吃完时，已经差不多两点了。这时有两批人想来吃，都被拒绝了，我感到说不出的幸运，尽管也有点同情那些人，不过他们明显就是"老外"，即使不听他们的口音：法国人不会这么晚才想起来吃午饭。我知道习惯了"顾客就是上帝"观念的人可能会觉得这家餐馆服务太差了，或者太不会赚钱了，怎么能把上门的顾客赶走呢？当然在法国，你无论如何不会饿着，凑合一顿的最好办法就是到面包店，那里的三明治很新鲜，也可能有比萨饼或鸡蛋奶油糕等，都可以当旅游者的快餐。

吃完后我对女服务员说，这是我吃过的最好的法国薄饼，她当然很高兴，但是付款时，尴尬的事情发生了：她的收款机不能处理我的信用卡，因为美国和欧洲信用卡不一样。这种情况很少发生，我正好又没带够现金。我提出在城里找个取款机取现金，为了让人放心，可以把女儿留在这里。这时女老板出来说，不用着急付款，因为最近的取款机也要走十来分钟，而且上坡下坡的，先去城里玩够了，走之前从这里过再付款不迟。我觉得这样对餐馆不够公平，我和他们素昧平生，而且手里拿着一份绿色米其林指南，一看就不是当地人，我知道自己一定会回来，人家怎么能知道？女老板笑笑说，我们是相信人的。她无缘无故的信任让我感动，但我还是宁可先付账再玩，正在谦让时，我突然想起最后一班回圣马洛的汽车是五点多钟的，法国餐馆晚餐一般都要七点才会开门，这样一来，大家都意识到我还是非跑一趟不可了。我出门刚走几步，女服务员跑出来对我说，不用把女儿留在这里，他们相信我会回来。我对她说主要因为女儿不喜欢走路，留在那里看着书等我她更喜欢，而且我自己走得更快，她这才回去了。

我沿着石板路去找取款机，一路看着悠闲的游人和居民，忍不住想，在这个纷乱的世界里，还有多少这样桃花源般的地方，可以对陌生人如此信任？我喜欢这家薄饼店，从精致可口的食物，悠然从容的气氛，到恰如其分的服务，都让人觉得舒服。它似乎还没有被纳入全球化的紧张节奏，在那里感受不到竞争和野心，尽管那里有多家权威机构推举的美食。也许除了竞争之外，人们还有别的动力？也许在轻松自然的环境中，心情愉快的时候，更能有精美的烹调？

我曾经对美国学生讲过，在巴黎几乎每条街上都有一家面包店，有时还有两三家，它们一般周末都开门，周中会有一天休息，但几家店通常不会同一天休息，这样顾客每天都能买到新鲜面包。学生们觉得很奇怪：法国人可真善良，为什么没有一家店会每天都开，这样好把另一家店的顾客也抢过来，然后把那家店兼并了？我说，为什么这么做呢？法国人吃面包很多，如果大家都有足够的顾客，何必非把另一家置于死地？他们说，竞争才能提高质量啊，要不然动力在哪里？我说，人家当然有竞争，如果面包做得好，顾客当然会更多，但犯不上要把别人兼并了，顾客太多了，也做不过来啊。学生笑说，哪里是为了自己做面包呢？你的面包好，兼并的面包店多了，你就开成了连锁面包店，让别人去做，自己赚钱，让更多的人都能吃上你那样的好面包。

按照这样的竞争逻辑，这家薄饼店就应该拼命做广告，声称自己有全布列塔尼最佳薄饼，从早到晚不休息，把小镇所有其他薄饼店都挤垮，好开成一家超级薄饼店，或者按照同样的模式在布列塔尼甚至法国甚至全世界各地开出星罗棋布的连锁店，让其他一家家薄饼店都倒闭，让所有顾客都吃到一模一样的优质薄饼。不过，这样的逻辑在美食方面似乎行不通。最美味的面包都出自面包师手工，不是连锁店里做出来的。我宁愿用一生去想念这家店的薄饼，也不想走到哪里都吃一模一样的东西。

我取到了钱，急急忙忙回到了薄饼店，因为耽误了别人下班而很不好意思。女老板离去的身影很快消失在弯弯曲曲的小巷后面。也许她急着与家人相聚，也许她和朋友有约，也许她有要事要办，也许她有自己的爱好，想自己独处。她有权利过自己的生活，不做时间的奴隶。她大概没有开出全世界最佳薄饼店的野心，世界也没有因此受什么损失，因为人与人、人与自然的和谐，才是最值得追求的。我为这家貌不惊人的薄饼店拍了张照片，它和这座古朴的小镇是那么相称。但愿世界能有它的位置。

海格立斯与七头蛇
——思索人类生存七大危机

魏明德（沈秀臻译）

小时候，我很喜欢读希腊神话改写的传说与故事。大力士海格立斯（Hercule，希腊神话中以非凡力气与勇武功绩著称的神）完成12项任务的情节，让男孩子特别着迷。这个主角或许不是那么聪敏，但他实在非常勇敢，充满热情……

在他必须完成的12项任务中，有一项是他与七头蛇（Hydre）的奋战——有的版本说是九头蛇。关于这场战役的故事，存在着各种不同变形。但最为共通之处，是七头蛇的头被砍之后会再长出来。而海格立斯必须在蛇头被斩处放火烧，免得它再度长出；其中有一个斩不死的蛇头，海格立斯得把它埋在土里，上面再压着岩石。

有趣的是，我脑海中记得的是另一个版本：蛇头若分别一个个砍下，它们会再度长出来，于是海格立斯拿起巨大长剑，将七个蛇头一次斩下，终于战胜。

不同版本的神话故事，各有其连贯性与内在意义。我选择以最后这个版本中海格立斯的作为，来解释人类如何迎战现今遭逢的挑战与危机。

多重危机形成危机体系

海格立斯的故事寓意，一直留在我脑海中。这让我理解到即使在现实生活中，我们也必须将自己面对的种种问题视作一个全体。世界从一个危机旋涡卷入另一个危机旋涡。一个大危机尚未解决，又爆发一个大危机。最可怕的，就是国际社会焦点忽视全球大局。

我们正在衰退，我们正在经历危机时刻，我们正处于多种危机交织的时代：包括世界金融体系、全球暖化、自然资源、文化多样性、世界贫穷丑闻、移民迁徙、世界治理等重重危机，它们的复杂度，叠床架屋地形成国际社会在历史上的这一刻必须面对的整体条件。这重重危机架构成一个体系，彼此相互冲撞。人类需要全面的思想与言论，才能真正迎战每一个独立危机和整体危机。

对于每一项特殊挑战，我们当然必须找出技术上能应对且适用的解决办法。但若我们毫不考虑它们往后产生的交互影响，我们认为已经解决的那些问题，日后将会以更严峻的面貌出现。

具体行动存有限度

现今的经济衰退正是一个例子。大约2000年左右，在亚洲金融危机亮起红灯与国际网络泡沫化后，经济学家宣称"如此的衰退将不会在国际体系再度出现"。但是对于道德问题的缺乏关注（文化资源衰竭）及松散的制裁准则（全球治理失灵的警讯），推翻了这般确凿的保证。

在此同时，人类却也证明自己有能力共同反省，并以全球视野观照自己所处时代的意义。"千禧年发展目标"（Millennium Development Goals）是全球化省思的重要进程：国际机构给世界做了总体检，一致通过优先目标，并共同制定2000年后的行动计划书。作出判准的努力和共同面对问题的意愿，在这份声明中传达得相当严谨，并深具创造力。

换句话说，国际社会证明了它愿意作出批判的才能与决心，但同时也传递出具体行动的限度——也是当今世人遭遇的限度。尽管我们努力解决世界缺水丑闻（例如几百万人因得不到水喝而受苦），努力降低极度贫穷问题，努力做到教育资源共享、对抗流行疾病，然而发现：每当我们愿意面对挑战，我们遇到的限度，就是资源正在枯竭……

面对当前的危机，我想提出全面的理解方法。"七"当然是谈论多项危机的象征数字，虽然我们也能把它们归类为五大危机、九大危机，或是十二大危机——前提是我们必须将眼前的挑战，视作一个体系来理解。

全球暖化成为必然

全球暖化的危机，将是今后国际社会相当重视的主题。即使各国回应的方式存在不少争议，但形成协议似乎是可能之事。

当今的争议仍不易画下句点。"平均每人温室气体排放量"位居前三名的国家是澳洲、美国与加拿大；印度、布吉那法索与墨西哥则贡献微薄。已开发国家的消费模式与生活水准，已经为其他国家立下标竿，使得这样的模式愈见普遍；全球暖化及其后果，于是成为整体环境与全体物种的必然命运。经济发展如今已成温室气体排放量高增的代名词，中国的情形就是一例，而这个情况随处可见。

气候变化的原因，确实与一套价值体系、行为模式息息相关。价值体系与行为模式构成了全球共通文化，并将发展形态推展到全球各地。

我们的消费模式、生产模式与价值体系息息相关，并最终决定了我们的发展模式。而且，我们的价值体系所决定的，不只是"二氧化碳的足迹"，它同时也考验我们面对新条件的调适能力。深具创造力的态度将让我们重新发现源流，同时觅得解决问题的答案；它甚至也可能让我们创造新的文化资源，以利社会、经济与技术面的调整，培育更为负责团结的国际社会。共享、辩论与共同反省的能力，及运用智慧面对自然环境变迁和能源问题，作出一致决定，都是我们必须明智面对变迁，并藉以回应的群体能力。

气候变化改变全球文化

气候变化改变了全球文化，也改变了我们对人类群体的归属感。相关议题则使我们见识到国际社会的机运，或是相反地，加深了文明冲突的风险。

全球治理的机运将维系在"单一排放点将影响全球"这共识上。各国都必须同时致力于降低温室气体排放，否则全部的努力都将因单一排放点而化为乌有。

冲突加剧的风险，则来自气候变化导致自然资源损耗。水与沃土的争夺，隐藏着潜在冲突，"环境难民"的迁移则更加深其变数。在这样的情况下，伴随历史、宗教与认同问题而来的冲突与反感，与日俱增。全球暖化早已成为各文化与国家是否能共存的一大挑战。换句话说，它不能被单单视作一个独立于外界的危机，或是被归类为技术性问题而已。

明确措施因应金融危机

国际社会议程谈论的第二项任务，即是重整国际金融体系。金融海啸撼动全球经济体系，造成金融危机的原因如今越来越清楚：趋于无形的金融管制导致不负责任的行为；非理性的虚浮市场鼓励投机利润最大化，甚至连最基本的识见都遭漠视；预期风险不再受到评估；金融市场自由化不受到任何力量的制衡，于是孕育了不见道德的丛林，使法律效力无所施展。

如此明确的诊断，使我们能够找到明确的因应措施，包括某些和企业整顿息息相关的补救措施，如绝对有必要整顿内部审计作业、加强商业道德建设。更广泛地来说，每个国家都必须加强"企业责任文化"。目前"道德责任存在于高阶主管"的说法居多，它尚未真正落实到人心。

此外，这其中也包括其他技术层面，但执行与否影响到重大的补救措施，如改革评鉴机构、消除避税天堂。在这些方面，某些特殊利益既得者会阻挠改革，是显而易见的事。

全球基金推动革新

在此同时，我们必须在国际货币基金的基础上，共同建立真正的"国际金融与货币基金"（或称"全球基金"）。这样的基金体制应具备真正的政治架构，使它能回应现今国际局势，并能改善政治决策者的责任向度。它必须被赋予管制的权力，也必须能确认最高放款人的能力。"全球基金"能承载更广大的任务与新的组织架构，同时也能胜任提供资金的工作。它将是世界金融体系革新的主要推进器。

在如此重要的议题上迅速达成协议，或许是可行方式。若无法达成协议，这样的复兴计划将无法发挥任何功效。即使全球经济能够回暖，我们依旧无法走出泥淖，后续危机也将比当今的金融危机更具灾难效应。若要稳定世界金融治理，中国大陆的贡献将不可或缺。

现今的经济与金融危机，使我们对自己的道德责任与态度有所质疑。这些问题其实早见于全球暖化议题——每个人都应该重新检视自己承担责任的方式，并重新审视个人行为的法则。

自然文化资源枯竭

第三项危机是自然资源的危机。能源危机居首,其次为水资源及森林、动物与生物物种等危机。若要回应这类危机,必须拓展科学、技术与文化创造力,尽可能确保资源再生,并研发资源耗尽时的替代能源;同时培养负责任的公共伦理,以确保管理这些宝贵资源,并履行我们对得起后代子孙的责任;而且,一旦对自己的行动后果没有完全把握,必须选择最适宜的处理方式,并以"确保资源永续与再生"为优先选择。

随着生态与文化多样性的失落,人类也正在失去各自的文化传统与参照坐标——文化认同日益萎缩,不同文化各自筑起高墙;然而文化传达的内容,却日益贫乏。

这样的现象压制了教育模式的发展空间,阻碍了创意的倡导、团队精神,以及对他者的尊重。世界上众多语言逐渐消失与文化多样性的消减,往往伴随着另一些现象:这表示不同于他人的思维、构筑未来的能力、适应新挑战的创造能力等,同样正在枯竭。

消费主义的危机正突显了我们的文化危机:全球化的消费模式,促使我们变成消费狂人。它将人类变得像动物或机器,为了消费不断工作,忘了培育心中的人性,亦即人性光谱中潜在的高贵与多样的心灵,及丰富的内在。

贫穷移民潜在冲突

文化危机伴随着消费主义正在发生的同时,最令人震撼的危机——贫穷危机则正在迷途,而且仍在某些地方继续恶化。千禧年发展目标提供了一整套计划,以期回应世界贫穷问题,因为全世界近一半人口的生活条件不符合人道标准。这样的生活条件对于能够通过金融、经济、技术而摆脱贫穷的人来说,无异是一项人类丑闻。

因此,我们更应该懂得资源分配。即使在亚洲,也仍有大量的贫穷移民工人因在农村饱受天灾、农产品价格跌落、土地贫瘠之苦，而不得不出走。非洲大多数地区、拉丁美洲与亚洲部分地区，对这一现象尚无法成功应对。

此外，贫穷危机也使移民问题与跨族社区的紧张关系雪上加霜：一旦发生人们无法支撑的贫穷问题，即会引发大规模人口流动，尤其从非洲中部到欧洲一带。

就长期来看，移民冒着使出生地往后变得更为贫穷的风险，同时也加深了移民族群与当地居民之间的仇视心理。迁移构成了相互仇视与潜在冲突的主要因素，但我们不能因此颁发禁足令。反之，移民危机不仅使我们重新思考"人类被分配到地球这个空间作为一个种族的未来"，也使我们重新思考"什么是不同民族、族群、文化团体、宗教团体共同生存的基本原则"。

寻觅世界治理机构

人们在解决移民危机时发现困难重重，这即是世界治理的一大难处：我们不太能够知道我们究竟活在单边关系、双边关系还是多边关系的世界。

机构与论坛层层相叠，数量有时多到惊人，有时又少到无法置信。某些令人痛心的历史冲突不断重演，但每次出现新的危机，我们又难以找到适当机制，迅速并一致地给予回应——这一切都显示我们仍在寻找能于世界化时代中快速应变的众多国际机构。

这样的机构当然不会从天而降。这些机构不应仅由领袖人士规划，它更考验世界级市民社会的创新精神与心之所向。对于真正的世界治理，人们应投入更积极的意愿。我们不能让现今的状况继续迷离，更不能将自己封闭在既有的框架中。唯有革新与严谨的世界治理，才能够使我们全面正视上述重重危机。

危机时代希望语言

现今的局势并非全由危机塑造，我们必须通过群体，说出希望的话语。希望的话语不仅对全人类说，同时也对各领域的人说——无论是道德人、经济人、文化人还是社会人。希望的话语使人类更理解自我，不管是人的本性还是人类的历史，不管是个人还是人类的一员，不管是否追求充满变数的冒险。

或许我们会问：这样的话语会是什么样的语言？我认为它们应该建立在乐观与互信的基础上，正如过去一样。因为细数人类所有的库存资源，如灵性资源、科学资源、文化资源等，就会发现，它们的总和与我们面对的所有挑战一样广阔。这样的资源清单过去鲜少建立，如今它们变成人类互信的行动印记。

而且，吊诡的乐观主义也证明了人类更愿意认识自我的意愿。毕竟人类从未自认是同属一个命运共同体的物种，更不要说必须共同面对同样迅速的威胁与机运；人类也从未如此凝聚共同意愿，努力建立新形式的对话与行动。

面对人类的危机，动员人们的话语中，应包括对个人责任感的呼吁。如金融危机根源在于缺乏内化道德准则，或许我们可以说它是"视而不见的罪"——在事件爆发之前，所有人都宁可闭上眼睛。美德已经不属个人专有，现在它是共同生活的基础。

人类对自己说的话语，最终还应包括对相聚的呼唤。面对人类的危机，最需要动员的宝贵资源并非既定的知识，而是能够分享与交流的智慧、灵修的经验，以及在最意想不到的地方所产生的直觉感受。

我们希望危机能在我们之间诞生新的话语。我们希望新的话语能够建立在乐观的基石上。我们希望新的话语能够唤醒我们对自由的要求，同时庆贺人类的多样性。在互敬与共同生存的意愿中，人类的多元连成一体，而且愈加深邃和透彻。

面对差异

难以调和的差异：法国与美国文化解析

鲁 进

人们往往认为旅行能够增进不同文化之间的了解和好感，但其实它也可能成为文化误解的机会。我就认识一些美国人，甚至包括常去法国旅游的人，他们说自己喜欢法国，可是不喜欢法国人。美国和法国风俗礼节之间的区别未必比美国和其他国家比如日本或者印度更大，但是他们对后者的差别有思想准备，因为事先就知道这些国家很不一样，而美国人和法国人表面上没有多大差别，这就使他们倾向于用自己的标准去衡量对方，造成误解和失望。

知识阶层收入较高的美国人常常会把法国当作一个令人神往的所在，但是政治家如果想博得美国选民的欢心，千万不能表现出任何法国化的倾向，法语很流利的政治家，也决不会在选民面前暴露这个"把柄"。克里2004年竞选美国总统时绝不敢声张自己能讲流利的法语，就这样某些人还攻击他法国化。他当上美国国务卿后才开始在公共场所说法语。国务卿不是选民选出来的。

　　布什和希拉克都觉得对方傲慢。谁有理呢？也许他们都对。希拉克的傲慢也许体现在他像典型的法国政治家一样善于雄辩，滔滔不绝；布什的狂妄和他的言辞木讷不无关系：他拥有真理，无需证明，毋庸置疑。法国人和美国人经常觉得对方很不礼貌，因为他们对礼貌的认识很不相同，常常是一方认为天经地义的礼节，对方却根本不在意，或者有着恰恰相反的观点。我一个朋友的女儿和一个法国人结了婚，刚开始时她非常欢喜，还利用业余时间学习法语，和女婿的父母通信，并邀请互访。可是孙子出生后，女儿和婆婆的矛盾渐渐增加。朋友对我说："凯蒂是个温柔的女人，但是她不能忍受别人干预她的领地，对她指手画脚。"美国人认为教育子女是父母的职责，任何别人包括祖父母，都不能随便提建议或发表看法。总的说来，美国文化的理解是，除非别人特意征求你的意见，谁也不应当给别人提建议，否则就是不礼貌，不尊重对方。而法国人非常喜欢给人提建议，尤其对子女教育，不要说婆婆，就是一般朋友，也会好心地给你出各种主意。我每次带女儿去法国，都会得到很多恭维，说她很懂事，但也会收到不少建议，如何让她各方面更加完善。我对此当然很习惯，因为中国人建议更多。但是美国人就会受不了。在法国人看来，美国人不礼貌的地方也不少。美国人打招呼非常简单，一群人见面大家说一声"嗨"就解决了，法国人会一一握手，熟悉的朋友会一一亲吻双颊，坐着的人会站起来，包括常见面的亲戚朋友。走进任何一家小店顾客都要主动问好，走时要说再见，因为是你进了人家的地盘，否则店主会认为你很没有礼貌，对他不尊重。而美国人认为顾客至上，因为顾客花钱，微笑服务是商店的责任。很有意思的是，美国人和法国人都会抱怨对方说话太直，其实因为文化不同，可以直说和需要暗示的事情不一样。比如说，法国人喜欢讨论问题，发表见解，如果有不同意见大家都可以说出来，他们喜欢谈话活跃风趣，这一点美国人经常很不习惯，因为他们认为争辩是不礼貌的。法国人发表自己看法和给人提建议的时候很直接,但是需要别人帮忙的时候就比较含蓄,因为朋友之间有很多暗含的义务,如果直截了当提出来,对方如果办不到就会觉得为难和尴尬,而且法国朋友之间经常都在交流,所以知道对方有困难时,真正的朋友应该主动提出帮忙,不要等人家开口。美国人认为,如果我们是朋友,那么你需要帮忙尽管直说,我不能做到也会直说,不会觉得为难。但是,他们不喜欢发表不同看法,你不征求他的意见时他也轻易不会主动给你提建议,你不开口让他帮忙他也不会主动提出,他可以说,需要帮忙尽管说,但不会主动提出具体要帮你什么忙,因为那等于对你不够尊重,怀疑你能力不够。

美国人在涉及所谓"政治正确"的某些方面非常敏感,比如说,不能对任何群体,尤其是民族和种族作概括性的评论,不管是褒奖、批评还是不加褒贬的总结,他们都会觉得是一种冒犯,因为"正确"的观点是,每个人都是独特的个体,不能与任何别人混为一谈。但这种所谓的尊重常常掩盖着漠不关心。我的很多学生就说过,不喜欢和外国学生交谈,因为没意思。美国社会其实不是什么大熔炉,而是一个大拼盘,各个种族并存,但是很少有跨文化跨种族的密友。2005年康奈尔大学出版社出版的题为《我的大一生活》一书,作者是一个文化人类学教授,她用了一年的时间以学生的身份住在宿舍里,专门研究美国大学生活。她观察到美国人(尤其白人)的密友通常都是和自己同样种族的人。

法国人接受朋友的标准是他们对你的评价,包括穿着、礼仪、谈吐、文化修养、才识和经历,所以不同种族的人有可能因为这些方面的认同而成为朋友。美国人认为谁也没有资格评判别人,所以也不会下这种功夫,但结果是他们交友时往往会下意识地以种族为标准。相比而言,法国人很好奇,他们喜欢观察琢磨别人,自然也会尝试着得出结论,尽管他们的结论有时相当准确,有时也很有偏差。好奇心未必一定能导致友谊,但对于属于不同族群的人,往往是第一步。美国人的"政治正确"使他们很容易感觉受到了冒犯。我刚到美国时恭维一个黑人女孩说，黑人里有很多运动健将，她很气愤地说："如果我对你说很多中国人擅长数学，你难道不会生气吗？"怎么才能让她相信我真的不会生气？如果你说，美国女孩喜欢穿凉拖上街，尽管这是事实，因为穿着凉拖游览巴黎的女孩，十有八九是美国人，可是很多美国人听了就会认为你很无礼。我的学生穿着凉拖外出游览时，常常抱怨走路太累，但是如果我对她们说，换上不同的鞋可能会好一些，她们会不高兴地说，我的鞋很舒服。正因为法国人喜欢琢磨别的群体，所以你也可以反唇相讥。美国人的自嘲只能用在个人身上，而不能用于自己所属的任何群体。我在法国朋友家吃饭时问起为什么当地有那么多家药店，在城里就看见了五六家，相距都在步行十分钟以内，而且每家都有生意，大家都哈哈大笑，说法国人里病人很多，或者很多人以为自己有病。这样的玩笑美国人不大可能开。总之，不同文化的人之间开玩笑很容易引起对方生气。

在美国生活久了，才察觉到我的法国朋友会说美国人不会说的话。我和夏洛特开车出去旅游，布列塔尼每天出好几次太阳下好几次雨，那里有我见过的最美的绣球花。我对夏洛特说："你看，这种蓝色多么漂亮啊！"夏洛特说："奇怪，你的眼睛又不是蓝色的，为什么这么喜欢蓝色？"我看着金发碧眼的她，第一次有点生气："你为什么爱穿黑色？你身上没有任何地方是黑的！"我们话说完了，还是好朋友。最影响深交的，是没有说出来的话，或者根本没什么话。在民族和种族问题上，美国的政治正确的立场是自相矛盾的：一方面要求尊重文化差别，一方面又不能谈论或探讨各个族群文化方面的普遍特征。然而，如果不存在任何普遍特征，又怎么能够找出应该尊重的区别呢？尽管每个族群里都存在比较特异的个体，但也总会有些共有的特征，即使它们会随时间变迁而发展。美国人往往认为每一个人都是完全独特的个体，对任何概括性的尝试都很反感。法国人没有这样的禁忌，所以难免冲撞对方。我生活在这两种文化中间，在工作中两方面都要理解，有时还要调节它们的冲突。当我很疲劳的时候,听人说加拿大人很谦虚,很想躲到那里去,但是加拿大太冷了,所以我还在这里。

失去·重生·所罗门群岛

魏明德(谢静雯译)

来自太平洋的召唤

我从 1992 年起就住在台湾,可是就像这座岛上的大多居民,我西进的频率远大于东行。我的研究旅程大多深入中国西南方的偏远山区,以宗教仪式与社会变迁为研究主题,仿佛尽可能离太平洋世界越远越好……不过,在我抵达台湾几个月之后,曾经在台东县停留过一段时间,太平洋海岸线从此进入了我的视野与想象。

随着一年年过去,我越来越常重返台湾东部,某种神秘的力量把我从原本的重力中心拉开。2008 年,我在花莲县的阿美族太巴塱部落休息了四个月左右。那年夏天相当炎热,当地的树木又稀少。我常常躺下来,试着从热气与精疲力竭的状态(我来此地避居的原因)中恢复元气。只要行有余力,我就会四处游荡,大多选在清晨或近晚时分,然后就会拿起笔作画——描绘田野、山巅与周遭的房舍,画出有时难以招架的热气与气力耗尽的感受,也画下我耳闻的故事、诵歌与神话。我也听了各种家族传说与祖先系谱。

我们后来与《人籁》团队共同制作的名为《第五天,海水涨起来》的纪录片,便是描述定居于这个村庄的头一对男女成功逃离的那场大洪水。当时我一边对抗着热气与疲劳,一边听到许多个人与集体的故事,到现在我仍记得自己对这些故事的反应,也记得东台湾这个位于两座山脉之间、奇特又让人陶醉的美丽区域,还有附近海洋的神秘吸引力……

你从太巴塱那里看不到海洋，可是太平洋就在几公里之外守候着，有如一个带来威胁又令人眩惑的巨大存在。那段时间我所创作的绘画里看不到海洋，但海洋就埋藏在其中——因为海洋就是那个原始力量，驱使我前来走访星罗散布于未知之海上、恍如黑墨与颜料画在宣纸上的小小岛屿。

这些年来，驻足东海岸的经验让我心中弥漫着一种感觉：我不只把太平洋当成具体空间，也把它当成"神秘"空间。阅读更多关于太平洋世界的资料之后，我深刻地领悟到：它本身的广阔浩瀚以及横越海域的经验，都曾在人们身上激发出深层的灵性体验，并且透过故事、神话、诗歌、音乐与史诗表达出来。它的边界与岛屿都曾目睹全世界神秘传统的来到与融合，有如浪潮般一波波冲刷它的岸边。到最后，它成为人类精炼与吟诵神圣（the Divine）体验以及"感应"的特有空间之一。这种灵性体验的共通性，有时会以"海洋的感觉"（oceanic feeling）这种用语来概括，虽然这种形容至今仍需面对挑战与争议。"深度""深渊""水""感应""合一""循环"这些暗喻，也可以通过太平洋世界独有的具体经验来找出特殊的共鸣。语言与音乐表达、神秘体验、文学与艺术的隐喻，以及跨文化组合，都在此融为一体。

利氏学社与《人籁》团队一直持续着这样的努力：针对台湾少数民族、太平洋的艺术与故事搜集了丰富的材料，通过录影访谈、田野调查以及国际会议的实地记录来逐步累积。利氏学社与《人籁》也推动了台湾太平洋研究学会的成立，亦曾带领好几队原住民青少年前往加拿大与斐济参访。这就是以台湾少数民族青年与太平洋为题，拍摄纪录片的形成经过，也是我2012年夏天前往所罗门群岛的缘故。

我们踏上旅程的时间点，凑巧遇上第十一届太平洋艺术节的举行，这个节庆吸引了整个美拉尼西亚跟波里尼西亚世界的太平洋岛民前来。因此，这份经验是双重的：与所罗门群岛的真正相遇，并邂逅了构成整个太平洋大家族的多种文化与民族。我们造访所罗门岛期间，经历各种邂逅，持续感受到多元化与共通性的缠结交错。

玛蕾塔岛：传统与变迁

过去，所罗门各岛屿之间的航运往来非常频繁。为了躲避猎头族，有些族群会沿着海岸航行，直到遇到安全的避风港，然后在隔开一点距离的地方，打造人造岛屿，以便享有更安全的避居地，或者索性移居到邻近的岛屿。人们也会划船到可以潜水捕捞贝类、以贝珠钱进行交易，以及通过婚姻联盟的地方。根据船程的远近与目的，选择使用大小不等的独木舟。玛蕾塔岛的造船业相当活跃。那是朗加朗加（Langa Langa）人主要的活动之一。我们从霍尼亚拉搭乘三到四个钟头的船，一抵达玛蕾塔岛，就立即走访他们的礁湖。

朗加朗加人以流动性与勤奋作风为人所知。有位传教士曾经记录某位耆老的证词："我们朗加朗加人就像栖息在树枝上的小鸟。我们没有属于自己的土地，除了我们用双手打造出来的小岛。我们出门去捕鱼，到陆地上的花园或市场，去以物易物、打听娶老婆要多少聘金。然后又飞回原本筑巢的树枝，停栖在那里，直到下一次有什么需要为止。"

礁湖本身弥漫着梦幻般的寂静，水跟天空一样清澈，青葱蓊郁的森林背后衬着大海。不过，人们居住的人造岛屿（最古老的应该是十五代以前建成的）提醒我们，那片风景毕竟是人造的而且满载着历史：那个礁湖最早的居民是乘船失事者以及想保护自己免受入侵的人。我们停留的布苏（Busu）村，人口约有五百，由源自不同地理位置的十一个家族所组成。

其中一个家族的祖先是来自布干维尔岛（Bouganville）的女性，应该就是当初引进贝珠钱的人；朗加朗加人向来以制作贝珠钱闻名。我们在几位女村民的陪同下，到了他们搜集贝类的隔邻岛屿。我们见识了贝珠钱的制作过程：将处理过后的贝壳穿成一长串，有白有黑有红，可以作为娶妻聘金或是用在其他场合。

贝壳首先会被敲成小块。打火石器具会接在穿孔器上，用来在贝壳碎块上钻洞。接着用线穿过这些小碎块，再逐渐把这串东西磨平。有些岛民发起一项活动，诉请将贝珠钱认定为另类的国内货币。以往，不同的民族社群之间都会使用传统的货币，来交换独木舟之类的货品、支付娶亲聘金、弭平争议、议定和解等等。玛蕾塔岛的贝珠钱事实上只是传统货币的形态之一。鸟羽、狗牙与海豚牙也是。西所罗门群岛也会用蛤蜊化石串圈来当货币。

在这座礁石村落负责招待我们的是汤马斯，他吟诵了一首颂扬过往习俗的赞词。他向我们示范人们如何协商、公布与提出迎娶聘金（放在地上的一串串贝珠钱）。我忍不住觉得有些不安。他娓娓叙述着传统并且哀叹传统的丧失，虽然我确实能感应那些传统之美，却也感受到过去加诸女性身上的负担——她们的功用、身价、贞节竟然以这种方式受到评估与对外公开。

但是片刻之后，我又真心受到感动。汤马斯带我到村落里过往只准男人聚集的地带，那里有座棚屋的残迹，一位已亡故的习俗祭司的头骨还搁在石头上。在古远的时代，遗体会先用树叶做好防腐处理，之后放在地上渐渐腐败，前后为时七天，最后头骨就会经由特殊的门（跟生者使用的门不同），被带入棚屋。在某个时间点上，汤马斯开始用一种熟悉的闲聊语气对着头骨说话，但语调中仍流露敬意，我在太巴塱部落听过——就是对长辈与祖先讲话的方式，柔声通知他们有陌生人来了，跟他们说无须担忧。生者世界与祖先世界之间关系的深度与熟悉感，都在我心中引起深刻的共鸣。

汤马斯坐在自己的独木舟附近，进一步细说他对文化丧失的感受。就像他的其他家人跟整个村落，他将自己定义为天主教徒。可是当他谈起古远时代的传教士时，却难掩憎恨的情绪："他们把我们的东西全部抢走了……他们非常高明……他们让我们害怕，要是照着祖先的方式做事，就会害自己丢掉小命。他们还强调我们用猪来献祭或是其他祭典都很花钱,结果我们就渐渐疏远了自己的习俗。他们把祖先的头骨拿走,丢进树丛里……他们跟我们说,神只有一个,没有祖先变成的神灵。没办法了,我们没办法回到过去,也不能恢复古老的献祭方法,因为要做的话还是会害怕。要是他们当初只禁止不好的习俗就好了……可是他们却把好的、坏的全部抢走了。"

汤马斯告诉我们的事情,让我心底一阵悲伤,因为我在其他地方也听过类似的内容。我意识到,即使叙述出来的故事有所偏颇、多层面并且内含矛盾,但基督宣教(还有其他领域的代表)确实常常助长了文化疏离的现象。但不是只有传教士才有责任;在台湾,弃置头骨的不是教会,而是日本殖民势力。不过,大多数的西方传教士常常不恰当地将"文明"与"信仰"这两种现实互相等同:长久以来,他们无法用不同于自己文化所提供的角度来解读福音。但耶稣所带来的,却是形塑判断与决定行动上的更大自由;祂的话语与行径促成了庞大的解放力量,促成了过去与现在的和解。我体验过福音的解放力量,但同时也意识到现代史上的西方扩张与思考模式扭曲了福音,而我常常在这两者之间举棋不定。

回到玛蕾塔岛的行政中心奥基(Auki),克里斯主教慷慨地招待我们,让我不禁想到,对于传统习俗的态度,现今的天主教会一定是众多教会里最为包容也最为开放的。我知道确实是如此。不过,我在台湾的经验告诉我,故事并未告一段落;教会往后还是必须更直接地面对自己的历史,以及过去让原住民觉得文化受到剥夺的行动与行径。台湾已经开始有这种现象,原住民以"恢复传统祭仪"(有时这么称呼)尝试将原住民的荣耀与记忆,与展现虔诚的新形式结合起来。同时,我感觉聚集在主教住家附近的青少年的需求,目前尚未发展到那个阶段。这里正在举行音乐工作坊,由纽约过来的两位圣母昆仲会修士负责指导。我感觉得到青少年的兴奋情绪,他们前来学习更多的关于音乐的知识与演奏方式,有的身着传统服饰,有的则作"全球化"的装扮。几个年轻人花了一整天步行越过山径就是为了来此参加活动。克里斯主教跟我分享他对这点的喜悦：岛上总共25位教士，全是所罗门岛居民，而且年纪都比他年轻。他说玛蕾塔岛有250个村落信奉天主教，他在其中160个夜宿过。

奥基港口对面就是其中一座天主教村落利立西安纳（Lilisiana），到目前为止是交通最便利的。有个家庭非常和善地招呼我们，我们后来会再来拜访他们，只是为了闲聊跟放松。这次的太平洋艺术节有几个代表团前来拜访玛蕾塔岛，岛上的男人们刚去迎接远地宾客搭乘过来的船舶。男人们身上纹有战士的刺青，仿佛从尚未远去的往日现身；他们回来的时候，还假装恐吓我们。

来自利立西安纳的帕翠西亚约四十出头，划着独木舟载我们到一座极小的岛屿，这是她母亲出生，且至今依然于此捡拾贝壳的地方。她有个亲戚向我们说明，他是怎么照顾残存的祖先头骨以及头骨带有什么魔力。

从利立西安纳步行即可抵达节庆地点，当地居民聚集在海岸跟湖泊之间。场面相当朴素，但遥远村落的居民成群远道而来，有些来自山间丛林，有些来自海岸。来自劳族（the Lau tribe）的女性玛蒂德告诉我，她独自照料一块地，在那儿种植包心菜。她的英文不错。她跟我说，她替天主教的非政府组织工作过五年，1997年甚至到巴黎参加了世界青年日。她负责指导自己村落的舞团，也带着满腔热忱与幽默感来参与演出。

艺术创作成为凝聚力

最后一次的邂逅，帮助我理解自己在所罗门群岛上所感受与发现的事情。我们离开的前一天，我与来自澳洲国立大学的卡特琳娜（Katerina Martina Teaiwa）碰面。她通过经验得知并主张原住民确实有"透过创意确保自己存续"的能力。她的血统有一部分是巴纳巴人（Banaba）。巴纳巴岛这座岛屿因为磷矿开采而人口锐减，居民现在大多定居于斐济。不过，巴纳巴人的认同感与艺术创意正在蓬勃发展——根据卡特琳娜的说法，即使语言遭到剥夺，还是不会让人完全丧失世界观，因为舞蹈、工

艺以及其他文化表达也能传递记忆、意义与目的感。创作是关键所在，它可以重新塑造我们的认同，使得我们能够藉由回忆自己所失去的、藉由欢庆我们持续分享与滋养的人生，逐步建立起自己的社群。

　　卡特琳娜继续说，甚至可以通过创意来欢庆我们所失去的东西，而我们哀悼与回忆的方式就会成为文化创发与群体团结的工具。聆听她述说的时候，我一面觉得，造访所罗门群岛期间，无论是在多元文化得以彼此邂逅的这场节庆上，还是在利立西安纳村与布苏村落这类当地社群（村民挣扎着在变迁的环境中找出自己的生活方式）里，我个人体验的核心之处，正是介于失去与欢庆之间的这种创意张力。也许欢庆我们的失去，加上欢庆我们更新过的生命，正好定义了感恩祭——基督来到我们之间，聚合与调停原本分割与撕裂的东西。每次哀悼的经验皆是漫长又痛苦的过程，不过大洋的岸边可以是神秘的祭坛，哀悼与欢庆在此可以融合为一，恍如一波接一波的浪潮。

我的花园

鲁 进

我的花园不是自己设计的,最初也不是我栽种的。就像对一个人一见钟情,他也不是你生养的,可是一旦有幸结缘,从此就在欣赏和关照中相依相守。我最初以为房子的卖主、花园的"母亲"是个艺术家,因为房子里挂着很多幅画,而花园设计得又那么漂亮,有品位。她说,她儿子是艺术专业的学生,都是他画的,她自己没有学过艺术。从她的花园看得出,儿子的艺术细胞来自于她。我对花园和房子都那么倾心,当着她就赞不绝口,自始至终没有挑过任何毛病来压价。她把房子卖给了我们,临走还送给我们好几幅画,因为她要搬去的房子更小,放不下原先那么多。

花园没有围墙,可以说,是花园本身把房子环绕了起来。搬进去的时候已经是冬天,我那时对园艺几乎一无所知。当春天花园渐渐苏醒过来的时候,宛如有一双看不见的手在指挥一首百花交响曲,我在欣喜中慢慢弄清各种花名，好去查找花的习性，甚至会去苗圃，专门找自己花园里有的花，看叫什么名字。最早开花的山茱萸树，似乎是觉得北院太冷，它的枝条伸出一双双渴望的手臂，让阳光给自己染上桃花般的颜色。大门左边对着书房的窗户是一棵山楂树，早春盛开的时候雪白的花覆盖枝头，充满我的视线。一棵苹果树和另一棵树缠绕在一起，如果不是开着粉白两种颜色的花，几乎就像同一棵树一样。丁香花开的时候，一片片紫色如晚霞般瑰丽，满园芬芳。花园不仅在视觉上设计精妙，而且栽种位置适合花对阳光的不同要求，从初春到深秋，陆陆续续花开不断。因为房子前门朝北，所以离墙近栽的都是喜欢半阴的植物：出门右边有几棵五月盛开的杜鹃花，有紫色和红色两种，左边有一片品种各异、艳丽夺目的绣球花，夏秋时开满粉色、白色、红色和蓝色的花。半圆形车道外的花坛里种着喜欢阳光的品种，一排锦带花和玫瑰，靠路边栽着一排百合花和雏菊。从四月到十月，我做饭的时候从厨房窗户可以看到后院变换的花季：水仙花、雪球花、丁香花、玫瑰花、绣线菊等等，绵绵不绝。

人人都说我在照料花园，实际上也可以说，是花园在照料我。当伏案工作疲劳后，到花园里会觉得神清气爽，身上的酸痛顿然消失。大自然很慷慨，在我的失误、懒惰和忙碌中，花园依然充满生机。草本植物尤其好养，也不用知道它们叫什么名字了，它们每年就奇迹般自动开出色彩缤纷的花。只是有些很"霸道"的植物，如果不去控制，它会把周围的植物都挤死。在花园里我明白很多道理，比如说，植物也热爱生命，它们会想方设法顽强地生存下去；如果我们顺应自然，把不同的植物栽种在适合的位置，再注意修剪，它们只需要很少的养分就能繁盛。我们的生命中需要美，所以全人类各民族都有花园，花园是象征也是梦想，值得我们尊重。冬天是我和花园分别的日子。天冷的时候我用更多的时间去做别的事情，尽管还是会怀想花园。分别的时候去开拓生命更丰富的意义，为重逢积累更多的养分。花园教给我耐心、信任和等待。

舞在桥上

园林和苦海

魏明德（林天宝译）

　　中国园林通常是由希冀逃避公务烦忧的仕宦建造的，就此而言，可以将之视为一方梦土、乌托邦之乡，或一座冥思的迷宫……园林虽如此宁谧沉静，却是立基在诸多烦忧劳苦上。然而，最重要的是，园林是一个生命体，由洞壑、水脉和林景建构而成。

　　先来谈谈洞壑。园林是一处幽微隐蔽的所在，藉由内部间隔，无限扩张范围。这些间隔包括阻断视野的小丘、步道沿途的围墙，和环绕亭阁的间壁；而间壁又被花窗、洞门和无数精细镂洞所穿透，游人得以用空间和视觉重建风景，分隔出一方新天地……园林实际占据的空间必定小巧玲珑——曲径幽壑将园林拓展至无限，扩张至灵魂的界限。

　　洞壑意味着有路径尾随。窗洞门户将园林逐渐揭露于感官之前，犹如画家的手审慎而骄傲地展开卷轴，展示他如何赋予磅礴瀑布、山腰小路、苍松和云海以生命……园林确实是一幅卷轴，一个微缩的世界，随着我们的步伐和奇想而开展、扩大。漫游者从这个窗口转向另一个，进入幽静竹林，经过随着微风清吟的芭蕉，然后移向模仿山崖的奇石、顶端掩蔽的小丘、飞檐一角，或是纯粹倾诉空旷的天空缺口……透过无数洞壑，园林为游人复制出千千万万的双眼和幻想，直到视线凝聚成惊鸿一瞥，窥见园林与其主人的内在秘密和双重灵魂。

　　布满洞壑的园林有水脉流穿，随着生命、呼吸和季节更迭流转。水使园林活动起来。水汇集成池塘，并分流成内部沟渠。水使园林的玲珑奇石化为崇山峻岭。那巍然山势可能就是园林主人和建造者在造访名山时赞叹不已的风景，其后在私人领地上重现奇观。游人跨上小桥，渡过岸边缀有点点绿意的微缩汪洋……一缕清香伴随瀑布的隐隐水声细语呢喃——园林吞吞吐吐地道出了介于白昼和阴影间的幻梦。水畔遍布清幽树荫和代表岸边的圆石，连成一串，宛如一串岛屿。笛声、鸟鸣徒留无影的踪迹……

林园因水脉而生，由是展形，幻化为卧龙、麒麟，或不知是人是神的道家仙长。林园形体由高丘塑成，谦冲假山化池塘为汪洋，沟渠成大川，院落为大陆。园体也是林径，衬以花木，诉说林园与主人的共同特质：克己、坚毅和长寿……

然而，即使涵括了一个人的整体精神，别忘了园林仍然很迷你——虽然一沙一世界，但沙粒仍是微不足道的沙粒，而历来中国园林经常毁坏、焚掠、再造、重现……最终，园林或许就像扁舟，引领我们缓缓划向变灭之海，哀乐人生得以片刻忘忧。

从知青歌到芝加哥《岁月甘泉》合唱组歌

鲁 进

大约六岁左右的时候,我舅舅上山下乡到农村,家里贴着一张"光荣榜",说他志愿上山下乡,接受贫下中农的再教育。姥姥想儿子,经常抹眼泪,我就安慰她说,舅舅既然志愿到农村去,您也不用太难过。我也问过妈妈,为什么她和爸爸以前志愿上大学,舅舅却志愿上山下乡。我说这些话的时候,大人都不搭理我。

不过我很快就明白,舅舅显然不是自愿下乡,因为家里一直在努力办他回城,然而因为种种缘故,最后一批知青返城时他才回来当了工人。下乡的时候爸爸在挨斗,所以他去了四川最贫穷的山区插队,推荐参军时,母亲刚写完校长的大字报,所以他政审没过关,再后来他就越来越颓废。舅舅做知青的漫长日子,是他和姥姥的苦难,父母的烦忧,我童年的阴影。他回家探亲的时候,总在唱知青歌,记得有很多首,都很悲切动听,和广播里斗志昂扬的歌曲完全不一样,唱到知青生活的方方面面，我印象最深的是一首送别的歌，现在还能唱一点：

> 火车啊火车你慢慢地走
> 让我再看娘一眼
> 娘啊娘啊娘啊娘
> 衰老的母亲白发苍苍

因为舅舅是姥姥最小的孩子，当时她的确已经白发苍苍了，我也就不觉得这首歌有什么奇怪，可是后来想，多数知青的妈妈不可能那么衰老，所以疑心这首歌是不是舅舅自己编的，也没有机会去弄清楚。他唱过的歌，我从来没有在别处听到过。因为舅舅，我觉得火车站是一个伤感的地方，也很害怕上山下乡。

我小学四年级的时候，爸爸有一个朋友时常来家里吃饭。刘叔叔是临近县城一个果园的负责人，他喜欢和我聊天，经常出一些脑筋急转弯之类的题来考我。有一次我突然灵机一动："刘叔叔，我长大上山下乡的时候，可以去您的果园吗？"他先是一愣，然后仰头大笑，笑完后认真地对我说，等你长大以后，一定能去比果园更好的地方。

去年秋天在芝加哥交响乐厅参加了《岁月甘泉》知青组歌大合唱。我刚开始对知青歌并不是很感兴趣，因为小时候听得太多了，可是我想体验一次多声部大合唱。我从小爱唱歌，也参加过不少"齐唱"，就缺真正的合唱。一般都认为，中国音乐缺乏和声，当初欧洲传教士刚到中国的时候，最不习惯的就是中国音乐。不过，《老残游记》里所描写的黄龙子和玙姑的琴瑟合奏《海水天风之曲》，很明显用了和声："粗听若弹琴鼓瑟，各自为调，细听则如珠鸟一双，此唱彼和，问来答往"，用玙姑的话说，"相协而不相同"，但这曲子从来没有谱。刘鹗是个非凡神奇的人，可以推想中国古乐可能有和声，但是可惜失传了。

我们总共有两百多人参加演出，大多数都没有受过专业训练，很

舞在桥上

多人甚至连简谱也不会，但是好些人都对我说，他们对和声的效果很着迷。排练方式是就近分小组排练，定期到芝加哥合练。芝加哥地区演出的总负责人是我家多年的至交，而且当初我张罗演出《空笼故事》的时候他出演了中国学者，所以当他让我负责西北印第安那州小组排练的时候，就提到了这笔人情债。别的小组负责排练的人都是专业艺术院校毕业的，只有我们这一片没有找到这样的人才，我只是和女儿一起跟着私人教师学过钢琴和声乐。女高音和男高音唱主旋律最容易，女中音也还可以，因为我高音中音都能唱，男低音最麻烦，我只能用钢琴一句句弹出来。这个过程中我自己收获最大，因为所有的声部都必须熟悉。直到演出前两三个星期合排时指挥还在对我们大发雷霆，说我们毛病太多。和乐队就没有从头到尾排过一次，大家都捏把汗。可是演出那一天，也许是芝加哥交响乐厅这么神圣的音乐殿堂给了我们饱满的灵感，效果格外好，我们唱得特别投入，场下的很多观众不懂中文，只能通过英文字幕翻译理解歌曲的内容，可是他们的反应非常热烈，真的能感觉到合唱队、乐队和观众同心互动的效果，我也如愿以偿地体验了多部和声合唱的美感。

《岁月甘泉》组曲是当年的知青苏炜先生作词、霍东龄先生作曲，一共有八首。第一次听的感觉，和舅舅唱的知青歌大不一样，就连其中最忧伤的《一封家书》和最悲壮的《山的壮想》，也比舅舅的歌多出许多亮色：想妈妈的女知青在感叹人生路走向何方的时候还能得到阿叔阿婶的关心，她还教他们学文化；舅舅没有提到过这些。幸存者在掩埋同伴之后还能再去迎击风浪，无畏黑暗；舅舅的世界里没有牺牲，也没有自豪，只有无望的等候，无奈的煎熬，可能因为插队比兵团更寂寞。舅舅也没有赞美过劳动，可能因为在那个靠天吃饭的穷乡僻壤，无论怎么劳动都吃不饱饭，贫下中农没有办法，知青更没有。舅舅的歌里也有爱情，但其中没有一丝欢乐，准确地说更像是愁苦中相互的慰藉。当第一次听到"那一场暴风雨铺天盖地，把多少年轻的花季粉碎"这一句时，我立刻流泪了，不仅因为这句歌词背后的真实故事，更因为它隐喻了一代人生命的损失,我们能够逃脱那样的命运,并不完全是我们自己的功劳。如果我们觉得成功纯然是自己努力的结果,就很容易对受害者缺乏同情。卢梭在《爱弥儿》中说,只有我们不以为自己会幸免的痛苦,才会在别人身上同情。

演出后词作者苏炜先生在芝加哥文化村做了个讲座,他讲述了组曲创作的渊源和过程,以及"在苦难中掘一口深井"的意境。他说,有些人骂他骂得十分刻毒,认为他作为极少数镀金成功者美化了上山下乡运动,然而对绝大多数成为牺牲品的知青来说,只有苦难,没有甘泉。苏先生认为,对苦难的态度有两种模式,一种是苏东坡模式,能够在流放中写出"此心安处是吾乡"的绝句;一种是祥林嫂模式,悲悲切切,唠叨不休。我一生既仰慕苏东坡那样能承载逆境的伟人,也对祥林嫂的苦难感同身受。初中的时候就读过鲁迅的短篇小说《呐喊·明天》,那时体会不到这个故事有什么意思。多年以后,因偶然的机会翻到这篇小说,才感受到那个年代单四嫂子寡妇丧独子的深切悲哀。她有什么过错呢?她每天深夜还在纺棉纱,就为了养活自己和儿子;她在生病的儿子身边整夜守候,为了给他治病,用尽了自己知道的一切办法;她生活的环境如此平庸:毫无想象力的王九妈,令人恶心的蓝皮阿五和红鼻子老拱……谁能给她一点安慰?"明天"虽然会来到,却无法想象她如何能走出生命的漫漫黑夜,一生能梦见宝儿几次。伟大的作家有悲天悯人的情怀,能够深刻理解、刻画处境和心理与自己相差甚远的人物,感受他们的苦难,用平实的语句勾画得那么入骨。我们没有办法选择人生起始的际遇,祥林嫂和单四嫂子处在她们的社会环境中,没有摆脱苦难的机会。承认这一点,我们才会力所能及地去营造一个更公平的体系,至少用更多的同情心去减轻他人的苦难。

我们有必要在苏东坡和祥林嫂之间做出选择吗?如果苦难没有超出我们的精神力量,我们可以指望成为苏东坡;当苦难超过了我们的度量,连约伯那样世间罕见的义人也会在从天而降的深重灾祸中痛不欲生，和祥林嫂一样苦苦唠叨。没有任何一部作品能够全面代表知青经历。在我的心里，既有《岁月甘泉》，也有舅舅的知青之歌。

走过生死间

魏明德

人类垂死的过程，历经死亡的方式，使得人类成为真正的人。

我的父亲生前并不知道自己快死了，他根本不知道自己得了癌症。他对医学的讨论一点兴趣都没有，病症忽然爆发，连他自个儿都不知道是怎么回事。在医院住了五个星期，他就过世了。应该是在睡梦中离开人世的。

没有说出口的话
使得整个家庭裂痕不断

他得了癌症，从头到尾都没有人告诉他。现在想想，因为这样一个决定，我家日后发生了重大的变化。那时没有说出口的话，使得整个家变得静默，家人之间裂痕不断，后来连沟通都变得很困难。

往事无法重来，我很难知道当时以我父亲的身体状况，是否愿意听到癌症的宣判，是否能够清醒地承受再也见不到小女儿这件事，那时候她只有十岁。或许，我们没有给他面对死亡的机会，让他在自己预期的状况下死去。

懂得说出和解的语言
是幸福的人

死亡是人类必须经历的一个过程，也许是最为高致的行为，可说是成就一段生命。人类垂死的过程，历经死亡的方式，使得人类成为真正的人。社会不愿意谈论死亡，病人看不见死亡，活人感觉不到死亡，大家把死亡视为一种羞于见人的行为。

如果我们想要从癌症透视生命的价值，我们必须先懂得看待死亡的价值。懂得承认自己将会一死的人，懂得说出和解的语言，懂得给予他人意见与鼓励的人，是幸福的人，他身边的人也会是幸福的人。

承认死亡
释放生命的能量

社会要懂得教人承认自己终有一死，而不是教人怀抱着长生的幻相。承认死亡的方式，在于克服痛苦与困难，因为后者使得人性臻于完美。如此，社会就能释放生命的能量，创造生与死之间全新的关系。

对于重大癌症病患来说，面对重病的态度是很吊诡的：癌症病患动用所有生命的能量，希望治疗达致有效，也事先做好心理准备，知道会来的终究会来，不回避各种结果。但是，十分吊诡的是，面对死亡的勇气会释放出生存的能量。

有的病患自己骗自己，有的家属对病患隐瞒病情，反而使得病患难以释放自身的能量。相反地，我们也听说有的病患得知自己患了不治之症，反而懂得欣赏生命的美，说出他们真实体会到的内在的平静与幸福。以上这些例子，说明没有什么是直线发展的。每个人面对死亡的态度来自个人的心灵倾向与态度，只有一个人可以担纲，别人根本无法预期。当死亡即将降临的一刻，没有人能够预测自己的反应。

让超越己身的生命
流居心田

如果我们要对癌症病患谈论生命的价值，首先我们必须确定一件事，那就是死亡不是一个禁忌，我们不能够夺走即将撒手人寰的人看待死亡的权益。因此，我们会发现死亡必须成为言语指涉的对象：我们必须让病患说出自身的死，也许是独白，也许在家人面前说出，也许只是呐喊或哭泣。我们不应该害怕呐喊或哭泣，这不应该是个禁忌。面对死亡，面对痛苦的一切表达，都是神圣的，也都要用尊重与无畏的态度相迎。最重要的是，只有当死亡成了语言或身体的动作所指涉的对象，死亡才真正具有人性。

人性尊严的彰显并不在否认疾病，而是要接受自己的状况，展现生命的能量。接受并不等于认命，接受是张开双眼，探索内在的田地，同时知道自己生命的长度有限。接受，是让生命流居心田，让超越己身的生命流居心田。生命远走的时刻，我们还是会感到生命的来临，因为生命的远走也可以变成另一个诞生。

生命的运转与远离
在无偿中实现

当代文化倡导百分之百的健康，表扬体能与智能，或是歌颂身体的健全。然而，日常生活所见不外乎挫折、疾病以及死亡。比起广告或是杂志报纸宣扬的错误价值，前者显得无比珍贵，大家必须用智慧谨慎看待。痛苦修炼我们内在的人性尊严，使得我们重视内在的价值高于镜中反映的影像。人性尊严除了透过肉身的优雅来表达，也透过生命的优雅及心灵的优雅来展现。我们必须改变对死亡的看法，死亡的行为必须得到应有的尊重，甚至对患重病的人或是正在老去的人也应该如此。受苦中透露出智慧与心灵的丰富面，却往往得不到大家的关注。

在身体耗尽的状态中，有的生者接受生命，这份接受来自一个内在喜悦中源源不绝的宝藏，这份喜悦成了真正的欢欣。这份喜悦是无处不自喜的快乐，而不是来自舒适感的满足。这个奥秘往往令人不得解。也许我们应该闭口，双膝跪地。但是，癌症病患还是告诉我们：生命的诞生本是不求报答，生命的运转与远离也都在无偿中实现，生命的价值在于生。

呼吸着诗意

魏明德（谢静雯译）

诗意是灵魂的养分，把心空出来，才能接受它的灌溉。在我们的生活中，哪里找得到诗意？诗意如氧气，四处皆可寻得——不在任何特定的地方。跟氧气另一个相似处在于，少有人能找到成分单一的纯粹诗意，而氧气也会混杂其他气体来到我们身旁，让我们得以呼吸与茁壮。不过，当氧气变得太过稀薄，我们可能就需要来一瓶纯氧，吸入它最纯粹的状态。诗歌（有时只是一段，有时只是区区几行），是我们觉得快要窒息时，帮助我们支撑下去的补给瓶。但诗意以众多的样貌现身，喜欢让鄙俗与平凡的元素混杂其中。

在了无诗意的状况下生活，人会凋萎干枯。生活再也没有品味、共鸣或细腻差异；思绪与计划在心灵的柜架上层层堆积，好似一串串空壳。不过，诗意是唾手可得的东西。有的环境能让我们自然沐浴在诗意里：生活在森林、湖泊与山脉附近，周遭的人们以闲散的步调行进，乐声在我们的屋前栅门那儿回荡。但若要让自己一生都呼吸着诗意，重点在于要能"内在观照"。我可以自行暂停工作的脚步，转而聆赏喜爱的乐曲，或某日听到诗作之后进一步挖掘作者的资讯。我可以选择到公园去，欣赏赞叹树木与栖息于上的鸟儿，而不是一直窝在电脑前。我可以重新发掘邻人的微笑，心怀感激地回报以一抹笑容（我经常忘记用笑意来映亮自己的脸庞）。

说比做容易。我目前住在20楼的公寓，办公室也在高楼的第26层。不管望向哪扇窗户，放眼只见道路与形形色色的高楼……起初我吃了不

舞在桥上

少苦头：那幅景观带来的生活节奏让我自觉枯槁——诗意从我身上飞离，抛下我的想象力、意志与记忆，让它们兀自枯干空洞。我必须再次学习在寂静、祷告、阅读（不论新书或旧书）与重新发掘音乐里，将诗意找回来。我凝望眼前绵延无尽的高楼，尤其在夜幕将垂之际，任由心思遨游，这样也能找到诗意。我给自己的时间创造富含诗意的东西——素描、绘画、短文与"公务"之外的电子邮件；我把它们当作小艺术品来慢慢雕琢，并且从中获得乐趣。我也决定要多走些路，不管外在环境如何，步行有些特质与诗意类似。说到底，古代许多诗词都是为了搭配田野里的工作、道途上的漫游与祭典期间的舞蹈而写成的。

在新环境里，诗意会以新形式涌现。为了让氧气般的诗意注入与填满我们的生活，我们必须拥有超越时间的本领与特质：保持童心；自在；愿意暂停脚步与竖耳倾听；拥有以吟诵、言语与作品来回应的欲望——回应我们在人生道途上行进与吞吐诗意时所获得的赠礼。

没有中心的世界

散点透视异国情调

鲁 进

熟悉西方异国情调理论的学者都知道，西方理论家普遍认为，异国情调（来源于拉丁语 exoticus 和希腊语 exotikos）意指处在欧洲以外的地域，是置身于欧洲文明甚至文明之外的东西，欧洲本身没有异国情调。研究异国情调的西方理论家的共同特点是，尽管他们对第三世界国家很感兴趣，但他们的研究角度不免单一，都是欧洲人对非欧洲人或社会的看法。莫拉（Jean-Marc Moura）就认为异国情调是"对不属于欧洲的人和社会的表述，以显出其相异性"，所谓"相异性"，当然是相对于欧洲的区别，如此定义的异国情调从本质上说是以欧洲为中心的。罗贝尔字典对此也有类似的定义。如果被描写的地区属于欧洲，比如德国，莫拉认为那只能叫做地方色彩，而不能叫做异国情调。当他们意识到有些非欧洲人认为欧洲富有异国情调时，有人甚至发明了"反向异国情调"一词，这说明他们认为异国情调有一个"正常""自然"的方向，是从欧洲投射出去的单行视线。

可是,欧洲在非洲人或中国人心目中完全可能是充满异国情调的,同样,中国人也可能认为日本甚至越南,是富于异国情调的神秘远方,尽管这些远东国家在许多欧洲人眼中很难区别。实际上,在中文里,所有来自遥远地域的风情都有异国情调,包括那些西方人熟视无睹的事物:咖啡厅,酒吧,夜总会,迪斯尼,等等。在欧洲,异国情调和欧洲殖民史密切相关,而且常常体现欧洲人对他者居高临下的态度,但在中文里,对带有异国情调的事物没有这种优越感,这可能是因为"异国情调"一词在中文里产生于中国不再以为自己胜于外部世界的文化语境中。异国情调这个词,在《四库全书》里面找不到,晚清中国人的欧洲游记中也没有出现过,尽管里面有丰富的异国情调内容。当张若谷在1929年发表题为《异国情调》的文集时,曾朴的序言和张若谷的前言中都为"异国情调"这个词作了详细定义,在他们的笔下,异国情调是从法语 exotisme 翻译过来的,西方,尤其法国是一个充满异国情调的国家,是他们憧憬神往的对象。西方理论家一般认为只有不对本国形成威胁的国家才会有异国情调,这个设想对中国来说并不完全成立。

在给塞内加尔诗人桑格尔的诗集《黑色的奥尔菲》所作的序言中,萨特尖锐地批评了欧洲中心论:"白人已经享受了三千年只看而不被人看的特权。"把异国情调的定义局限为欧洲人眼中的非欧洲国家,正是在有意或无意地延续这种欧洲中心的视点。谢阁兰认为异国情调是"对永远不能理解的事物的敏锐和直接的感知",换言之,是对差异的感知。他的定义从某种意义上突破了欧洲中心,但是"永远不能理解"这个说法,未免把差异看得过分绝对。即使是所谓的"反向异国情调",也只是异国情调中的一种。要给异国情调一个广泛适合于比较文学的定义,我们必须跳出欧洲和非欧洲的二元关系,而把它定义为对远方的向往和表述,而所谓远方是相对于作者或作者所瞄准的读者而言,它既和地理上的远近有关,也和描述者及其读者的感知有关。这个定义没有固定的中心,也没有固定的方向。它既包括欧洲作者向欧洲读者描述的非欧洲地域，也包括欧洲国家在非欧洲国家的形象，如法国在中国的形象，甚至包括越南在日本的形象，或巴西在朝鲜的形象，等等，不胜枚举。那些在本地域没有异国情调的著作，在另一个地域可能就有了，如《一千零一夜》在阿拉伯国家可能没有异国情调，但在法国却充满异域的诱惑。如此定义的异国情调和殖民主义就没有必然的联系，比如《马可波罗游记》和《一千零一夜》都和殖民主义无关一样。

异国情调甚至还能包括那些生活在他国的作者，他们成为我与他者间跨文化的中介者，将自己的国家描述给他国的读者，并选用这些读者认为富有异国情调的材料。清末外交官陈季同在法国发表的介绍中国的法文著作就属于这种情况，更有意思的是，即使有关法国的作品，如《一个中国人描绘的巴黎人》，对法国人也可以充满异国情调，这里异国情调并不来自于他所描述的对象巴黎人，而来自于作者异国的视点，描绘的角度和取舍。和其他中国人描写法国或法国人的文章相比，此文的独特性在于它的读者对象是法国人，而不是中国人，能有这种视点的作家，至今仍然不多。陈季同在此文的序言中，就明确宣称其目的在于让"欧洲读者进入一个中国人的头脑深处"。可以说，孟德斯鸠的《波斯人信札》是虚构的波斯人看法国，陈季同的著作是真正的中国人看巴黎。总之，世界文学视点下的异国情调不应当有中心，任何一个地域都可以作为观察点，去向往和遐想另一个国度。

冬日城市，一个漫游者在欧洲

魏明德（张令憙译）

2009年12月，欧洲很冷，到处下雪，这不是每年都见得到的。在我孩提时，街道积雪的光景颇为寻常，随着岁月流逝，却越来越罕见。

舞在桥上

这个冬季我得要旅行,到法国的巴黎和吐鲁斯,德国的慕尼黑和亚琛(Aachen),再跨越荷兰返回法国。我得造访一些办事处和大学,匆匆经过街道和地下道,但我仍有时间漫步晃过公园和广场,透过因天气而减速缓驶的火车窗子观看,做梦,让回忆浮上心头。我想起了所有我曾住过的城市,它们的心智与结构,以及它们如何在我灵魂里留下铭记,如同频频回头阅读的某本小说,也有如心爱的某部电影、某段乐曲、某个声音。我无法将自己存在于记忆的核心与这些曾居住过、漫游过的地方区隔开来:巴黎是一序列的聚落,塞纳河就像小说中突如其来的情节转变,将市区做了切分,而善变的街道转个弯,我便就此迷了路,有如学生时代那般因荒诞梦想而昏头转向。布鲁塞尔调悲而灰涩,我的第一份工作和第一间自己的公寓在那里等待着,听在耳中如此忧郁幻灭。吐鲁斯是之后我工作过的地方,砖瓦、咖啡馆与宽阔的河岸荡漾着粉红色的旋律。里昂有如优雅的挽歌,将情绪和热情的音频调降成宁静庄重的曲调。而荷兰、西班牙及意大利的城市恰成对比,宛如回响着管乐与打击乐的交响曲。

有两年的时间,我认识了纽哈芬(New Haven)、纽约和波士顿,它们在我听来像散文诗,又像艾拉·费兹杰罗唱曲里的歌词……然后我去了亚洲——于是不同的音乐和诗歌充溢我心。东京墙垣有如日本小说里匀称的章节分界线,但小说的整体性和其中情节却令人无由分辨。台北逐渐变得像是一册磨损的旧诗,我是如此熟悉,可以信手翻到想要重读的那一页。香港则像一首超现实之诗,于是我不再试图透视它的意义,却任由它的韵律和联想将我拉走。成都有如古诗钞本,我不尽然了解,但却一页页翻过,听凭那如烟氛围氤氲漫入身心……

我回到欧洲,就像再度找着孩提时读过的诗选,那些字词、文句和韵脚的转折听起来熟悉,如同住街上的嘈杂音声,每天早上将我唤醒。

落雪的城市街道仿佛潜藏着什么东西,自然和文化因此突然相遇,文化的脆弱于是现形,瞬间被自然的能量波涛所吞没。又仿佛城市的线条、记忆和轨迹所具有的强烈诗意只是那能量的化身，在漫游者眼前展现其本质，霁时穿透了这建筑、空间和人的集合之为一个整体的奥秘——雪所诉说的，总是眼睛看不见的那些事。

  藉着悠闲的火车旅行，欧洲的城市将一种手足情谊延伸了数百里之遥。当这些城市散落于地图，用手掌便能捧起，它们组成了一个稠密、热烈的团体，由种种欲望、恐惧和声音构成，超越了它们的物质形式。在我冬日旅行的路途中，属于我年轻时代的这些城市变得越来越小、越来越密，渐渐汇聚为一，成为一首简短的永恒之诗，未来还将萦绕于我临终的卧榻。

跨文化的相遇和随想

悠远的对话

马若瑟为什么翻译了《赵氏孤儿》

鲁 进

凡是对中法文化交流有基本了解的人都知道,元剧《赵氏孤儿》最早是由法国传教士马若瑟译成法文,于 1735 年发表在耶稣会杜阿尔德主编的《中华帝国志》第三卷,伏尔泰从中得到灵感而创作了悲剧《中国孤儿》。很多华人学者发表了比较伏尔泰悲剧和纪君祥原作的文章,也有不少人评论过伏尔泰悲剧和马若瑟译文的区别,或者马若瑟译文是否忠实于纪君祥原作。但有一个很重要的问题却长期被忽略:马若瑟为什么翻译了《赵氏孤儿》?这个问题,必须在研究了保存于法国国家图书馆的马若瑟通信手稿和法国 18 世纪的文化背景后才能得到回答。

表面上看,一个在华耶稣会士翻译的中国剧本发表在耶稣会主持的介绍中国的著作中,是再自然不过的事了,因此似乎根本用不着去问为什么。可是马若瑟当初却并没有把这篇译文交给杜阿尔德,而是托人交给当时皇家铭文美文学院的院士傅尔蒙,并在给他的亲笔信中明确地把稿件的发表权交给他。但耶稣会的送信人却把稿件交到了杜阿尔德手中,他发表《赵氏孤儿》时,并没有征得傅尔蒙或马若瑟的同意,因此引起了傅尔蒙的强烈抗议。马若瑟为什么翻译《赵氏孤儿》并授予傅尔蒙发表权,而没有把它寄给耶稣会的上级?为什么选择了纪君祥的剧本,而不是其他作品?为什么杜阿尔德非要发表这部本应该给傅尔蒙的译作?这些都是值得探索的问题。

马若瑟翻译《赵氏孤儿》的动机和他的索隐派神学观点密切相关。所谓索隐派,这里指耶稣会在华传教士中白晋(Joachim Bouvet)、傅圣泽(Jean-François Foucquet)和马若瑟等人,他们认为中国的古典经籍包含基督降临的预言,这些预言的痕迹也体现在汉字的构造中。如果传教士能让中国人理解这些古籍的深层意义,那就是传教的最佳途径。当时的罗马教廷和耶稣会上层把索隐派观点视为异端,严禁发表。因为他们拒绝接受除了《圣经》之外还可能有任何别的书籍包含救世的真理。当时许多根本不懂中文的人也指责索隐派传教士或是欺骗或是无知。实际上,对于既潜心研究中国传统经典,又具有基督信仰的人来说,索隐派的观点是相当有吸引力的。马若瑟始终相信他的观点是说服中国人信教的最佳方法,因此以毕生的精力研究中国语言和经典,并不顾上级的禁令想方设法要在欧洲发表自己的研究成果。但时日不多,马若瑟已近晚年,又被流放到了广东,生活和研究条件都很差,和外界交流也很困难,多年来试图发表自己观点的请求始终受到耶稣会上级的拒绝。就在这种情况下他开始了和傅尔蒙的通信。

那是1725年,他已经59岁了。他们的通信一直持续到1733年。在信中他一再向傅尔蒙提出的请求,是希望能在法国发表他的索隐派著作。由于自己的作品被耶稣会禁止出版,他希望这些论文出版时不要署上自己的名字,也多次对傅尔蒙说过他可以把收到的著作作为自己的东西发表。他多次说到傅尔蒙是他认识的唯一有能力帮他传播他的理论的人。傅尔蒙既然在法国是中文权威,马若瑟希望他能看懂自己的著作,并会被说服。他寄给傅尔蒙的最重要的作品,是《汉语札记》。这是马若瑟积多年心血写成的详细介绍中国语言和文学的著作,他希望这本书能帮助传教士和欧洲学者,包括傅尔蒙本人学习中文。这本书并没有直接宣传索隐派理论,但因为只有懂中文的人才可能懂得和接受索隐派的理论,所以教人学中文对马若瑟是至关重要的。马若瑟的《汉语札记》分为文言文和现代口语两部分,文言的例句出自最早的中文典籍直到宋代的作品,口语例句出自元剧和通俗小说。这本书讲语法,也讲修辞,并全面介绍中国文学。

马若瑟就是在这样的处境下翻译《赵氏孤儿》的,那是1731年年底。他不惜代价也要让欧洲学者知道中国古代经典的价值。至于《赵氏孤儿》的译文嘛,那就算是送给傅尔蒙的礼物,他可以当自己的作品发表。从信中来看,前后用于翻译的时间很短,他自己说用了七八天的时间,这应该是可信的,因为他同年11月10号的信中还只字未提此事,而译文是12月4日发出的。当时去欧洲的船很少,马若瑟常常在船出发之前的一两个月写好多封信,最后一起发出。这一次,他决定翻译《赵氏孤儿》,而且必须赶在船出发之前完稿。《汉语札记》寄出已经三年了,如石沉大海,他自己的生命也近末路。马若瑟的《赵氏孤儿》译文质量如何,许多学者都有评述,褒贬皆有。但如若不把他翻译此书时的处境和目的了解清楚,任何评价都难免有失公允。

马若瑟当时还不知道的是,傅尔蒙也写了一本中文语法书《中国官话》,并想通过此书的发表来证明自己是欧洲最权威的中文专家。马若瑟希望傅尔蒙做自己的接班人,傅尔蒙却把马若瑟当做竞争者。他从未到过中国,平生打过交道的唯一的中国人是随外方传教会的梁弘仁(Artus de Lionne)到法国的黄嘉略,能把中文学到那样的地步,也不容易,但他自认为中文超过马若瑟,尽管当时马若瑟的中文水平在在华耶稣会士中都受到公认,他未免过分自负。傅尔蒙书中有不少根据拉丁语语法想当然地生造出的中文里根本不存在的句式,这种错误只有既和中国人没多少接触，又没有读懂过什么中文书的外国人闭门造车才能想出来。更严重的是，傅尔蒙抄袭了耶稣会传教士万济国的语法书《官话语法》。傅尔蒙把《汉语札记》束之高阁，直到近百年后，才被当时的汉学家阿贝尔-雷慕沙在皇家图书馆发现，给予高度评价。当雷慕沙于1822年发表自己的《中文语法基础》时，在序言中也坦承其中的很多例句出自马若瑟书中。

《赵氏孤儿》的译文比《汉语札记》要幸运得多，那也不是因为傅尔蒙良心发现。马若瑟所托的两个送信人把包裹先交给了耶稣会的杜阿尔德，后者当时正在编辑《中华帝国志》，就把《赵氏孤儿》的译文用上了，然后又把包裹还给了傅尔蒙。傅尔蒙见到此剧发表后很是吃惊，公开指责杜阿尔德，并以马若瑟的亲笔信为证。这场笔墨官司打了很多年，几乎所有人都认为傅尔蒙有理。马若瑟确实在信中对傅尔蒙说过："如果您认为它值得出版，您可以用您的名义印出来，用不着担心人指责您剽窃，因为朋友之间一切共享，因为我给您了，因为如果您费心校阅它的话，您的贡献是最大的。" 如果只看了这几句话，谁不会认为是傅尔蒙有理呢？杜阿尔德的作为我们不敢恭维，但在这件事上，傅尔蒙若有自知之明，也应该明白自己不配这份礼物。我们从他一贯的所作所为可以肯定，他不会给《赵氏孤儿》更好的归宿。从比较文学的历史出发，当然是杜阿尔德做了件好事。耶稣会虽然严禁发表马若瑟的索隐派著作，但《赵氏孤儿》本身的内容和索隐派毫无关系，尽管我们现在知道，马若瑟翻译此剧的前后经过与他的索隐派观点密切相关。有意思的是，马若瑟翻译的《诗经》中的几首诗，尽管运用索隐派观点阐释，但也被杜阿尔德发表了。因为只有对照原文，并且熟悉马若瑟的观点，才有可能发现这一点，这是杜阿尔德做不到的。

马若瑟为什么在百种元剧中选择了《赵氏孤儿》？首先我们可以肯定他不是随便找了一个剧本来译。《元人百种》所有的插图都集中在第一册里，一共有224幅，每幅插图尽管有题目，但这个题目和剧本的标题并不对应。马若瑟给每幅插图都标上了对应的剧本号码,又把这个号码标在对应的每册书上和每个剧本前,这至少需要对每个剧本都浏览过,因此他显然是选择了这部剧。这出剧在元剧中的确最符合当时法国文学界对悲剧的观念:时间、地点和情节的一致(时间不超过24小时,地点不变,主要情节一贯到底);主题来自古代历史,是涉及国家民族大事的重大题材;主人公属于王公贵人;文体高雅,用语不俗;悲剧也必须用诗体。因为是翻译作品,最后一点可以不计,不过元剧至少唱词和韵白是诗体的。中国戏剧从来都不讲究时间和地点一致,但除此而外,《赵氏孤儿》在其他方面都严格合乎法国悲剧的要求。另一方面,剧中人物高贵的英雄气概也是吸引马若瑟的原因之一。耶稣会一贯主张用悲剧人物的英雄品格教化世道人心。尽管马若瑟因为索隐派观点与耶稣会上层有了很深的矛盾,但他毕竟是长期受耶稣会传统教育培养出来的学者,因此在美学观点上应当说是一致的。程婴、韩厥、公孙杵臼为了国家民族不惜牺牲自己的忠义道德,正合乎这种悲剧观。许多18世纪理论家还主张像希腊悲剧一样,男女之情不应当是悲剧的主题,他们常常批评法国悲剧中爱情占的地位过分重要,违背了希腊悲剧的精神。耶稣会更进一步主张悲剧中彻底排除爱情,甚至尽量不要有女性角色,除了母亲、妻子或殉道的处女外。有人或许会认为这种主张证明耶稣会代表落后和蒙昧的势力,不过我们不要忘了伏尔泰也在30年代作了《凯撒之死》,并十分自豪自己能写出一部既没有爱情也没有女性角色的剧本。《赵氏孤儿》中没有男女之情,唯一的女性角色是晋室公主,"孤儿"的母亲,而且她在第一折中就自缢身亡了。元剧中恐怕没有另一出戏比《赵氏孤儿》更符合这一系列的条件了。著名元代悲剧中,无论是《窦娥冤》《汉宫秋》还是《梧桐雨》,都没有如此切合。我们可以推断,马若瑟是在熟悉元剧的情况下,挑选了一部优秀的中国作品,它同时又最适合法国包括法国耶稣会的美学观念。翻译家运用这样的选择标准,应该说是很高的了。我们了解了他的美学背景后,就不会奇怪他为什么没有从自明以来就以"元曲四大家"著称的关汉卿、马致远、郑光祖和白朴的作品中选择。王国维在《宋元戏曲史》中，第一次把悲剧的概念引入了元剧的研究，并首推《窦娥冤》和《赵氏孤儿》，称之不愧位于世界大悲剧的行列。王国维在写《宋元戏曲史》时，已经知道18世纪法国就有此剧的法译本，只是误以为是杜阿尔德译于1762年。无论王国维是受了马若瑟选择的影响，还是与他不谋而合，我们都很难不佩服马若瑟的眼光，作为一个外国学者，能从百种元剧中选中了《赵氏孤儿》。

杜阿尔德发表马若瑟的译作时，正值法国文坛又一次掀起了有关戏剧的论争。反对者和推崇者对戏剧的教化功能争论不休：戏剧一定是伤风败俗的呢，还是可以弘扬道德？在法国各种宗教派别中，耶稣会一直持入世的主张，对法国文化生活介入很深。他们是教育家，把戏剧当做教育学生的重要方法，法国文坛的重要人物很多都是他们的学生；他们在文学理论、文学批评方面都有重要贡献，也有不少成员活跃于巴黎的文化沙龙里；他们发表的本会传教士从各国寄回的书信更是知识界了解异域的重要信息来源。他们的立场一直是一些极端保守的教派攻击的对象，尤其势力也很大的冉森教派，是他们的死敌。耶稣会必须捍卫戏剧，让公众知道戏剧可以教化人心。在这样的背景下，《赵氏孤儿》为耶稣会的立场提供了一个有力的证据。而且这部悲剧中没有任何迷信的成分，对耶稣会在礼仪之争中的立场也是一个有力的佐证，我们因此可以理解杜阿尔德为什么不能放弃发表《赵氏孤儿》的机会了。

综上所述，马若瑟是为了在欧洲传扬自己索隐派的神学观才翻译了《赵氏孤儿》，并且把它寄给了傅尔蒙。他是在熟悉元剧的条件下选中了《赵氏孤儿》这个剧本，因为它最符合法国悲剧的标准，甚至符合耶稣会对悲剧的要求。耶稣会尽管反对索隐派，却认定这出剧本能为《中华帝国志》一书增色，因而杜阿尔德不顾一切也要发表它。这是中法文化交流史上的一件幸事。

郎世宁的和睦骏马

魏明德

如果我们知道如何看待、欣赏四周的文化,我们将发现众多文化是一个拼图。

农历马年常让我想起一位曾在中国工作的伟大耶稣会士:郎世宁。他的出色画作,故宫收藏了很多。这些作品引人入胜,结合了他那个年代的欧洲艺术与中国艺术。这些作品仿佛在说,跨文化交流是创新与创造的泉源,是不同民族之间和平与了解的基础。这只有静观他的艺术作品才能领略到吧。

文化交流开放人性

郎世宁笔下的骏马是西方的马,也是东方的马。今日的国际交流因文化与宗教上的冲突显得低迷不振,但这些骏马提醒我们,文明与文明之间,或是国与国之间的交流质量,并不是科技进步的结果,而是来自好奇心、智识上的谦卑,以及基于意识所做出的清楚决定。探索他方的语言、信仰与审美观,品味与己相异的事物,同时怀抱信心。

郎世宁的骏马告诉我们文化交流是人性的先锋。若我们被困住,身陷猜疑、自以为是,或是笃定自己拥有优于他族的文化,我们将变得不通人性,难以成为普世价值的先驱。更进一步来说,物质的进步往往成了陷阱:银行账户的满溢并不代表精神层面的提升……

学习专注地欣赏

相较今日的现势,17、18世纪的先人往往显得开通,也较有创造性,不论中国或是西方好像都是如此。这个看法并不容易说出口,然而我觉得这是一件事实。郎世宁，以及向郎世宁学习欧洲绘画技法的中国画家，双方的艺术历程来自一个意识清楚的决定：决定相互学习。

对学习的渴想，对他方传统的关注，在21世纪的今日是否依然活跃呢？我觉得很怀疑。某个程度上来说，沟通的便利与高量降低了沟通的价值与严谨度。我们"消耗"各国生产的文化产品，很多时候却谈不上真正地欣赏。我们必须学习专注，学着赞美纤细的敏锐度与丰厚的创造性，学习再次赞美。

低下身向他者学习

在全球化的时代，对他者的尊重是实践文化交流的首件要务。曾几何时，世界上的抨击与猜忌早已超越了互重与信赖。难道大家必须无止境地编列军事预算，而忘了增加人道的援助，正如现今居主导地位的国家——美国的所作所为吗？美国不反省自身的固执，对于那些饱受恫吓的国家，美国是否想过如何向它们学习？《圣经》中有一段话，在我看来，不仅对个人，对不同文化与团体都同样适用："你们不要论断人，免得你们受判断，因为你们用什么判断来判断，你们也要受什么判断；你们用什么尺度量给人，也要用什么尺度量给你们。为什么你只看见你兄弟眼中的木屑，面对自己眼中的大梁竟不理会呢？或者，你怎能对你的兄弟说：让我把你眼中的木屑取出来，而你眼中却有一根大梁呢？假善人哪！先从你眼中取出大梁，然后你才看得清楚，取出你兄弟眼中的木屑。"（《马太福音》七：1-5）

众马是文化拼图

同样的道理，台湾不应该被钱财与权势的引诱而冲昏了头，更应该朝文化多元与心灵富裕的方向走，就从向最贫穷国家学习心灵丰足开始，例如东南亚国家。我们必须牢牢地记住：如果我们知道如何看待、欣赏四周的文化，我们将发现众多文化是一个拼图，是一个欢喜跃然的剧团。每一个文化都如郎世宁笔下众马中的一匹，在地球上的翠绿草坪上追逐嬉戏。的确，意大利籍的国画家笔下的骏马成了泛爱众的象征，象征跨文化的和谐共处。我衷心期盼一年比一年更加接近。

没有徐光启，就没有利玛窦

魏明德（沈秀臻译）

徐光启与利玛窦的交流让我们学习了宝贵的一课：文化需要恒久地灌溉，不同文化的相遇虽存在风险，但唯有真诚的交流才能为自身文化增添新颖而丰盛的面貌。

长久以来，对西方人来说，利玛窦（Matteo Ricci）的名声比徐光启响亮：西方人士易于知晓同样来自西方世界利玛窦的旅程与历险，却鲜少听闻来自中国世界徐光启的经历，后者是意大利兼具传教士身份与博学者隽誉的利玛窦的挚友。然而，近二十年来，西方汉学家重新发现了16世纪末及17世纪初掀起波澜壮阔的智识运动中的一位重要行动者——徐光启：在那个年代的历史洪流中，他多次透过新的眼光重新诠释中国的儒学传统，并开创综论，企图迎接该年代的挑战。

徐光启与利玛窦两人皆如百科全书般知识广博，对万事万物皆感到无比好奇：科学、科技、形而上学、神学、治国之术、人道文化……两个人都试图探凿人类本性的深度，以及蕴藏在人类心中的奥秘。他们同样因为冀望帮助邻人而处处忧心，并设想树立更为正义及理性的秩序。他们信任人类的理性，并且认为现代科学赋予人类新的工具。就今日的眼光来看，他们抱持的乐观主义的理念似乎带着些许天真，但其中寓含雄浑的价值：相信对方；通过与异于己身的邻人缔结的友谊，对异于己身的文化资源抱持研究兴趣；不时进行"翻译"的工程，使得对方的资源转为自身文明遗产的一部分……这样的行动计划值得我们投注一辈子的生命。

　　徐光启投身交流的冒险之旅,他是一位敢于知识冒险的勇者、一位具有高尚性格的智者、一位慷慨无边的仁者。徐光启与利玛窦及其他外国传教士的相遇,使得他全然转化,改变了自身的宗教信仰与世界观。但同时,他深刻探索自身的文化遗产,给予新的解读,通过重新认识与领悟而构筑的新的光芒,使得他愈发感受到自身文化遗产的优美。

　　今日,文化交流的条件迥然不同:徐光启与利玛窦居处的年代可谓是交流甚为"稀有"的时代,人们对于他方文明的种种事物毫无所悉。今日我们居处在一个信息过于"饱和"的年代,我们自以为知晓他方的社会与文化,走捷径者在所多有,而误会也层出不穷。在这两种情状中,徐光启与利玛窦两人的交流赐予了我们珍贵的一课:人与人之间或是不同的文化之间的相遇存在着风险——它撼动我个人自以为是的信念,动摇我个人的认同,它逼迫我必须付出与接纳,它使得我重新做出定位,迈向新的路径。但是唯有这样的交流才能为自身的文化增添新颖而丰盛的面貌。闭关自守的文化会迈向死亡。文化需要活水恒久地灌溉。

　　因此,徐光启不仅是中国知识分子,而且是全世界知识分子的典范。西方人士发现徐光启兼具人文主义者与博学者的关怀,他懂得如何从两种不同思想传统中推出深刻连贯的综论。西方人士从徐光启身上得知伟大的爱国主义与开放态度、慷慨精神齐步同行。简言之,因为他,一个多元文化的世界全然展开,在这样的世界中经由平等、互信与互重,人们齐声赞叹共享的物质资源、精神资源与科学资源。

诗意与冥想

安德烈·谢尼耶与中国诗歌

鲁 进

除了耶稣会传教士外,安德烈·谢尼耶是 18 世纪第一个甚至是唯一一个赞赏中国诗歌的法国作家。自从路易十四时代中国就很吸引法国。这种吸引一方面体现在对异国情调的欣赏,以至于中国物品成为时尚:摆设、家具、漆器、屏风、服饰、花园,总之,一切悦目的东西;另一方面,欧洲文化界也热衷于中国抽象的思辨哲学和伦理道德,耶稣会还广泛介绍了中国地理和历史。但是,最难引进的是中国文学本身,尤其是诗歌,因为除非精通中国语言,否则很难欣赏其价值。不懂一点中文的普鲁士国王腓特烈二世在 1776 年 1 月 10 日致伏尔泰的信中就声称,命运没有在中国生出一个伏尔泰这样的天才诗人。

安德烈·谢尼耶(1762—1794)对中国诗歌的评论出自他去世一个多世纪后才于 1901 年问世的一批关于中国文学的笔记手稿。谢尼耶的笔记写于 18 世纪 80 年代,资料来源于由钱德明等耶稣会士主编的《中国历史、科学、艺术、风尚和习俗文集》。谢尼耶评论的大部分诗歌均出自《诗经》，尤其是《国风》。诗歌的译者韩国英神父是当时在华耶稣会士中最好的汉学家之一，他也承认远远不能完美地表达其中的韵味。谢尼耶能够从这些译文中找到美的地方，是耐人寻味的。他必须克服中文和法文以及中国诗学和当时法国古典美学的差距。中国诗歌自《诗经》起，就欣赏独特的比喻和隐喻，在大自然和内心的情绪中存在一种关联，但是这种关联并不是程式化的，而是由诗人在创作过程中去发现，读者在阅读过程中去体味。中国诗歌从一开始就不是纯粹描写性或抽象性的；相反，它始终是形象化和联想性的。自然景观和内心世界的密切关系在中国诗歌里普遍存在，对自然的描写和诗人内心的情绪完全契合。中国古典诗学和后来欧洲浪漫派及象征派诗学一样，认为诗歌是表达的艺术，而不是模仿的艺术。

韩国英神父把诗歌译成了散文，自然无法传达其中的韵律和节奏。但是，尽管存在相当的误读，处理也不尽巧妙，他还是保留了许多形象。通常他会把隐喻翻译成比喻以便读者理解。在《被弃合法妻子的哀怨》（《邶风·谷风》）里，他存留了青菜（葑菲）和菜根的隐喻（"采葑采菲，无以下体"），尽管这个隐喻对法国人来说很晦涩，谢尼耶却明白它的美学意义。在《关于文学艺术盛衰的原因及后果》一文中，他讲到隐喻来自各个民族把日常所见的景物和习俗与其他事物形成联想的关系，成为这种语言美的源泉，尽管别的语言不一定能创造同样的用语。谢尼耶在中国诗中发现的美，显然不是他所不懂的另一种语言的美，也不是在翻译中失去的韵律或节奏，但他应当可以欣赏到其中所保留的形象与联想。此外，他能够接受这些看似奇特的形象，这本身就使他不同于他的大多数同代人。在法国，古典主义美学始终排斥不常见的比喻和隐喻，并运用在当时的语境中常常带有贬义的"大胆狂放"（hardi）一词来形容：它包含有怪异、夸张甚至放肆的意思，在许多读者的心目中，和自然相对立，因此是趣味低劣的表现。谢尼耶反对盲目模仿古代

的典范，因为他认为美存在于"热烈的想象"和"崇高的思想"中。真正的诗人能够抓住事物之间的关系而创造出"热烈而富有隐喻的语言"，抓住事物之间隐含的关系，使世间万象相映生辉，因此谢尼耶能够接受法国人不习惯的中国隐喻。此外，他最赞赏的美学价值是"质朴"（naïf, naïveté），给"质朴"以至高无上的地位。质朴是来自我们心灵深处真实独特的东西，这种独特并不是怪异，因为读者可以从质朴的书中找到自己，对谢尼耶来说，审美经验是全身心投入的感性经验。

一旦理解了质朴在谢尼耶美学思想中的首要地位，我们就可以更清楚地理解他对中国诗歌的热情。当他肯定一首诗中有"感人的质朴"，他所欣赏的是诗中深刻的独特性，因为他的诗歌天才使他能够品味一般法国读者觉得奇怪的隐喻，换句话说，他能够感受到形象之美，并把自然景物和它们代表的内心情绪联系起来。他对具体、感性、生动的自然之爱，延伸到其中的所有物体。同样，他不顾过分考究的同代人"文雅"的趣味，愿意接纳准确而特别的词汇，这使他明确地背离了古典主义。作为真正的诗人，他不轻视自然景观，哪怕是白虫和甜瓜籽，蔓青和萝卜，一切都能唤起他的灵感。这些物体不仅给了诗人形象，还给了他暗示和象征，使他的语言富有隐喻。大自然无穷无尽的资源成为诗歌的资源，让真正的诗人能够不断地创造，发现新形象和新词组。真正的诗人可以让语言吸收新成分而丰富自己，这些资源甚至可以从外语中来。谢尼耶对外语的开放态度在当时是罕见的，正因为此，他自己没有在中文诗歌强烈独特的表达方式面前却步，而是看到了把它们吸收过来变成诗歌资源的可能性，这个过程就是他所称的创造性模仿。谢尼耶诗中的形象并不是纯粹描述性的，而是和中国诗歌中的形象一样具有暗示功能，从形象中表现灵魂。

最后，我们不能忘记使谢尼耶与中国诗歌的相逢成为可能的耶稣会士。和当时其他在中国的传教士不同，他们对中国文化有兴趣，并且领会了它的特殊性，他们当中有些人中文程度很高，甚至有让中国文人赞赏的文笔。让欧洲读者感受他们不可能直接欣赏的一种文学之美，是很困难的事。尽管韩国英神父的译文不尽如人意，但他尽量保存原文中的隐喻，这在那个翻译不求忠实的时代是比较少见的。他能够欣赏中国诗歌的特殊性，向法国读者介绍了古希腊罗马之外的另一种典范，从而开阔了他们的美学经验，对当时的美学理论作出了重要贡献。

专注——天赐的礼物

魏明德（瞿彦青译）

纯粹的专注发生在偶然的时刻，引领我们进入深刻的内在，把握最纯然完整的自我。

专注是一种时常被忽略的美德。专注于什么？其实并没有特别专注于什么，只是"单纯的专注"。专注于任何可能发生的事，专注在宁静和音乐中，专注于自身、社会、宇宙正在发生的改变……或者，如果这份专注真的要有一个对象，那就是专注于自我内心深处的生命流动。

在某些特殊的时刻，当夜晚的微风、线香的气味或突来的孤独袭来，会瞬间将我们从忙碌中释放，我们的社会自我（social self）将不再是我们的中心。我们将冷静地潜入尚未探索的深处，辨识出平时难以觉察的，许多不同层次的感觉和存在。这也许只在某些特殊的时刻发生，但它其实已经过长期的酝酿——那些曾被难关、伤痛与平静注记的时期。许多事就在我们专注的时候发生了，即使我们可能没有意识到我们正在专注。纯粹的专注其实并非来自努力，它主要源自我们进入的一种状态。生命的深渊在某些时刻会开启，我们便能穿透内在的石窟，并思量那带我们进入本源的活水。

让我们继续以水来比喻：从岸上观海，直到海波变成我们灵魂的

舞在桥上

音乐，也许就会告诉我们该如何进入纯粹的专注。当我们臣服于生命之流，从中诞生的和平也和这些波浪奏出相同的乐音。从波浪、沙粒、风的相互作用中，我们体会到最深层和最表层的自我——对我而言，什么是比表象世界更表面的？什么又是比我内在的秘密思想更深层的？……全都融为"一体"。

我们很难在日常生活中察觉到这个住在内心的秘密世界，我们往往觉得自己像是钢筋水泥中的囚犯，只能从一棵寂寞的树的稀薄枝叶得到心灵上的安慰……即使如此，"希望"仍帮助我们在专注的美德中成长，引领我们走出庭院里封闭的高墙。愿我们在耐心、希望与专注的付出上能得到回报，以便体验宇宙中、人与人之间和自身灵魂内生命的流动……

昆德拉与18世纪法国文学传统

鲁 进

1995年，昆德拉在法国定居20年后，发表了他第一部直接用法文创作的小说《慢》。此书立即受到评论界和学术界的一致好评。在《慢》里，一方面有对现代社会的全面批评和讽刺，另一方面又充满对另一个时代的怀旧和向往。这两方面在小说叙述过程中交叉出现。那个令昆德拉心驰神往的世界，正是18世纪一部法国小说，维汪·德农笔下的《没有明天》。昆德拉用"缓慢"来概括18世纪的生活艺术。现代社会在匆忙中追求速度、效率、功利，但人们得到的只是冰冷、空洞和虚假。《没有明天》展示了旧日悠闲的情趣，快乐的体验，一个短暂而纯粹的完全属于男女主人公的时空。没有对德农小说的改写和评说，《慢》就会像没有绿洲的沙漠，少了一半的对联。德农小说的重要性从《慢》一书的结尾可见一斑。叙述者对《没有明天》中的男主人公说："朋友，愿你幸福。我隐隐感到我们惟一的希望取决于你得到幸福的能力。"

舞在桥上

两个故事都发生在塞纳河边的一个城堡里。不同的是,两百年前的城堡是 T 夫人的家产,一个没有闲人打扰的世界,朦胧的月光下花园从城堡层层递次向下延伸到塞纳河,除了 T 夫人和年轻骑士的话声外只听见河水与树林的低语。现代的城堡已被改建为宾馆,只需走几分钟就可以看见高速公路,连客房内也因为电视的存在而被外部世界所占领。现代宾馆代表昆德拉对现代社会的尖锐批评:在他人的目光、摄影机和摄像机的包围中,一切都是表演,从普通客人到文化名流,从深受迫害的捷克昆虫学家到追逐名人的女记者,他们的最大愿望都是取悦于最大数量的人。他们谁都不快乐,连万桑和女打字员在游泳池边的幽会,都是做给人看的。和这种表演相对立的并不是直截了当的真实。T 夫人懂得谈话的艺术,爱的艺术,生活的艺术,她知道保护自己的世界不受外界的干扰。昆德拉认为,照相机的发明不但使名人失去了自由,也改变了普通人的生活,因为每个人都可能出名,哪怕可能性微乎其微。没有自由就没有快乐,这就是现代人的可悲之处。《生命中不能承受之轻》中的萨宾娜就认为,活在真实中的唯一途径是远离公众的视线。昆德拉常常冷嘲热讽的就是那种千方百计寻求他人注意,尤其是那些利用大众媒体宣传自己的人。昆德拉对宣传的憎恶在他的第一部小说《玩笑》中就表现得很明显。他始终讥讽那些表演欲强的人。和这种人相反的是那些生活在"缓慢"中的人,比如《玩笑》中的露西:路德维克第一次见到露西时,就一再用"缓慢"一词来描述她。露西并不是那种让人惊艳回头的美人,是她缓慢从容的举止引起了他的注意。她生活在自己的世界里,没有表演欲,也不想匆匆忙忙地去追寻什么目标。《生命中不能承受之轻》中的托马斯也梦想动作缓慢安详的女人。

在法国文学史上,维汪·德农及《没有明天》并不是人人知晓的作家作品,但却被一些行家赞赏备至,也是常常被正统文学史忽略的 18 世纪放纵小说(roman libertin)的代表作之一。菲力普·索莱尔斯就在《慢》问世同年发表了德农的传记《卢浮宫的骑士》。索莱尔斯对《没有明天》

的解释，与昆德拉恰恰相反：德农小说的节奏不是缓慢，而是快速，慢不是快乐的源泉，而是它的天敌。在每个时代，那些不想让我们享受生活的人都会以缓慢、烦琐、程序来阻扰我们。究竟谁更有道理呢？著名18世纪法国文学专家米歇尔·德龙在发表于2000年的专著《放纵的生活艺术》中认为问题在于你如何理解缓慢，缓慢作为一种生活艺术绝非流离于和享乐无关的繁文缛节，而在于慢慢体味快乐的过程和细节。T夫人是精通此道的。因为《慢》一书，昆德拉深得18世纪法国文学专家的欣赏。而此书以及索莱尔斯所撰的传记，和他们对《没有明天》不同的解说也增加了德农的知名度：从1995年至今发表的有关德农的专著比在此之前200年所见还多，以他为主题的学术会议就至少有四次，连他写给意大利情人伊莎贝拉的三百来封书信也在1999年发表，对此德农如果泉下有知，恐怕不会情愿。

熟悉昆德拉、索莱尔斯作品的人对他们对德农的欣赏是不奇怪的。作为外交家、作家、画家、收藏家、卢浮宫的创建人，德农是一个传奇式的人物。他的生涯跨越法国历史上最动荡的年月，历经路易十五、路易十六、大革命、督政府、执政府、第一帝国和王朝复辟，有人认为他只是个幸运的冒险家，也有人指责他过分投机，但索莱尔斯深信他看清了历史的变迁，因此所完成的是超历史的功业：卢浮宫，人类不朽艺术的宫殿。他在每个政权下都能游刃有余地发挥自己的能力，又始终保持自己独立的人格和品位。他曾出入于枪林弹雨，却平平安安地终老塞纳河边。与昆德拉十分反感的现代名人截然不同的是，德农对自己的私生活守口如瓶，也决不向公众献媚。昆德拉和索莱尔斯深有同感：这正是生活的艺术，幸福的秘诀。在我们所生活的广告时代，德农这样的人比当初更难找了，难怪他让昆德拉和索莱尔斯如此怀旧。

也许有人会认为在一部小说中花那么大篇幅去解说另一部小说未免有些矫情，但了解昆德拉作品和文学观的人不会觉得奇怪。昆德拉的小说，从《生活在别处》《不朽》到《无知》都用大量篇幅把主人公的经历和历史人物与事件交相叙述。《玩笑》中的路德维克、《可笑的爱》中的马丁、《笑忘录》中的卡莱尔、《生命中不能承受之轻》中的托马斯和萨宾娜与德农笔下的人物都说得上意气相投，当然最能体现18世纪文学精神的，还是昆德拉小说中的叙述者，尤其是有时会直接出现在小说中的作者自己（关于昆德拉本人在他小说中的出现，见《小说的艺术》第四章）。昆德拉对18世纪也是有选择的，他首先选择的是狄德罗，不是作为公众人物、《百科全书》主编和剧作家的狄德罗，而是狄德罗更私人化的一面，是那个创作生前未曾发表的《宿命论者雅克》的奇才。昆德拉在《小说的艺术》中就盛赞《没有明天》的文字之美，但直到《慢》一书才详尽地讲述了此书的启示。昆德拉的法文小说是以和法国文学传统的对话开始的，他所选择的传统，正是18世纪法国文学。

　　作为昆德拉第一部直接用法文创作的小说，《慢》的人物和主题都与早期不同，不再以捷克为中心。在《被背叛的遗嘱》第三章，昆德拉总结了长期居住国外对艺术创作的影响。他认为，成年时期尽管生活和创作活动都很丰富，但艺术创作的基础，从潜意识、记忆到语言，都是在年轻时形成的，因此当艺术家在成年后才离开形成自己基本主题的地方时，他必须用尽所有的力量和艺术策略才能把劣势转为优势。昆德拉对此是深有体会的。在成年移居法国后，他继续用捷克语创作，在用法文创作两部理论专著后才开始写小说。从接受美学的角度看来，任何作家的创作都是和其潜在读者的一种交流。因此我们也就不奇怪《慢》中的法国人物和主题，以及文学传统所占据的中心位置。

　　昆德拉对传统的重视和他的历史观也不无关系。从《被背叛的遗嘱》和《无知》中，我们都可以看出，在他的眼里，不管是对于艺术还是人生，未来都是无法预测的，而未来的不可知往往也使我们无法理解现在的意义。因此，对于艺术来说，只有过往的传统才是可作凭借的。对于人生，连过去都难以把握。《无知》中的伊雷娜和约瑟夫在移居国外

20年后重归捷克时，和故土、故人都无法重新沟通，许多旧事也早已遗忘，约瑟夫根本就不能接受年轻时候的自己。约瑟夫千方百计想保留和亡妻在丹麦生活的回忆，但旧日生活的细节却无可挽回地变得模糊。昆德拉对"无知"的解释，既有更明显的无法知道未来的意义，也有他更独特的解释，把它和乡愁或怀旧（法文 nostalgie）一词联系在一起。西班牙语的乡愁或怀旧一词经过卡塔卢尼亚语源于拉丁语的"无知"一词，因为这种忧伤来自不知道故土或旧人的近况。伊雷娜和约瑟夫对故土并没有多少乡愁，都选择了离开捷克，因为在那里已经没有任何让他们留恋的东西，但他们选择的并不是未来。伊雷娜不想把她在法国20年的生活一笔勾销以便重新适应捷克，约瑟夫准时坐上飞机赶回丹麦，那里有他和亡妻曾共同居住的小房子，门前的冷杉树正在向他招手。不管艺术传统，还是人生的过去，都只能有选择地继承。

昆德拉认为，每个小说家的著作中都隐含着他所构想的小说史和小说观。他发表于80年代的《小说的艺术》就以概述欧美小说史为开篇。昆德拉的小说史并不是学术著作，而是一个知识广博的小说家个人对传统有选择的总结，以便在理解传统的基础上有所创新。这部小说史以塞万提斯的《堂吉诃德》和狄德罗的《宿命论者雅克》为开端，他称之为游历和奇遇的阶段。在这两部书中，世界还很广阔，时间没有尽头，主人公生活在悠闲和自由之中，这是昆德拉一再表达留恋的黄金时代。《宿命论者雅克》在他看来是18世纪法国最杰出的小说。他始终把自己的作品置于欧洲文学的范畴内，看作是欧洲小说传统的延续。他最推崇的是从塞万提斯到巴尔扎克之前的小说，包括《慢》中解说的18世纪小说《没有明天》。对昆德拉来说，把自己的小说置于欧洲小说史范畴是衡量他的作品价值的前提。

昆德拉认为连续性是小说的精神之一，每一部作品都是对以往作品的回答，每一部作品都包含小说过往所有的经历，无视小说传统的作品不是真正的小说。而小说的这种精神和我们所生活的时代的精神是不相容的：我们的时代只重视时事新闻，我们每天都在追逐最新的消息，而每个消息的命运都是被匆匆地遗忘。在这种环境下，小说与我们的时代精神是势不两立的，小说的连续性在《慢》中直接体现在昆德拉对18世纪法国文学的了解和继承。在了解传统的昆德拉看来，欧洲400年小说史在发展的过程中始终保持它的连续性，因此他不与那些声称要和传统小说决裂的所谓现代派为伍，他也不认为最新的就是最好的（见《小说的艺术》第三章）。在《被背叛的遗嘱》第一章中，他明确宣称自己始终在与前辈小说家进行对话，任何杰出的艺术作品都只能产生于它所属的艺术史，并参与这个历史的进程，而只有熟悉历史的人才能把握什么是创新，什么是重复和模仿。缺乏对文学史的深刻认识，忙于追逐转瞬即逝的新闻，当代文学批评已经演化为"最新文学消息"，这是昆德拉最为遗憾的现象。昆德拉对文学传统的重视，对所有研究现代文学的人都应该有所启示。

心灵的美感殿堂

魏明德

台湾宗教生活的丰富面，最后必定与艺术家结伴，一同朝向内在自由的道路前行。

二十多年前，我人到台湾以后，很快就被这个地区吸引，并深深着迷。台湾的活力在各个层面流动，在两个领域特别蓬勃发展，一个是宗教，一个是艺术。

辉煌时期的辉煌创造

宗教多元是台湾独具的特色。各宗教逐渐意识到自身对社会转型能够带来贡献，跨宗教的交流越来越多，灵修团体不断成长，心灵探索想走更远的路。谈到艺术，台湾相关的艺术院校培养着优秀人才，年轻一代不断拓展艺术的方向，可说是青出于蓝。

吊诡的是，这两股活力很少看到交集，我期盼出现更有原创性的宗教艺术，可惜的是艺术与宗教好像变成互不相干的领域。我感觉不管哪个宗教团体好像都遇到了相同的挫折感。不管是佛教、道教还是基督宗教，朝拜地的建筑物大多采用过去常用的形式，新式建筑往往品位杂陈，或者缺乏美学架构。对于佛陀的生平，或是耶稣的一生，呈现手法上想象力过于贫乏。许多民间的庙寺，兴建时往往抄来抄去。换句话说，即使到现在，似乎还没有看到宗教艺术的兴盛，凝聚台湾的新认同，这确实是让人很忧心的。不管在中国或是西方，宗教的辉煌时期都会有辉煌的艺术创造，传达无数受恩者心灵追寻的活力。

艺术创作者的宗教创作

从另一个角度看，对于宗教的艺术美感，艺术家好像并不是特别感兴趣。当然，创作者的作品传达个人的追寻，而且这些作品来自创作者丰富而深厚的内在生命，并希望与其他生命联结。不过很多艺术家的重心大约都放在纯粹美学形式上的探索，受限于艺术市场的潮流与限度，或者追随时代的脚步，迎合社会或是文化氛围的喜好。艺术家一旦引用宗教的主题与符号，往往被认为非艺术人，尽管他们艺术创作的考虑早先于宗教创作。

传达超越性灵的微光

探索独具台湾特色的宗教艺术之前，我们似乎应该先讨论灵修艺术。知道宗教艺术与灵修艺术的相异点以后，宗教艺术对群体的意义将不言自明。

什么是灵修艺术呢？我想就是使用特定的语言，艺术的语言，来传达一种意义的追寻，与全人类休戚相关的追寻。当然，透过其他语言表达也是可行的，语言指的是一种表达形式，足以传达我们心灵深处的探寻，有时可能是个人的故事，有时可能是群体的叙述。神秘主义者的文字、诗集、哲学著作、圣歌、诗歌、祈祷，也都是一种语言，这些语言都超越了宗教的界限。心灵的追寻还可通过具体的行动实践，诸如几天的避静，为病人、贫者服务，在宁静与大自然中深思。艺术家创造独特的语言，通过这个语言传达自己内在的交战，抛出探索与提问的厚度，确立自性何性与超越现性的微光，然后以二度空间或三度空间的线条与色彩传达出来。

献给生命自由与无偿

艺术家对艺术的探索，他的活力若是来自心灵的滋养，观者将自动放下一切，在艺术作品前驻足冥思。但艺术家如果自满于追求外在形式，也许这份停驻就不会发生。不过，我们不能说艺术若具有心灵探索的特质就是美的，而其他艺术就是不美的。实际情形往往相反，能表达高度思想的艺术，往往是画坏的作品，也许就是因为这样，艺术作品使人惊愕、错乱。这里举出的两个例子，都在驳斥外在考虑高于创作本身。相反地，作品展现的自由才是艺术家深度灵修层次的展现。

在超越学院与宗教范畴的前提下，我试着定义心灵追寻献给人类的创作。简单地说，那应该是自由与无偿。灵修艺术是创作者送给生命的礼物，创作者用自己的布幕与光荣搭建而成。创作者将接收到的，通过作品再度献给全人类，没有保留，没有作假。灵修艺术使得一个创作者，将全部的感受全部给出，真诚而没有其他考虑。有一次，我把这个想法写成一首小诗，我自己不时暗自背诵：

我不寻找为什么
也不会寻找报偿

报偿是你的自由

而无偿使我自由

我你同样地自由

这是真真的报偿

心灵态度与艺术家结伴同行

我想，这样的心灵态度应该能滋养台湾的灵修艺术，使它绽放，即使它跨越学校与宗教两个领域。我们必须在宗教界与艺术界之间建立对话的管道。宗教领袖的任务在于唤起他者对内在自由的追寻，将过去的大师的教诲转化为今人活着的体验。当然，各个宗教领袖对这个任务的认知并不相同，与其让信徒在自由与无偿中自己前行，有的大师只希望把信徒带到自身的最高境界。然而，台湾宗教生活的丰富面，最后必定与艺术家结伴，一同朝向内在自由的道路前行。

共同生活的愿望

从灵修艺术到宗教艺术，可说是又跨越了一个阶段。宗教艺术有别于灵修艺术，灵修艺术可能只是表明个人的态度、追寻与意愿，而宗教艺术服务的对象是众人，在于提供进行礼仪的空间。各个宗教都有自己独特的仪式、独特的空间观与时间感。一间庙宇或是教堂的建立，并非为了个人的兴致，而必须考虑建筑内部将要举行的仪式，宗教团体将要庆祝、转化、超越的体验，并创新各宗教传统的宗教符号。

宗教艺术与前面所说的内在自由的体验，是否相违背？我相信一点也不会。宗教艺术在于帮助大家进入内在自由的体验，不论男女，使他们懂得与大家同在，一起行动、一起祈祷，在认同中找到自由与自立。宗教艺术表达了共同生活的愿望，让大家知道除了个人的追寻，还有全人类的追寻。宗教艺术的特色与一个时代、社会以及文化的脉动紧紧相扣，它汲取一个时代、社会与文化的丰富面，传达普世的追寻。宗教艺术的位置，正是在通性与特性的汇合处。

前进中的交战与希望

真正的宗教艺术不能自满于抄袭，它应该有创造性。台湾宁可少盖些宗教景点的建筑，但是要真正把它盖好，让每一座庙宇与教堂能够反映各个宗教的创造力。

若要做到这番境界，我们需要艺术家的贡献。台湾很需要马蒂斯（Matisse）或是柯布西耶（Le Corbusier）这般的艺术人物，出于美感来设计庙寺或是教堂。当然，这需要宗教领袖或是各宗教团体的支持。相信这样艺术才能在台湾寻觅到社会面向的深度。举个例来说，我常常梦想台湾建造一座台湾的"旺斯教堂"（Chapelle de Vence，旺斯教堂位于法国南部，由马蒂斯设计），也许地点可以选在最偏僻的原住民居地。艺术家如果能为这样的建设奉献心力，和当地人对话，让建筑物传达地方团体的交战与希望，相信完工后每个台湾人都将因此而感到骄傲。

台湾是跨宗教的天堂，各宗教应相互砥砺，纷纷兴建具有美感的现代庙堂。最后，开创一个跨宗教的朝拜地，真正成为台湾灵修的源头活水，艺术的充电地，谁说不会呢？

我的梦想，难道只是梦吗？我想应该不是。台湾的宗教领袖与艺术家应该彼此相遇，相互学习，投入行动，建立新文化。这个新文化培养个人的自由与无偿，同时鼓舞各宗教团体建立美感的朝拜地，那正是我梦想实现的时刻啊。宗教与艺术的相会，不但能更新台湾的艺术景观，也会为宗教带来新风光。

宝塔与大楼

魏明德

> 大楼总是梦想攀向更高处,只有最高点才能让大楼雄霸一方。

我们用什么方式寓居城市?我们怎么看待城市?我们怎么在城市里行走?提出这些问题也许让人觉得错愕,然而都市的景观,我们在都市游走的路线,环境的一音一影都会点滴形塑我们的视野与性情。城市究竟是属于我们,还是控制了我们呢?

高楼想攀天

80年代有位法国哲学家米歇尔·谢里窦(Michel de Certeau)写了一篇文章,后来很出名,评论的是纽约景观,就是那时人们从世贸大楼第110层往外眺望的城市景观。人们从这个眺望点放眼望去,满满自以为掌控了城市,作者却告诉我们,这样所掌控的空间是很造作的:因为城市变成了一个视觉的概念,而非一个活着的肉体。从这个高耸的点望出,我们以为统治了城市,但却是寓居而无味。

可惜的是,规划城市的人却对居住品位的丧失有着推波助澜的功效,这样一来,使得今日的城市里,商家或行人日常精准的行事高于一切。在规划之前,城市似乎已经俨然完备,难以被创造或是重新被创造。我们必须不断奋斗,动用谋略,才能让城市适于己用。

大楼总是梦想攀向更高处,只有最高点才能让大楼雄霸一方。宝塔的形象就像宝塔四周的树木一样,像一个迷宫,一个迷阵。诚然,宝塔同样探向高处,但是另一方面,宝塔也往地下扎根。

舞在桥上

宝塔像首诗

我们在宝塔内漫步的时候,就像在一个空心的树干里漫步一样。行走的体验是多重的。我们想下楼就下楼,同一层梯道上在梯口和梯口之间来回,或就倚在栏杆上。宝塔高于城市或公园,却不是高高在上。我们不禁想俯下身,呼叫塔下闲游的路人。大楼里我们只能乘着电梯从一站到另一站,大楼的设计很难让人放慢脚步……

宝塔与大楼可比喻成截然不同的建筑语汇。大楼的建筑语汇,文法结构严谨,但是字汇极为贫乏。这是一种数理的语言。若要用来交换一清二楚的商业信息,的确非常实用。反观宝塔的建筑语汇,字汇丰富,语法并不精确,也许会让对话者创造出美妙的诗词,却不是能够帮助买卖的有形工具。

活着的喜悦

语言被人说出的时候,言就变成了话。不管用什么语言,我们都可以写诗,有时候语言的障碍反而让人写出更美的诗。我们在大楼或在人工城市所走的路,就像我们交谈时所说的话,或者是我们所哼唱的诗句。我们看着大楼的立面沐浴在阳光下,也看它沐浴在雨中;我们和路人交换笑意,虽然匆匆。我们在行人道来回流连,为的只是想要体会活着的喜悦,这一切都使得城市严肃的一面变得有人性。我们的想象力可以填补城市规划者的想象空缺,寓居城市、创造城市,这样一来我们才能像围绕着宝塔的树木,绿意盎然。

法国华裔女作家山飒小说的叙述角度

鲁 进

法籍华人作家山飒在她的小说中塑造了一系列性格鲜明、令人难忘的人物形象。她的小说扣人心弦,令人不忍释卷,我以为未必在于情节如何曲折,更在于人物的魅力,而这种魅力又和她小说的叙述角度密不可分。

山飒的第一部小说《太平天门》看似是传统的第三人称全知叙述,但叙述者的焦点多数时候都在两个主人公城市女学生和来自农村的军人之间依次轮流,小说章节的划分也和焦点的转换相吻合,尽管偶尔也有这两人不可能知道的场景出现。随着情节的发展,小说的叙述角度逐渐限于这两个人物,从他们本身时间和空间上有限的角度来观察事态和刻画内心。在写处女作的过程中,山飒找到了自己最得心应手的叙述角度:以视角人物为中心的限制叙事。

她的第二部小说《柳的四生》的叙述手法表面上很复杂:在男女主

人公四生缘分的故事中，分别用了四个不同的叙述者，交替运用第一人称和第三人称，男主人公和女主人公叙述，但从叙述角度上看有一个共同特点：无论是第一人称还是第三人称，小说故事的发展都是从其视角人物有限的角度来叙述的，没有一个传统小说中无所不知的叙述者，读者不得不进入小说人物的内心世界。这种叙述角度是现代小说常用的，但山飒的运用达到了强烈的戏剧效果，因为她笔下人物都有着动荡的命运和经历，在小说发展的过程中，他们的内心世界也会发生震撼性的变化。因为整个故事是从主要人物的角度来叙述的，所以情节的发展过程也同时展示了主人公内心世界的转变。叙述时间也基本等同于主要情节的时间，因此读者得到的，不仅完全是视角人物的故事，而且是他当时当地的观点。

《围棋少女》是山飒运用这种叙述角度最成功的例子。全书分为92章，每章大多也就一两页或两三页，由中国女棋手和日本军官用第一人称轮流叙述，仿佛下棋时各走一步似的。他们各自从自己的角度来讲述故事的发展过程，描写自己的经历和内心活动，从遥远的过去经过截然不同的路渐渐走近对方，直到小说进行一半（第45章）才相遇。下围棋是他们逃避现实的消遣，而棋艺又成为观察对方灵魂深处的窗口。他们各自对对方的生活一无所知，却在一盘断断续续没有下完的棋中相爱了，仿佛围棋真能体现人的灵魂。这种叙述者和人物完全等同的角度使读者直接进入主人公的内心世界，体会他们心理的变化历程。

不管是第一人称还是第三人称限制叙事，最能看出作家功底的，是作家与作为视角人物的叙述者距离很大的时候。当小说中有不只一个视角人物，而他们的经历、性格和内心素质又很不相同时，写作的难度当然更大。因为这种叙述方法中作者不直接发表任何议论，而视角人物的变换又使读者不会把叙述者混为作者，读者必须自己用自己的头脑去思考和评价故事和人物。山飒前三部小说都有至少两个相差很大的视角人物，形成了她作品的魅力之一。

在 2003 年发表的小说《皇后》中，山飒继续运用了叙述者和主人公完全等同的限制叙事角度，以第一人称记述武则天的毕生经历。比起《围棋少女》，我认为《皇后》的感染力逊色很多。也许是对武则天的故事太熟悉了，不容易被吸引，也可能是对同一种叙述角度渐渐疲倦了，或者是最后觉得山飒笔下的女主人公，武则天也好，围棋少女也好，似乎慢慢重叠成一个人：一个聪明绝顶、桀骜不驯的女人，她心高胆大，不守陈规，充满自信，有顽强的生命力。同样采用限制叙述法，山飒的前三部小说都有视角人物的变换，而《皇后》尽管相当于那些小说平均篇幅的两三倍，却自始至终只有武则天的角度，甚至没有第一人称自传体小说常有的叙述者在回忆中与人物的距离，而保持了情节时间与叙述时间的零距离。问题在于这种叙述角度用于《皇后》不够成功。年轻时候的武则天倒还有和围棋少女类似的魅力，但那个真的自以为是天女下凡、菩萨转世、救世主降临（见法文版 334 页）的老女人却实在支撑不起小说读者的兴趣，但你还是只能从她的角度读下去。当她终于归天时，读者像她的儿女们一样，也没有什么遗憾，尽管她最后还没有忘记以大自然的化身和永恒命运的主宰自居。长长的 440 页始终从这么一个自我如此膨胀的人眼中看世界，实在是很需要耐心的。没有视角人物的转换，主人公和叙述者完全等同，而小说又始终以第一人称叙述，因此读者也就感受不到作者和人物、山飒和武则天的距离。作为商业策略，出版商阿尔班·米歇尔也在封皮题词里强调作者和皇后的共同之处，似乎在鼓励这种混淆。总之，以视角人物为叙述者的方法在《皇后》中远不如在前三部小说中成功。

叙述角度的选择并不是一个纯粹的形式技巧问题，它构成了小说实质的重要部分。山飒从 1997 年至今 6 年中出了 4 部小说，应该算是比较多产了。她善于讲故事，一开始就找到了成功的程式。但如果企业界和娱乐界推崇成功模式的话，文学的真谛却是要不断超越，包括自己的模式。这是每个作家都面临的困难选择。

舞在桥上

嘉义竹林女巫

魏明德

嘉义女巫是某个部落的唯一传人,这个部落早已消失,在很久很久以前,那时她还年轻,才刚过一百岁。

过了梅山镇,选一条隐没在大路旁的小径上山,在辽阔的竹林边缘,陡峭的巨岩壁上,有一座小小的土地公庙,算得上是台湾最小、最默默无名的一座。岩石下,有一洞穴,不为附近居民所知。很久以前,很长一段时间,有一个女巫隐居在这洞穴中。这名女巫已经很老很老了,少说也有五百岁。

说着古老的语言

女巫取周遭风景颜色现身。她的头发就像沿着树干垂下的藤蔓,肤色灰土如泥,长袍青翠,难与绿竹分辨。因此,当她在浓密幽森的竹林中穿梭游荡之时,竟从来没有人察觉。倘若有人碰巧遇上女巫,也必定感到为难,无法跟她交谈:因为她的语言无人能懂。她是某个部落的唯一传人,这个部落早已消失,在很久很久以前,那时她还年轻,才刚过一百岁。女巫的部落遭另一部族歼灭,些许族人侥幸存活,却没能支撑多久。垦山的人群日渐增多,久居下来,将大片山林变更成了一望无际的茶园。

土地公是她的伴

话虽如此,女巫却并不寂寞。那座小土地公庙,现今差不多荒废了,然而当初垦山的人们挖凿岩壁,尊设神像,那时,女巫早在岩洞里伏居多年。日子久了，她也逐渐习惯小庙所祭祀的那尊小老头。每天深夜，她都蹲坐在神像前，对他倾诉：平时白天里她看见村里的人做些什么活动，她对昔日部落的种种回忆，以及导致部落消逝的主要大事，零星的故事，几段小曲，还有从翠竹与野蕈那里听来的奇闻轶事。

雌鹿是女巫的好朋友

土地公似乎很了解女巫，也不觉得她碍事。土地公并不多话，偶尔却也会低声吟哦，表示赞同；有时还用台湾话或用女巫的语言讲几句（学起语言，神明要比人类快得多了），不时点点头。其实啊，他们俩简直就有点儿像一对老夫妇。

在此之前很长一段时间，女巫曾有另一个同伴，那是一头优雅温柔的雌鹿。有一天，鹿死了，被一个垦山的人开枪击毙。女巫并未因此而暴戾凶残，也没有寻求报复。然而，从那时起，她变得比以前更孤僻，绝不再让任何人发现其踪影。或许也就在那个时候，她领悟出自己为什么是不死之身，虽然她唯一的心愿就是早日离开人世，与逝去的族人们团聚。

原来，这个世界需要一个人来守护死者：以往隐居山林的男女，今日已永诀，必须有个人走遍森林，召唤他们的灵魂，还要用字语诉说，在黑夜时回响。那些话语就像牲肉，可供亡者一顿飨宴。话似乎只能从孤寂的口中说出，如此才够有重量、有价值。那头雌鹿似乎注定要被人夺走。至于土地公可不算在内，土地公不是生命，是尊神明，而且是一尊爱打瞌睡的小神。

雌鹿的双眼重现

一天晚上，女巫蹲踞小庙中，喃喃诉说她那些故事。土地公显得比平常还更昏昏欲睡。突然，女巫惊跳起来。泥地上出现了一圈亮光，不同于满月的光晕，正爬上她的脸颊，轻柔抚摸。她抬起头望向这道光的

源头：一枝手电筒，后面躲着一双眼睛，酷似她那头鹿的眼睛。还有一张跟雌鹿一模一样的倒三角形小脸。刹那间，女巫豁然顿悟。她咧嘴微笑了起来。光炬照映着她的笑容，照亮她那没有牙齿，空洞深黑的嘴。

芳闯进女巫的世界

芳却不了解发生了什么事。不过没有关系。什么叫了解？谁又想了解？她用手电筒的光亮轻抚女巫泥色的皮肤，呈现芦苇与水波色的长袍，以及如藤蔓般干枯的长发。她小心翼翼，不让亮光照射到蹲在地上那人几乎了无生气的眼睛。芳不知道在她面前这人是谁。反正，她也早已弄不清楚，自己为何持着手电筒，在这个时候，在这个地方出现。

几个月之前，她抵达台湾，口袋里装着一纸合约，前往台北市高级住宅区的一家幼儿园教英文。这会儿，她利用第一次休假，造访台湾的深山野村。越遥远、幽深，越偏僻越好……

芳到荒野寻觅梦

芳甚至不期望能遇上什么惊奇。她来到的不是一个充满异国情调的天堂梦土。永和，她选择居住在那块市郊，那里不知名的阴霾暗天非常合她的意。她只想迷失，在陌生的语言，无名的村镇，还有既浓郁又好客的重重山峦中。芳没有任何盘算，任何寻求，任何期待。她做着一个梦，那梦境将她与语言无人能懂的老女巫日渐拉近。

芳来自一个长期饱受战火摧残的亚洲国家。在她年约四五岁时，整个国家陷入兵荒马乱，她跟着一位姑姑逃亡，一起到了美国。芳完全不懂她祖国的语言，然而，对于成长、求学与工作之地——爱荷华州，她也同样一无所知。从小，她便活在一个可怕的黑暗梦境。她所不认识的亲人们在噩梦与绝望中消失，从未有人回来告诉她什么。但她仿佛曾经历一切。芳在那样一个梦境中长大，取得学位，工作谋生。

舞在桥上

芳不再被噩梦困扰

而在今晚这个梦里，她照亮一张形如槁木死灰的脸孔。但比起那从小即缠绕着她的噩梦，这个梦却显得甜柔，叫她安心，更接近真实。她从台北搭乘巴士，途中换了两次车，也不管究竟驶向何方。最后，她在某个终点站下车，随性选了一条路，走上一截山路，弯入一道小径。她打着手电筒，步行了两个小时，小径的尽头是这间荒废了的土地庙。

女巫知道芳为何在此出现。她知道为什么芳有着和那头被枪杀的雌鹿一般的眼睛，同样的瓜子脸。她轻轻站起身，比了个手势。芳随她到了神坛后面。女巫移开堵住洞口的石头。芳跟着女巫走进洞内，四处打量了一下，按照女巫的指示，在一张竹床上坐下。当女巫离开洞穴，并用石头把洞口重新堵起来时，芳什么也没说，什么也没做。她在草席上躺下，安详地睡去，这一次，终于不再为任何梦境困扰。

芳是女巫的继承者

女巫顺着竹林往山上爬，直到巨岩顶端，可俯瞰河流之处。隔日天光初亮之际，她已与族人团聚。她知道，那位年轻的女孩将接替她，对山林诉说，抚慰亡灵。是的，女孩将呢喃祈祷，为逝去的女巫及其族人，也悼念她自小即离开的家乡亡魂。

她将永远驻留在那隐秘的石洞中，终日游荡于辽阔的竹林。直到有一天，或许，另一个女孩将出现，长着圆圆亮亮的大眼睛，倒三角形的瓜子脸，想起那头中弹身亡的雌鹿。

未完成的杰作：《玛丽安娜的一生》

鲁 进

未完成的杰作对读者、作家和批评家都有一种特殊的魅力，让多少人难以释怀，甚至以各种不同的方式进行续写。18 世纪法国小说中也有一部未完成的杰作，那就是马利沃（Marivaux）的《玛丽安娜的一生》。像同时代的许多法国小说一样，《玛丽安娜的一生》是分期出版的，作者在写这部小说的同时也创作了其他著作。由于分期出版的方式，读者的期待或冷漠、赞赏或批评，都有可能对创作过程产生影响，同时，作者可能一边写作一边对故事的下文还有所犹豫，在某些时期或许会把注意力转向其他作品，也不能改变已经发表的情节，他的心境、才情和想法都有可能在写作过程中产生变化。《玛丽安娜的一生》采用了当时常见的第一人称书信叙述，包括故事套故事的手法。马利沃充分利用了这种形式，从艺术上要求最大限度的自由。叙述者玛丽安娜声称自己是在给朋友写信讲述生平，因此可以对世事人心随意发表议论，恰如和朋友对话一样没有拘束,不必遵循任何写作条规,模仿任何作家,而是根据个人特有的思路自由发挥。其实这正是马利沃自己的创作原则,是对古典主义美学观的挑战。小说第一部分出版于1731年,1742年发表了第十一部分后,马利沃不再去写下文,也没有谈过作品到底会如何结束。因为采取了第一人称倒叙的手法,读者知道玛丽安娜最终成了伯爵夫人,但是,尽管最终结局事先限定了,读者却不知道她通过何种途径被贵族社会所接纳,不知道她如何得知自己身世的谜底,也不知道在瓦尔维变心之后她的爱情选择:她最终会原谅他吗?她到底会嫁给谁?她为什么会在成功之后选择退隐?未完成的《玛丽安娜的一生》在18世纪有众多的模仿、改写和续写,其中最著名的是黎各波妮(Riccoboni)夫人发表于1761年的续写。

玛丽安娜两岁左右坐马车时遭遇抢劫失去了父母,尽管根据她和车上人的衣着分析,她应当是个有贵族身份的人,但因为她是唯一的幸存者,身世无法证明,最后由当地生活清贫、禀赋高尚的乡村神甫兄妹收养,命运的变故使神甫兄妹在她15岁时相继去世,她孤身一人流落在巴黎,除了自己超人的美貌和高贵的情致外一无所有。她既想在等级森严的旧体制社会中得到一个良好的位置,又不愿做任何有损自己心灵品格的事情,她的成功只能是一个特例。马利沃的难题,是要把这个过程写得合情合理,令人信服。在浪漫主义作品中,主人公可以为爱情牺牲一切,但《玛丽安娜的一生》不是浪漫主义小说,她必须以遵循贵族社会的价值准则、行为规范和言谈举止为前提,才能以自己高贵的本质得到认同和接纳。在当时的社会里,贵族和身份不明的人结合本是违背习俗的耻辱,但由于玛丽安娜本人的特性,她和贵族子弟瓦尔维的爱情却被书中所有心灵高贵的人所赞赏,也被众多的读者认同。应该说,马利沃做到了这一点,已经很不容易了,他的小说可以在皆大欢喜中结束了,而他却引出了瓦尔维变心的转折,使许多读者大为气愤。玛丽安娜的回答是,人们之所以不能接受瓦尔维的变心,是因为他们以为自己在读一部小说，忘了这是她真实的故事。当然我们知道这的确是小说，只不过马利沃不想写一部落入俗套的小说，而是要探索人心真实的体验。马利沃擅长描述爱情的诞生，变心的主题里也包含着新爱情的萌芽。小说就在这关键时刻中断了，当然难怪读者想要知道下文。因为马利沃到1763年才去世，人们自然会问，为什么那么多年都没有把这部作品写完？如果马利沃只是想讲一个风雅的爱情故事，他完全可以在第七部分就让瓦尔维和玛丽安娜结婚，用不着给自己出个难题。应该说，他更是一个伦理哲学家，他的小说可以说是哲学家的实验室，他想展示人的命运和人心在不同处境下丝丝缕缕的复杂心绪。斯汤达把《玛丽安娜的一生》与《葡萄牙书信》《宿命论者雅克》《克莱芙王妃》相提并论，当成现代作家的典范；安德烈·纪德把《玛丽安娜的一生》列为自己最喜爱的十部法国小说之一。

　　黎各波妮夫人是18世纪法国重要的女作家之一，但她在续写《玛丽安娜的一生》时，还没有发表过任何作品。当时几乎所有评论家都认为她的续写是对马利沃原作的完美模仿，甚至有人认为她的文字比原文更胜一筹，包括达朗贝尔和当时很有影响的评论家格林。这种评价和当时评论界对马利沃文风的普遍轻视有关，可能正因为此，欣赏马利沃文风的现代18世纪研究学者，比如当代最杰出的马利沃专家德洛夫勒（Frédéric Deloffre），会认为她的续写远远不如原作。黎各波妮夫人续写马利沃的作品绝非偶然。安妮·利瓦拉（Annie Rivara）称马利沃是18世纪最具有女性立场的作家。在《哲学家的书房》中，他甚至采用了女性的口吻和角度去揭露女性处境的不平等和不公正，我们在其中可以找出很多和黎各波妮夫人思想相吻合的段落。黎各波妮夫人感兴趣的不是玛丽安娜如何在上流社会获得了贵族地位，而是她在面临变心和屈辱时的反应和举动，她的续写只是试图解决这个问题，因此她也没有写出最终的结局。这个续写表现了黎各波妮夫人后来作品中最重要的主题之一，她对马利沃的作品既有模仿，也有修正。

舞在桥上

尽管她的续写中存在大量有意识地模仿马利沃文风的句子，但当她表达自己的思想和感情时，却明显地显示了自己的风格。黎各波妮夫人和马利沃的文风有很大的反差，她初出茅庐就能够成功地模仿一个文风和自己迥然不同的作家，是她写作实力的体现。他们两人都重视心理分析，但是马利沃的句子很长、很灵活，好似蜿蜒回旋、从容流淌的江河，又如曲径通幽的花园，喜欢使用不对称的句式、令人意想不到的转折，有很多不常见的词组和枝枝蔓蔓的插入语，如同沙龙对话一样散漫而机敏，经常挑战逻辑分析式的思维；黎各波妮夫人文笔优雅、洗炼、轻灵、紧凑，她的句子具有规则的古典几何美和逻辑性。马利沃的语调温婉，分寸适度；黎各波妮夫人笔锋尖锐而明朗，简练而直接。马利沃在文风上公开抵制占统治地位的古典美学；黎各波妮夫人对现存社会秩序的抗议并没有体现在文字风格上。和他们文风差异相对应的是他们对人物刻画的区别，比如对瓦尔维，马利沃用细腻的笔触和大量的细节描绘出他作为个人的复杂特性，黎各波妮夫人则把他归为某种类型：那种在爱情上喜欢遇到障碍，一旦达到目的就索然无味的人。马利沃所关注的，不仅是女性的命运，也包括爱情本身的性质。他对瓦尔维没有黎各波妮夫人那样强烈的谴责。在他笔下，瓦尔维敏感、软弱、不稳定，又在很戏剧化的场景中偶遇一个楚楚动人的女子，他的变心既是心灵的弱点，也是马利沃作品中爱情本身无法定义、难以把握的特点的体现，和马利沃其他作品，比如喜剧《双重不忠》《妙计》《争辩》《真诚的人》相呼应。在他笔下变心是男女都有可能做的事，而在黎各波妮夫人的小说中，那是男性专有的道德缺陷。马利沃展现更多的是心理分析，而不是道德判决，女主人公兼叙述者玛丽安娜在爱情的背叛面前既是女性也是哲人。马利沃的文笔和精神中都有模糊的成分，这和黎各波妮夫人完全不同。和马利沃相比，她笔下的玛丽安娜态度更激烈，有更强的报复心，像她的其他作品一样，读者从中能感觉到作者亲身经历过的痛苦。

对比马利沃和黎各波妮夫人的写作很自然地引起了笔者对女性写作

（écriture féminine）这个概念的思索。马利沃的写作特点比黎各波妮夫人的文风具有更多人们普遍描述为"女性化"的特征。贝雅特丽丝·蒂狄埃（Béatrice Didier）评论说："黎各波妮夫人对《玛丽安娜的一生》的续写是一例很令人困惑的极其成功的仿作，马利沃滔滔不绝、敏感的流畅文风轻而易举地变得十分女性化。"蒂狄埃从三个方面研究女性写作的内涵：对女性处境的表现、主题和风格，她认为在这三个方面马利沃都很成功。在《玛丽安娜的一生》中，他巧妙地运用了所谓的女性写作特征。玛丽安娜经常声称自己是女人，有自己特有的叙述方式，想怎么写就怎么写，不知道什么叫文笔，似乎随性所至是女性写作的特征。但矛盾的是，我们都知道写下这些的不是玛丽安娜，而是马利沃自己，一个男性作家。他在《哲学家的书房》和《法兰西旁观者》中也同样坚持无拘无束的文风。然而，如果女性写作像露丝·伊利加蕾（Luce Irigaray）和艾琳娜·西克苏（Hélène Cixous）所认为的那样与"身体"有直接而必然的关系，那么男作家怎么可能实现女性写作呢？这是她们理论中根本的矛盾之一。在人类社会中，"身体"从来都不纯粹属于自然和生理的范畴，女性（包括伊利加蕾和西克苏本人）对身体的认知，总是在特定的社会秩序和象征体系中形成的，因此回到"身体"并不能创造女性天然特有的写作语言，相反，女性写作的理论概念中包含大量的陈旧偏见，尤其那种把女性写作的特征建立在无意识和感性基础上的观点。希克苏把女性写作和情感、冲动、痛苦和期待的感念联系在一起，等于是在延续传统观念中男性为理性、女性为感性的二元对立。也有不少人把男女作家的区别归结于作家和人物距离的不同：男性作家不像女性作家有那么强的主观性，和人物保持更大的距离，而女性作家常常把自己和女性主人公等同化。这种说法对马利沃和黎各波妮夫人有一定的适用性，但对于很多别的作家都不适合。许多女性作家可以和笔下的女主人公保持很大的写作距离，也能深入理解男性心理，比如18世纪的莎列尔（Charrière）夫人和离我们更近的科莱特（Colette）。而男性作家比如夏多布里昂、缪塞等，都在作品中渗入了强烈的自我成分。除了性别和作家个人的气质外，文学典范、社会和文化环境等，都会对写作的形成起到相当大的作用。德洛夫勒就详细分析过马利沃和朗贝尔（Lambert）夫人文笔的相似之处，因为他们属于同一个文学时代和圈子：会集今派作家的朗贝尔夫人沙龙。如果女性写作和男性写作真的存在区别，这些区别也具有社会性和历史性，并且会随之改变。女作家所需要的是自由、探索、选择和变化，而不是所谓女性写作特殊性的定义。

双极北极熊

魏明德

从前从前，有一只有点矮胖的北极熊，住在北极附近。这只海洋性熊类（Ursus maritimus）大概是《掠食性动物精神学会年刊》（*Annals of the Carnivores Psychiatric Society*）里记录到的第一只患有躁郁症的北极熊吧，精神科学上称他为"双极北极熊"（bipolar polar bear）。光是提到他这样的精神状态，可能就已吓到读者了，但容我们补充说明一下：这只北极熊其实是和善可亲的动物，很喜欢结交朋友，而且，不论是心理上还是生理上，都还保有一些小熊习性。大概也是因为这样，人们和各种哺乳动物都把他想得比实际年龄年轻得多。

我们这只可爱的熊，北极，怎么会患有躁郁症呢？这是基因和生态因素相混所造成的奇特结果。我们这只熊确实在少年时期就出现独自漫游北极大地的倾向。有些时候他会往北行去，因为那些时候他活力过于充沛，即使在最严寒的冬季，他都感到十分躁热，甚至想要脱去那一身洁白无瑕的傲人皮毛。另外有些时候他感到极为寒冷孤单、了无生趣，于是便会往南前进，想要找到另一个地方，好稍微摆脱那压迫着他身体和心灵的酷寒。

在我们这只北极熊生活的年代，人类所造成的全球暖化现象开始影响北极地区的生态环境。在北极寻求温暖和宽慰的南方沼泽地那边，植被的变化引来了一大群蜜蜂，在当地活跃发展起北极蜂蜜业。虽然这并不是世上最甜美的蜂蜜，不过对北极来说却是一种全新的体验，他很快就发展出一些与他的表亲灰熊（Grizzly Bear）相似的特质。基因和生态因素混合的结果相当奇异：向南旅行并且食用大量的蜂蜜，确实某种程度上恢复了北极的心理平衡，但这新食物同时也让他变得愈来愈躁，到最后又不得不动身前往冰封的孤冷北极。待在那里数周或数月之后，他会感到十分悲惨心寒，于是又再度前往南方，回到灰熊的栖地，而且表现得有若一只恰如其分的灰熊。这样的生活其实也还过得下去，但无法获得平衡，又要无止尽地在心理上白色与灰色的双极间来回奔波，让北极深感无助，甚至在躁症发作得最厉害的时候都无法摆脱那种心理压力。

有一天，北极的躁症退却，又再度启程前往南方的沼地，迎向那里兴盛的蜂蜜业（在那之前一年，那里还是冰封大地呢）。他在途中稍有逗留，跟一大群候鸟攀谈起来（我们之前就已经说过，北极是只善体人意的熊，即使在郁症发作期间也试着要亲切友善，只不过有时候这要费的力气对他来说实在太大了些）。

北极，候鸟们向他歌唱，你又要去南方寻找疗愈之蜜了吗？

是啊，北极叹了一口气。但过了几周或是几个月，躁症又会再度发作，我又非得返回北极不可了。光是想到这荒唐旅程，就足够让我大吃一顿新鲜蜂蜜，不过我的精神治疗师有提醒我小心蜂蜜成瘾。

但你不是非回去不可呀！其中一只候鸟叫了出来。我一直想告诉你，我们候鸟可是在这大地表面来来去去的啊。你知道吗，如果你一直向南走，最后会抵达一个地方，那里比这里还大得多，而且还完全被冰雪覆盖着呢。

我不知道这些事呢，北极回答，突然间他对此很感兴趣（他之所以不清楚，是因为他接触比较多的是心理学，对地理学就没有那么熟悉）。

噢，首先你得穿过十分炎热的地区，不过很值得一试。我建议你在郁症发作期间出发往南，一路都不要停。反正郁症发作的时候，你总是觉得冷得不得了，那么途经之地的炎热应该会对你有所帮助。既然你的郁症常常持续好几个月，运气好的话，你再度躁症发作的时候，应该已经快到南极了。

南极？！北极很惊奇地重复了一遍。

是呀，南极。我认为呢，你是属于南极的。你会在那里找到一种不会飞的鸟类（老天！可千万不要让我变成那样呀！），他们比你还要双极性呢。这趟行程有可能会害死你，不过也可能会救了你……

双极性的动物……在北极所居住的地方，他从来就没有遇到过任何熊跟他有着同样的困扰，因此他对这些双极性的动物很感兴趣，说不定他们还可以一起组个什么支持性团体。

但你怎么知道他们是双极性的呢？北极向候鸟追问，想要多知道一点关于这些动物的事。

身为不能飞的鸟，这就已经很糟了，我猜应该会制造出许多心理问题吧……总之，他们的羽毛有些部分是全黑的，有些部分又是全白的，似乎也反映出他们的心情总是一直在变化。但你们北极熊是全白的哺乳动物，基本上情绪相当稳定，当然，你们真的很饿的时候又另当别论了。你患有躁郁症实在很不幸，不过，如果气候变化没有这么大的话，这些或许都不会发生。你看，现在产蜂蜜的地方，以前可是坚冰之地呢。要小心喔，如果你们一直待在这个没救的地方，总有一天，你们大半数都会被热气和蜂蜜搞成一团脏灰……

这样的威胁吓到了北极，毕竟他对自己的白色皮毛感到相当骄傲，他也是靠着这身白毛才跻身正常之熊。因此他一方面受到恐惧的驱使，一方面也是出于着迷，便展开了那漫长艰辛的南极之旅。他正处在郁症发作期间，刚好利用这段时间穿越酷热地带，连置身赤道之时都感到十分悲惨孤寒。他到底是怎么完成这趟旅程的，并不是我们这故事的重点，总之，因为他生性可爱，人类长久以来又一直很喜爱北极熊，而他此行处处谨慎小心，此外再加上一点好运，他就这样安然进入了南半球，那时他感觉自己正要由郁期再度转入躁期。

就在情绪快要变得过度高昂之时，他抵达了南极大陆。这里十分严寒，他在躁期总是感受到的燥热被这气候平衡回来，但这一点反而使他更感兴奋。他在这里遇上了一群兴高采烈的企鹅，很快就被他们所包围，并且被问了一大堆问题。这些新朋友身材短小，总是喧扰无比，问的问题和谈话方式都十分随性，这一切无不让北极感到十分惊奇，因为以前大家待他通常都比这淡漠得多。不过他的心情正好，很高兴发现了这样一片全新的白色天地，企鹅们的聒噪也让他颇感愉悦。

嗨，北极！我叫冰咕噜（Pingloo）……一只年轻的企鹅向他打招呼。她大概是这帮企鹅里最漂亮也最放肆的吧。

嗯，哈罗，冰咕噜……。北极回答。

北极，你很没礼貌，冰咕噜义正词严地说。我跟你说了自己的名字，你也应该要告诉我你的名字才对。除了北极以外，你叫什么名字？

我叫……北极。北极迟疑着回答（所有的熊类学家都知道，北极熊就跟爱斯基摩人、蒙古人和图博人一样，全都只用一个名字，都叫北极）。

冰咕噜想了一下。

那，就叫你泰迪！她就这样决定了。

北极并不怎么喜欢这个名字。他比较喜欢被叫做北极，不过对此他什么也没说。而不久后他也发现，冰咕噜说话的时候，别人其实没什么说话的余地。

就这样，北极泰迪熊在南极大陆上展开了新的生活，有了新的朋友和他自封的女友（不过他们的关系也不可能进展太多，原因十分明显，也就不用赘述了）。他很快就发现企鹅确实是躁郁动物，以一种强烈好

舞在桥上

斗却又近乎玩乐的方式过着双极性的生活。鹅口过剩使事情雪上加霜,心理剧经常在这冰雪大地爆炸上演。奇怪的是,这种气氛对北极泰迪熊来说颇具疗愈效果。与企鹅们相比,他感觉自己算是冷静自持,还经常被找去充当企鹅纠纷的调停者。整体说来,换了新环境对他有很大的帮助。只不过冰咕噜的情绪会急速变换,有时暴怒,有时大笑,有时十分感伤,让他感到有些烦恼。冰咕噜总是喜怒形于色,连其他那些能游水却不会飞翔的鸟类同伴们都称她为"双极之后"(Bipolar Queen)。不过,每次听着冰咕噜倾诉苦恼,为她拭去眼泪,对她讲的笑话报以微笑……北极却感到自己的躁郁倾向愈来愈和缓,他于是认定自己应该以南极大地为家,从此将过着幸福快乐的生活。

但麻烦还是出现了。他向企鹅们讲述很长的故事,谈起那失落了的北极国度。企鹅们都对这些故事万分着迷,其中最出神倾听的就是冰咕噜。一片地理双极化的土地,可以视心情决定要取食海豹还是蜂蜜,棕色土地与白色冰帽在这里相互为伴,心中的感受可以靠外在天候加以调和……这一切对于他们这些双极性的物种来说都实在太有吸引力了。不过大部分的企鹅还想象不到一场真正的跨洲之旅。

冰咕噜却不一样。她开始缠着北极,不断央求他跟她一起回去北极。她说,既然他们都有躁郁症,那里的环境又很合适,他们可以一起在那里定居。但就只有这么一次,平常温顺的北极断然拒绝了冰咕噜——他绝不会抛弃自己好不容易才获得的平衡,他不会离开这片白色乐土,在这里,他显然是身边所有敏感动物当中双极倾向最低的一个。关于这个问题的讨论愈来愈激烈,后来他甚至坦言说,再也不想被叫做泰迪了,这名字侵犯了他的身份和尊严。这种与她作对的无情言语让冰咕噜忍无可忍,于是她纵身跳入冰冷的水中,向着北方深潜而去。

她就这样走了……

不用说,后来的许多日子里,他们都为起过这样的口角而十分悲伤地哭泣,都希望可以快乐地再度团聚,但为时已迟,他们两个都太骄傲了，谁也没办法再回头。再者，说不定他们的命运早从一开始就已注定，也许冰咕噜应该住在北极，而北极要住在南极。

在接下来的年月里，他们经常由候鸟那里获得彼此的消息。冰咕噜平安抵达了北极，来到了冰雪与蜂蜜之地，既适合她的需要，也满足了她的梦想。她还是会有情绪起伏，但这片被气候主宰的土地改变了她受内外湍流影响的方式。而且，这里有着许多白熊，还有愈来愈多的灰熊，可以宽解她那极端的日子……最后冰咕噜善用环境，在这新天地里展现了她与生俱来的领导能力，表现之好，原本大家称她为"双极之后"，后来干脆只以崇高的"极后"（Polar Queen）来称呼她。飞鸟不断向南捎去关于冰咕噜的消息，那些故事到后来宛如神话，吸引企鹅们在之后的许多个世纪里大规模地向北极迁徙。

另一方面，北极在想念冰咕噜的同时，也在那孤寂的冰雪大地静思冥想，后来甚至以他那平衡、智慧与安祥的神态闻名。他终于克服了自己的躁郁症（也许他的躁郁症还是生态因素居多，比较不是基因问题），而候鸟们时时赞颂着这"南极圣贤"（Sage of the Antarctic），名声甚至远播他的出生地。颇受居地暖化之苦的北极熊们为了寻找新家园和领导者，也展开了一场出北极记，集体迁居到南极去了。

这便是后来白熊居住在南极，而企鹅活跃于北极的原委始末。那已经是许多许多世纪之后的事了，北极和冰咕噜的故事早已成了不朽的传奇。

阿里山新传说

魏明德

很久以前，人类的祖先住在阿里山。人类繁殖的方式就像今天的树木一样，而树木以人类现在的方式传宗接代。

舞在桥上

树木会走路

树有根，人有脚。但以前并不是这样的。传说人类的祖先住在阿里山。那时人类的足根牢牢固定在泥土中，而高大的树木却自由自在地四处漫步。人类繁殖的方式就像今天的树木一样，而树木以人类现在的方式传宗接代。人类透过足根，从肥沃的泥土中吸取营养及水分。为挣得一口饭吃，树木利用枝桠及伸向四面八方的根部攫取动物，然后放入树干的凹洞吞没。

至于其他，情况倒是和今天没什么两样。人类会说话，蹲在地上说话。大部分的人都不觉得无聊：他们群居在森林中，只有几位隐士，经风儿吹载，离开同类，根落远方。那时的人模拟现在更懂社交。他们深植大地，无法移动，成天交谈、歌唱、编故事、吟诗赋对、争吵斗气，而这一切都不至于酿成伤害。树木不会说话，仅任凭枝叶生长，开花结果。但是，他们的感觉，友善或憎厌等情绪，反而较现在更容易察觉。

人类被树木认养

事实上，根据当时的大自然法则，每个人在出生时便得到一株树木认养保护。树荫为他们遮风挡雨，供他们避暑乘凉。最重要的是，树木还替人类抵抗野兽侵袭。树的根部厉害无比，可迅速伸展，鞭打击昏贪狼大熊。然而，若有人态度顽强，尖酸刻薄，或轻慢马虎，保护他的那棵树只消走远离开，那让树木伤心的可怜人立刻成为猛兽的囊中之物，任凭摆布。

这样的生命形态维持了好久，好久。然而，一切都在增长，不断繁衍：一座座的人类群林，一批批的大树，出走，远渡重洋，到其他陆地传宗接代。而野兽也一样，数量更多，更嗜血贪肉。黑暗时代来临，人类对树木的需求达到最高点，只能完全仰赖他们强而有力的忠诚保护。

树王迷少女

阿里山尖峰上，最高耸的那株桧木是树族之王，他蔽护着一位年轻少女。女孩美丽的足根插入泥土，纤柔之姿宛如花朵的青茎。桧木王对这娇巧的小人儿十分痴迷，几乎哪儿也不去，总是从树梢往下凝望她长长的秀发，随长发飘荡摆动枝叶。他活着，就是为了看她抬眼仰望他粗壮的主要枝干，为了以他广阔的树荫遮蔽她纤弱的肩膀，为了注视她与特地从树干溜下的松鼠嬉戏。

然而，狼群和熊群的威胁始终未减，甚至越来越危险。有天夜里，它们群聚起来，对种植在山壁上的人类森林发动攻势。战斗惨烈，大树王的树根鞭向四面八方，击打在附近虎视眈眈的野兽身上。但是他实在太高大了，长长的枝干根本派不上用场。豺狼与大熊的尖牙刺进树根，他遍体鳞伤，每一处伤口都不断淌出树汁。不过，他以全身每一个细胞去呵护的那位少女却未受猛兽撕咬，毫发无伤。

树族救人类

桧木王心里清楚，他再也撑不了多久了。于是，为了挚爱的人，他做出一项崇高的举动：桧木王猛然弯下身子，同时，从看着少女成长如花的泥土中，将她用力拔出。然后，使尽最后之力，一股作气挺直躯干，踏进那张大的缺口，就地直立不动，而少女早已被他高举至树梢，豺狼虎豹都不能动她一根汗毛。后来，那些凶狼野熊无论如何扑咬撕扯树干，对他都无可奈何。大树已深植入土，没有任何猛兽能将他拔出。

最初的园地

隔天早晨，狼群和熊群都离开了。少女慢慢顺着桧木王的躯干爬下。她温柔地抚摸树干粗皮，她的大树朋友却动也不动。事实上，他后来就再也没移动过。直到几千万年之后，有一天，少女的后代子孙将来

舞在桥上

砍走他巨大的主干。少女环顾四周,一旁所有的树木都效法树族之王,以同样庄严之姿,立定不动。

男人与女人纷纷从树梢爬下,发现自己身轻如燕,走动自如。树木顶替了人类,树根深深埋入土中,奉献出珍贵的行动自由。人类男女在这些树木旁漫走,步履显得彷徨犹疑。后来,他们离开高耸的阿里山,到平地繁衍定居,留下山林巨木,看守最初那一块种植人类的园地。

变成自己，相遇超越时空

马利沃与伏尔泰：穿越世纪的竞争

鲁 进

把马利沃和伏尔泰的名字放在一起，不少读者会觉得奇怪，更不要说竞争二字。在知识分子中，伏尔泰的名字差不多是人人皆知的，马利沃却远远没有那么著名。要比较伏尔泰和马利沃，且不说要了解当时的文学发展史，至少必须认真读过两人的作品，这样的人，除了18世纪法国文学研究者以外，即使在法国，也不多了。然而，正是在这些人中间，很多人不会奇怪有人会比较伏尔泰和马利沃，而且天平并不会那么肯定地向某一边倾斜。

毫无疑问，伏尔泰的名声更广，自18世纪至今始终受到文学界和思想界的重视，他生平的每一点细节，包括他所有的手稿、每一封信件，甚至读过的书上题下的评语，都被精心保存下来，成为全世界学者研究的对象；相反，马利沃的生平，我们至今还有很多重要的事件没有弄清，他的通信也几乎全部遗失。伏尔泰是个公众人物，是当时欧洲的文化名流，许多显要人物都以能够结识伏尔泰为荣。但是，伏尔泰的作品具体说来，无论是诗歌、戏剧、小说还是哲学论著，都没有被后世任何有分量的作家视为典范。伏尔泰最看重的是自己的悲剧作品和史诗《亨利亚特》，因为悲剧和史诗是古典文学里地位最高的体裁。《亨利亚特》在欧洲文坛轰动一时，但很快就被公认缺乏史诗必有的庄严、激情和神圣感。伏尔泰的悲剧中，在法国文学史上最重要的不是中国读者熟知的《中国孤儿》，而是《扎伊尔》和《梅洛普》，我本人最喜欢使他一举成名的悲剧处女作《俄狄浦斯王》。在这个古老的悲剧题材中，才华横溢的年轻作者显示了他作品最扣人心弦的特色：对人类命运的关注，对上帝和公正的痛苦思索，对蒙昧势力的反抗，具有哲理意味又明晰上口的诗句。这部剧表面上是对古典悲剧的承继，实际上开创了哲学戏剧的先河。伏尔泰的悲剧和史诗在当时给了他显赫的文学地位，但是对后世并没有什么影响。相反，后人最欣赏的，是他自己所轻视的部分哲理小说和其他散文作品，包括他的书信。伏尔泰称得上是西方最早的公众知识分子之一，对当时的社会、政治和宗教问题都介入很深，他的某些作品的发表不但是文学事件，也可以被看作是历史事件，所以人们也把法国18世纪叫做伏尔泰的世纪。从这个意义上说，即使对他的作品了解不多的人，也可能把他当作榜样。

马利沃的大部分作品属于当时被人轻视的体裁：小说和散文喜剧，却因此而对后世作家有深刻的影响。缪塞、阿努耶和日罗杜都把他的剧作当成典范。在《汤姆·琼斯》中，菲尔丁公开把马利沃当作最能启发自己写作灵感的古今八位天才作家之一，和阿里斯托芬、琉善、塞万提斯、拉伯雷、莫里哀、莎士比亚和斯威夫特齐名。狄德罗热情颂扬的理查森，也受了马利沃很深的影响。英国作家毫不犹豫地承认马利沃作品的价值，而当时的法国作家，即使在称赞马利沃时，通常也会表示保留。狄德罗从来没有直接赞扬过马利沃，但是他承认马利沃是英国人最喜欢的法国作家，就像塔西佗是思想家们最尊崇的拉丁作家一样。狄德罗认为马利沃和塔西佗都属于想象力活跃的作家，他们在自己的语言面前往往会像思想丰富的外国人一样，找不到合适的词语表达自己，因此他们的文风往往会让本国人觉得别扭，反倒是外国人更能欣赏他们的思想，因为感觉不到他们语言的毛病。伏尔泰通信中提到马利沃的时候不算少，至于马利沃，我们没有他的通信作为材料，尽管他作品中有些地方可以解释为对伏尔泰的影射。有一段时间很多人认为马利沃在写一篇反驳伏尔泰《哲学信札》的文章，但是最终没有出现。传闻中他曾经说过："伏尔泰先生代表陈旧思想的完美表达，他总是第一个写出别人想到过的东西。"伏尔泰对马利沃的讥讽流传很广："他用蜘蛛网做的天平称量苍蝇下的蛋"，也就是说马利沃卖弄才思、矫揉造作、过分细腻、晦涩难懂。这些说法从18世纪到20世纪都很流行，伏尔泰并不是创始人，但是毫无疑义是一个效率极高的传播者。很长时期教科书式的文学史对马利沃评价通常不高，自然导致很多人不觉得有必要去读他的作品。直到20世纪中期以后，许多法国杰出的18世纪专家才开始严肃地研究马利沃，把他当作一个从思想上艺术上都有大胆创新的重要作家，他的早期作品和报刊文章系列（比如《法兰西旁观者》和《哲学家的书房》）也得到了重新评估和重视。

尽管伏尔泰在18世纪的法国如日中天，却在马利沃之后才进入法兰西学士院。1742年，伏尔泰和马利沃都是法兰西学士院的候选人，那一年马利沃成功当选。当然法兰西学士院的选举不一定公正，但值得注意的是，自1728年就是院士的孟德斯鸠把他那一票投给了马利沃。孟德斯鸠曾经这么评价过伏尔泰：如果他当选法兰西学士院，那是个耻辱；如果他不当选，在后人眼里也会是耻辱。像当时许多人一样，孟德斯鸠对伏尔泰人品评价不高。伏尔泰于1746年当选，孟德斯鸠在选举时正好缺席；同年伏尔泰当选波尔多学士院院士时，他也恰恰没有参加选举。孟德斯鸠和伏尔泰没有私仇，和马利沃私交也不深。我们如果比较马利沃和孟德斯鸠的著作，尤其是后者的日记《我的思想》，就会看出他们在文学和美学上有趣味相投之处。在古今之争中，孟德斯鸠和马利沃都是今派，而伏尔泰公开站在古派一边抨击今派，尽管他一生的观点中与今派不乏契合之处。在马利沃受古派攻击最多的文风问题上，孟德斯鸠和马利沃的立场是基本一致的，他们都认为作家有权利根据自己独特的思想创造新颖的词组和隐喻，都相信人的内心世界和世间万物中有神秘、复杂和模糊的部分，宁可用不常见的语句去尽量准确地表述它们，而不要用现成的套话去追求表面的明晰和优雅。马利沃说自己宁可谦卑地居于一小群独特作家的最后一排，也不肯骄傲地高踞众多的文学猴子首位。马利沃和卢梭也有许多共同之处：卢梭曾经向马利沃请教过戏剧艺术，并在笔记中抄录过喜爱的马利沃作品片断；他们的宗教思想以及对人性和社会公义的看法都相当一致。当卢梭受到众人围攻时，性格温和、从不进行人身攻击的马利沃是他所剩不多的朋友之一。

　　伏尔泰的作品风趣机智，尖刻犀利，但常会让人觉得意犹未尽，就转到下一个话题了。他决不会在同一篇文章里自相矛盾，因为他是个斗士，每篇文章都有明确的矛头，但是在不同的文章里却有不少互不相容的断言。伏尔泰作品中的人物总是明确地代表一种思想倾向，作者对人物的态度或欣赏或讥讽毫不含糊。马利沃笔下的人物思想更复杂更矛盾，感情更细腻更个人化，对当时的社会风情具有细致、敏锐而独特的观察，这些特点在《玛丽安娜的一生》和《农民新贵》里都很明显。一个欣赏普鲁斯特的现代读者，也会喜欢马利沃的语言和心理分析。如果我们把津津有味地欣赏过马利沃和伏尔泰作品的读者相比较，那么马利沃决不输于伏尔泰。尽管文学界和学术界长期忽略马利沃，他在法兰西喜剧院却有长久不衰的地位，那是靠对他情有独钟的众多观众和演员维系的。到2010年5月为止，马利沃是上演次数最多的18世纪剧作家（6023次），远远超过伏尔泰的3945次和博马舍的3023次。2013年法兰西喜剧院发行了自莫里哀至今最受喜爱的25部杰出戏剧演出的光盘，其中一共收入15位剧作家，马利沃的作品就占了3部，仅次于莫里哀的6部，而其中没有收入伏尔泰的剧作。马利沃长期以爱情主题的喜剧著称,比如《双重不忠》《爱情不期而至》《爱情与偶然的游戏》《考验》等,但他也创作了一批哲理、社会和政论喜剧,比如《奴隶岛》和《争论》,都受到当代研究者的重视。

在今天去评价比较马利沃和伏尔泰,并不仅仅是发思古之幽情,更重要的是引发我们对作家和作品价值的思索。马利沃在法国文学史上的地位,从20世纪后半叶至今正在被重写。有条件的读者不妨亲自读一读他们两人的一些作品。也许在某些闲暇的时间,不带任何实用功利目的,你会翻开他们的某一部作品,如果它能够让你忘记自己的计划和任务,沉浸在书中的世界,如果你觉得书中的人物在两百多年后依然能引起你的关切,打动你的心灵,其中的思索还很新鲜很精辟,让你有会心的感觉,那不是任何作者都期待的事情吗?也许若干年以后,你尽管还记得书中的结局,却想去重温某些精妙的场景和对话,你会再次拿起这本书,就像去见一个老朋友一样。在这种时候,谁最重要谁最伟大这类问题,你已经不会在乎了。

变成你自己

魏明德

我写这一篇文章,灵感来自一位法国哲人的思索,他叫马塞尔·雷高(Marcel Légaut, 1900—1990)。他本来在大学教数学,后来放弃了自己的研究工作,到法国东南部牧羊,专注反省灵修的意义。他不但反省当代社会与科学的关联,而且积极探索追寻他者的灵修体验。

追寻自我的绊脚石

有一个奇妙的追寻过程,步步出乎意料,这个过程叫做"变成你自己"。投身这样的旅程可说是一个人最本质的体验。那是一趟孤独的旅程，但这样的旅程超越了个人的向度，某个程度上来说，个人的抉择牵动着全人类的命运。即使隐而不宣的是，每个人正推展着人类的本性。

最近几十年来，实践"变成你自己"的行动有了新的意涵、新的意义以及新的无偿观（不求回报的观念）。为什么呢？长久以来，甚至打从有人类开始，对于追寻自我，似乎都有制式的流程、固定的答案。免予为自己的人生下决定，难免框住了我们生命的舒展。

宗教定义个人

这些制式的答案基本上都有宗教的影子。宗教信仰有时让人豁免于询问生命的意义。宗教形塑神的概念——有的称为上主，有的称为神仙，有的称为神灵，有的称为菩萨，而个人就被所属的宗教教义所界定。上天启迪我们的眼界，也让我们惧怕，我们随着上天的存在而存在。即使在今日，每当人们遭逢危机时，最先想到的就是询问上天的旨意，因为祂知道一切，因为祂无所不能。

然而，认识自然法则的社会以各种方式质疑千年文明所形塑的神。神的存在不若以往，这个转变深刻而广泛，使得我们更新了神的形象：神之所以存在，是经过个人的探索而被确认，而非集体既有的约束。这是人类走向成熟的过程，如此更加接近生命的意义。为了来到神的身边，首先我必须成为我自己。

神在哪里？

人越认识时间无边而空间无际的宇宙，就越体认到自身的渺小与短暂。一个人好像无法抓住真实，宇宙的浩瀚使得我们失去了参考坐标。我们在无限中显得卑微，我们失去了对人性的坚持，我们被剥夺了过去与未来。这种感觉通常会制造荒谬感，使得我们否定一切，尤其在面对死亡或失去亲人时最常出现这样的感觉。

理解神的存在与理解宇宙的存在，两者的切入点并不相同。造物者并不是宇宙的"因"（不管是第一因还是第二因）。换句话说，宇宙对我们来说已经超越了我们的想象与理智，而神却比宇宙还要难以去想象。我们不能从物质、宇宙去定义神，我们也不能从神的概念去定义人。我们不能给予生命一个"通用"的定义。

再者，宗教信仰坚持栽培人性，并且告诉我们作为人的种种，以及人性深处所散发的希望。我们不能不延续信仰的内容：即使在历史上因为宗教发生过许多暴力与狂妄的蠢事，但我们应该聚焦在宗教如何探讨人本身的问题，同时传达信、爱、望的特质。换句话说，解释什么是真，宗教信仰并不过时，而且各宗教信仰以其各自的语汇谈论什么是人，并指出人在自我追寻过程中盲目与执拗的一面。

人在哪里？

人不能把自己当成被观察物来认识。当一个人观察自己的时候，总是存有一份奥秘。当人观察自己的时候，以科学的角度来说，"观察者"与"被观察物"之间并没有距离。由此推之，我们可以说科学的发展无法道尽人的全貌。人类雅好思考的习性早已告诉我们人藏有奥秘，不能以客观的事实道尽。因此，若要回答人类存在的根本问题，例如人的本质以及宇宙中的定位等等，我们必须从下列三个问题入手，我们必须问自己："我是谁？""存在的理由是什么？""生命的意义在哪里？"

记忆：灵修体验的基础

"变成你自己"以及"生命意义"两者的追寻构成灵修探索的两道绳梯。决定投入的追寻者需要付诸全心全力，释放自己所有的才能，重新关注自己的过去与未来。在追寻自我的路上，重新提炼对过去的记忆，静观人生过往路上遭逢的点滴，具有格外重要的意义，因为那是我们灵修生活的精神食粮。有时，过去某些时刻的记忆会特别鲜明。我试着捕捉这段鲜明的记忆之前的自我，明了自我的性情有何特质，何以织就这一段记忆。我们也看清自己如何品尝记忆之果，或是如何接受事实发生的后果。某些记忆，虽然沉重而残酷，但经年累月地慢慢转换成自己重要的生命体验，体验到那个被召唤的我，要变成我自己……

人性圆熟的道路蜿蜒而崎岖，始终没有终点。我们以宽厚深刻的方式看待过去，人的意识就会将过去至今的体验统整为一体，并找到以前未曾发现的独特意义。在某些时刻，当我们提炼过去的记忆时，我们会看到过去生活的事件、情景、相遇彼此之间的关联。我们的视野让我们看到整体，随着"变成你自己"的飞箭往前射出。这是进入内心深处的新路径，重新探访内心深处，我们会有重大的发现，虽然我们身被宇宙与时间包裹，但我们的故事以及即将转变的自己超越了时间与宇宙的限制。

也许微不足道，也许难以置信，通过灵修体验，正在转变着的自己给予了时间、宇宙一个意义……我们内在的沉思与记忆的活动，呼唤出灵修的真实性，超越了科学所能定义的物质与生命定律。灵修的真实性依人的修行而有所不同，然而都在你内部诞生、成长，从而指向他者。

个人生命意义的追寻使得我们与他者进入真正的合一。我们对灵修的真实性有更高更敏锐的关注，从而诞生一个眼光。这个眼光让我们回归到全人类，对于他人的生存与体验更加关注。共享故事、共享体验，相遇和交流有了深刻的回荡。

迎接与顺纳

为了要变成我自己，首先我必须接受什么不是我。迎接、顺纳那些不是我的，我才能找到自我的方向。分辨什么不是我，迎纳什么不是我，我才能超越生物的限制与社会的命定，我才不会变成"正规产品"。展臂迎接差异，我才能自由地朝向自我发展。接受、忍让是人的天性，迎接、顺纳是灵修层次的精神活动。我必须迎接并顺纳社会真相、自然法则，才能与他人互动与相遇。当我深思熟虑，当我提炼过去的记忆时，我会与他人有深刻的交流，而这并不是因为机缘偶遇，而是因为我内心早已培育了心灵沃土。

我们必须懂得在时间的洪流中，顺纳万事、迎接万物，但始终忠于自己。虽然社会大环境始终领先着我们，笼罩着我们，但我们还是可以培育批判的精神，并且意识到法律或是规章的存在等等。同时，在社会的范畴里，我们寻找个人与社会联结的方式，投身社会的方式，并以活跃的方式连接个人与社会。

顺纳社会各个阶层，我们会与灵修探寻的前辈相聚，为架构美好社会的努力凝聚在一起。如此一来，人类的精神力量不但延续过去，也拓展未来。懂得顺纳社会各阶层，让我们变得有创造力，懂得了解、尊重各阶层的差异，并学习在每个阶层内存在：当我们懂得什么是诠释，我们就会找到各阶层美好的一面。

我与他人的关系：痛苦与成熟

当我们与社会维系忠实而有创意的关系时，就有助于我们做决定，并找到自己与社会的依存方式。我们所做的决定，正是培育我们与他人相遇的沃土。我们与他人结识的过程有如开启一段旅程，我们必须不断往前探寻，虽然探索的过程可能充满了痛苦。当我重新阅读我的人生，当我重新整理记忆，不协调音随着协调音鸣奏，最坏的与最好的并肩而行，苦痛与混乱沸腾，刻画了最崇高的印记。也许我们认清了得不到爱的痛苦之源，体会到了为人父为人母的辛酸，但我们也体会到精神交流的喜悦，与他人真诚沟通的喜悦，因为每个人的来时路都是那么与众不同……在我们的人生路上，虽然学识、经验各有不同，但我们也会认识灵修父母，结识灵修子女……

当我们走向生命的尽头时，我们必须让我们的死亡变成一项高致的行为，照亮后人的追寻路……那就是迎接上主，重新阅览自我的人生，未来我将在死亡时刻与上主合一，祂在一个无法触及的世界，一个只能述说而无法解释的世界。当我死亡时，与上主合一，我播下灵修的种子，在世人的心中萌芽，超脱事物外象与因果论。静思与回忆，不论是悲是喜，都将人类灵修的思索传承下去，同时描绘人类生活相互依赖的特质。而每个人，或多或少，被祂所容纳，被祂所包裹；这份硕果是被看不见的那一位所接纳与创造的，硕果繁生其他硕果，人类走向成熟的灵修路。

我们必须有信心。即使我们需要品尝牺牲的苦痛滋味，但内心会逐渐找到完成感：当我们重新阅览过往时，我们不知不觉地觅得智慧，同时感到充盈、超脱，这是我们最初想都没有想到的。忠实地看待自我，我们会发现过去无法挽回的错误竟然有其价值，逐渐与自我完整地织合而为一。事过境迁，我们越能觉察到自己的错误，不过一旦承认自己的错误，我们反而感到释放而心平，因为生命神秘而深不可测。

舍弃·流动·新生

换句话说，弃绝所有、正视痛苦正是在为自己准备新生。当所有属于我们的或是不曾属于我们的都被夺走了，我们才知道什么是真正的存在。我们常常以物质与时间来定义一个人，然而人的存在无关乎物质，无关乎时间。

当一个人真正地回想、反思自己的过去，他会发现自己现在的人生路和以前想的不一样，人生计划并不是一个死框架，他后来才会发现他高于原来的期盼。虽然停滞和错误形成了阻碍，但他内心不断自我培训和自我更新。如此，一步一步，计划随着流动，走向一体的人生，独特在天地之间……一个行动是一个印记，他催生的行动与他不无相关，但也不只是他的印记而已。人类催生一个超乎想象的事，用最多元的方式说，那就是神……神和人，两个奥秘，神在人内，人在神内。神行动的时候被给予了人，人在被给予的时候接纳了神。

人接纳神,人变成了自己。人变成自己的时候,人接纳神,神在我内思索。祂在我内合一,我与祂合一。人变成被召唤的自己,神通向了全人类。换句话说,孤独与独特以丰盛的方式遇合,这一张面容,没有人能质疑。

在深思中进步

"臃肿"的伏尔泰

鲁 进

在国图查资料,读到徐志摩先生为他所译的伏尔泰《赣第德》(今通译《老实人》)作的序。序中称伏尔泰为"十八世纪最聪明的,最博学的,最放诞的,最古怪的,最臃肿的,最擅讽刺的,最会写文章的,最有势力的一个怪物"。

志摩先生文采飞扬,一下子轻轻地抛出八个词形容伏尔泰。我看到"最臃肿"时愣住了。好在已经约好第二天在北大和一个很博学的朋友会面,决定向他请教。

我们在北大一个不起眼的小餐馆,吃着他喜欢的臃肿的饺子。我看他吃得差不多了,才诚惶诚恐地拿出印好的那篇序言给他看。

——你说这"臃肿"是什么意思?

——"臃肿"你还不懂吗?

——可是伏尔泰并不臃肿,他像面条一样瘦!

朋友想了想，说大概指的是文风臃肿吧。我又一愣，一时反应不过来，问他有没有文风臃肿这种说法。他显得有点尴尬，因为志摩先生不会错的，他可能有自己独特的用词习惯，我们应当首先怀疑自己。我再想了想，还是觉得不对，因为伏尔泰的文风，无论如何说不上"臃肿"，他从来都是以文笔简洁明快、精炼犀利著称。说他臃肿，就跟说鲁迅臃肿一样不通。朋友很厚道，说一定是印错了，印错了，尽管这样说对编辑不大恭敬。我告诉他国图有的所有版本我都查过了。

我突然想起一首登在一份法国 18 世纪文学论刊上的讽刺伏尔泰的打油诗。那首诗很不厚道，攻击伏尔泰涉猎各样文体，却十分肤浅，也有些不雅的词不能在这里翻译出来，但是因为诗里提到伏尔泰如何奇瘦无比，不小心就想起来了。我凭记忆大致把它译出来顺手写在餐巾纸上：

……
他像吊死鬼般干枯
但上天作为补偿
赋予他精神的丰富
……
他既得天独厚
拥有多样才艺
他自然可以
只有一张小脸
没有腿肚，鲜有身体

朋友很够朋友，笑了，尽管我觉得译出来没有原文那么好笑。他又有了新发现："志摩先生当然知道伏尔泰长得不臃肿，他肯定看见过伏尔泰的画像；再说，你看上下文，都是和他的学识和才情有关的，不可能突然说到长相。"

舞在桥上

这话有理,我们都奇怪为什么没有早想到这一点。不过,我还是想不通"臃肿"在这里到底是什么意思。还是朋友反应快,他说,伏尔泰写的东西实在太多了,你要是有幸看见一卷卷的《伏尔泰全集》,能不觉得臃肿吗?我想这个解释有一定的合理性,尽管这想法更可能来自一个观望书架上《伏尔泰全集》的人,而不大可能来自一个体会到伏尔泰明快简洁文风的读者。可惜没法到志摩先生那里去问个明白。

除了"臃肿"一词之外,我对这篇短短的序言还有不少问题。比如说"古怪",如果是指性情怪僻、特立独行,那么用在卢梭身上倒更合适得多。伏尔泰在18世纪的法国甚至欧洲的上层社会,都是很入流的人物,他对于自己时代的潮流和风尚,具有很敏锐的感知力,所以他的作品,尽管说不上独特,却很有影响。他抨击时弊,可是并不像卢梭那样愤世嫉俗,而且讽刺是法兰西文学普遍的特点之一。志摩先生认为伏尔泰古怪在什么地方?他没有说,我只能猜,大概因为他很杰出,称得上是怪才吧。

志摩先生还认为在中国只有陈西滢有上承伏尔泰法统的一线希望。我很不喜欢去比较谁比谁更伟大之类的问题,而且陈西滢先生的文章我也很爱看,不过伏尔泰与陈西滢的文风和性情,可是很不一样的。当然,志摩先生既喜欢伏尔泰,又喜欢自己的朋友陈西滢,有时候我们很容易觉得自己喜欢的人比较相像。

志摩先生还把《赣第德》称为"西洋来的《镜花缘》",当然他并没有像一板一眼的学者一样去证明像在哪里。不知道读过这两部作品的读者有否同感,是否像我一样有些迷惑。不过,作为才思轻灵的作家,他的用意恐怕是借用《镜花缘》这个名字,把《赣第德》比作一面镜子,能照出某些他所憎恶的、"满口仁义道德的""叭儿狗冒充狮子王的"人的丑态。

志摩先生的序言最早载于1925年11月7日的《晨报副刊》,译文陆陆续续一直到1926年12月13日才连载完毕,全文1927年在北新书局出版。那时中国熟悉伏尔泰作品的人，仅仅是凤毛麟角，伏尔泰三天写成《赣第德》的说法，在西方还是广泛流传的神话。但今天读到此文的读者不可以不知道，当今法国伏尔泰研究界已有清楚的证明，这不是事实。而且，那种几天完成一部杰作的传闻，对人们的著作和生活，总归不会有什么指导意义。

志摩先生这篇序言很引人入胜，因为它不像正统文学史那么一本正经，所以短短一篇文章就引发了我这么多拉拉杂杂的话。拙文中的种种问题，已经不可能向他讨教，但是徐译在80年代后又再版了两次，也收在《徐志摩全集》中，想必有一定数量的读者，愿以此短文和他们切磋。

启动进步的一星烛火

魏明德（张令熹译）

若说有一件事让你对世界感到绝望，那就是：周遭大大小小的问题，似乎依旧留在那里，未曾得到解决。阿富汗让奥巴马辗转难眠；中东情势的演变越来越糟；应对气候变迁的协商拖拖拉拉；银行业者重拾他们不当的红利；贪污与短期利益仍阻碍多数国家转向能长远维系的发展；台湾的政治依然故我……哎，台湾的政治……而这清单可以无限延伸下去。

当然，若你更仔细地注视这景象，或许会感到还没有全然绝望。人们很容易忘记已达成的进步、已发生的突破，而我们都自然把焦点放在仍有差错的事上。更重要的事实是，多数问题并非一两着棋便能补救，需要长期、逐步增加的调整措施。尚未有人发现对抗癌症的疫苗，但各种治疗模式确实比以往——譬如说15年前——更为聪明和有效。人类以往一直都在混乱中"摸索着找到路"，未来大概也会继续如此。"摸索着找到路"不是电影的好脚本（我们爱看的是关键性胜利或惨败），但却构成我们日常奋斗的基本内容。

　　真正的进步往往是安静且审慎低调的，由我们内在微妙的转变开始，继而传播到周遭，如同一星烛火引燃其他火苗。举例来说：关于气候变迁的协商会议当然重要，而我们也需要新的法规。然而同时，人类若要克服这样的挑战，必须改变消费模式，意识到挑战进而导致行为改变；企业主须承诺改用可再生、非污染性能源，即使如此一来会涉及额外成本……这些改变实际上已在发生，正因一些相关人士及公司让它们实现。网络散播知识和概念，公众意见把这些转化成改变的力量，而地方领袖不时能够让整个社区动起来。

　　这样的结果绝非自动产生，而是始于个人，从心田里萌芽生长——这些人决定认真看待自己能实际回应的挑战，并且与心意相仿的人结盟。正如默观耶稣诞生于马槽一般，让我们感动的往往正是这些个人或地方团体的弱质：透过微型贷款而转型的巴基斯坦；动员起来抵制暴力的阿富汗妇女，一如数十年前爱尔兰妇女也曾如此；奋力维护自身认同及传统背景的原住民团体……吊诡的是，他们的弱质成了他们的力量，如同在告诉我们人生的基本原则：问题不是靠解决问题的专家就能解开，必须毅然找到根源着手处理，动力来自一场从"心"开始的革命。

在进步与退步之间

魏明德（杨子颉译）

　　"成功"的纹理远比我们想象的来得丰富和幽微，它是由挫折、失败和退步的棉线交织而成。我们对"进步"和"退步"的认知有着清楚的分野：例如从学生的成绩和名次可以看出学业的进步或退步；由经济指标可衡量一个国家的成长或衰退；过了一定年纪后，我们的体力和智能也会开始衰退……因此，我们就像是上下楼梯般地为自己评分，也以此衡量他人，衡量机构和社会。

毫无疑问，成绩、指标和测量法是有用的工具，但它们切入现实的方式，有时却会让我们看不见欲评估的现象的复杂性。举例来说，老年时能力的退化可以是圆熟的因子，只要我们能平静接受自己已进入一个年纪和疾病开始强加于自身的转型阶段。因为将过往经历和成就与目前能力的限制相互调合，反而能达到另一种前所未及的新境界；在这层意义上，倒退其实是前进。或者，当一国的经济成长摧毁了社会结构和社群赖以信仰的价值时，往往会带来文化和人文的衰退。至于学术测验，则很少能评估学生在智识、道德及情感层面的成长。人生混和着进步与衰退，如同稗子与麦子一起在田里生长一样，我们最好不要在收成前把他们分开。

进步与退步只在两者转换成另一状态的动态过程中才有意义。一个短期的退步往往触发长期的进步，这样的案例常发生在情感与情绪的成长过程中：情感的挫折经常导致一阵子的退转，心灵封闭了自我和自己的伤痕。但在沉淀之后，挫折便成为了解自我与滋养同理心的强大动力。一个忽略挫折且不愿经历退步的人，得承受一个风险，即他／她可能看见成功的可能性，却仍旧以失败告终，并活在与真实自我疏离的存在之中。

这代表进步与退步是一样的吗？不，毕竟我们还是想要为了成功而奋斗。但"成功"的纹理比我们想象的来得更丰富和幽微，它由我们的挫折、失败和退步的棉线交织而成，也由个人成就的光影和色调组合而成。当生命看似走下坡路时，让我们得以慰藉的是：我们透过理解真实自我的方式获得了进步，而最终的胜利在于，经由一连串形塑生命的奋斗与挣扎，完成了自身的独特性。

矛盾的遗产：卢梭与革命

鲁 进

从18世纪至今，关于卢梭与革命，一直存在相互矛盾的说法，最流行的一种是把卢梭当成主张社会革命的理论家，尤其把《社会契约论》当作武力革命的理论纲领；但是在熟悉卢梭著作的人中间，有相反的说法，因为卢梭再三声明反对任何暴力；更有人认为，不管卢梭本意如何，他的理论必须包括革命才符合逻辑。怎样解释这些矛盾的接受？通过分析他在1756年和1760年之间的通信录，以及同时期的三部奠基性作品：《社会契约论》《爱弥儿》和《新爱洛伊斯》，我们可以探寻他思想的统一性。

卢梭专家斯塔洛宾斯基承认，卢梭从来没有主张过暴力革命，但是他对某种革命情绪的形成起了决定性的影响。值得思索的是，这种影响是如何形成的？在《社会契约论》中，"革命"一词出现过八次，但是其中只有两次具有以暴力改变社会的涵义，两次卢梭都把它当作应当防范的事情。他认为暴力革命潜在的益处只可能出现在野蛮民族中，不会两次发生于同一个民族。这显然把法国和世界绝大多数国家排除在外了。有一些句子，如果断章取义地看，好像是在主张革命，但是放回原来的语境中意思就变了。比如，第一章第一节："当人民被迫服从而服从时，他们做得对；一旦能打破桎梏而打破它时，他们做得更对。"这句话似乎是主张暴力革命的，但是这句话是一个分句，它的主句是："如果我只考虑强力，以及从强力得出的效果，我会说……"而社会契约论的中心，正是要为社会制度提供强力之外的依据。一旦没有社会契约，就会回到无政府状态，那也是一种强权。

"人生而自由"被革命者当作一个很有感召力的口号，但人们往往忽略卢梭对自由的定义，比如说，在第1卷第8章里说："被欲望冲动所支配是奴隶状态，服从人们为自己制定的法律是自由。"从卢梭的通信中，我们能够看得出他对自由的向往和对奴隶状态的反对情绪。出身贫寒的卢梭当时接受戴比耐夫人的邀请，住在她的一座房子里，当戴比耐夫人需要去日内瓦治病时，她的百科全书派朋友们，尤其是狄德罗，都纷纷向卢梭指出他有义务随行，算是报恩。卢梭认为自己没有这个义务，因为他和戴比耐夫人之间相互的友谊是等价的，除非人们把她的金钱看得比他的时间更珍贵。自由就是在孤独中支配自己时间的权利，他不愿意有人来提醒自己对富人的义务，怨恨戴比耐夫人把自己当成了奴隶。卢梭并不主张绝对平等，这一点在第二卷第十一章里很清楚：他只希望没有人会富裕到可以购买另一个人，也没有人会穷到需要出卖自己。

在《爱弥儿》中，卢梭预见到了社会的大变动，他的教育理念是让爱弥儿具备不靠财产生活的手艺，因为任何财产和地位都有可能被剥夺。爱弥儿不会去参加也不会去反对任何革命，只要在动荡的社会中独立生存。在《新爱洛伊斯》中，沃尔玛夫人从不主张改变人在社会中的处境和地位，她仅仅致力于让她领地里所有的人都能快乐地各尽其事。这些观点都不带有什么革命性。

根据第三种说法，为了从不合理不平等的社会过渡到《社会契约论》中所描述的自由平等的理想社会，必须通过革命，不管卢梭自己是否主张革命。这种说法的毛病在于把《社会契约论》简单化了。卢梭从来不认为有任何社会制度适合于所有的国家，这正是第三卷第八章的标题。他一贯的思想，就是没有任何东西适合所有的人，包括自由。科学对于已经堕落腐化的人民是有益的，但是对淳朴的人们就会有害；可以在巴黎容忍戏剧，因为那里的人已经腐化了，但是戏剧在日内瓦就有害无益；知识会增强完善天赋的才能，但是如果本身没有天才，知识反倒会让人变得不通情理。在《关于波兰政府的论述》中，卢梭根据有关波兰国情的资料提出了一个他认为适合波兰的制度，目的是在稳定之上实行改革。"革命"在此文中出现过三次，每次都意指危险的、需要避免的突变。在写给瓦藤莱本伯爵夫人（Wartensleben）的信中，卢梭明确断言："一个人的血比全人类的自由价值更高。"尽管这个说法不无夸张，但卢梭对暴力的反对是始终如一的。

对一些向往公正和自由的读者，革命是实现理想社会的唯一途径，但这不是卢梭本人的想法，而人们在研究卢梭的政治和伦理思想的时候，也常常忽略他的宗教信仰。然而，阅读他的作品，我们会发现上帝的意旨在其中具有至关重要的作用，尽管卢梭的宗教观无论从天主教还是新教来说都不完全正统。面对社会的不公和人心的险恶，卢梭没有把革命当作一个途径，他用上帝的意旨来填补了空缺。在《爱弥儿》中他明言："如果灵魂是非物质的，它就能比身体活得更久，如果灵魂活得更久，就证明上帝的意旨很公正。哪怕没有别的证据，单凭世界上恶人得胜、义人受压，我也不会怀疑灵魂的非物质性。"这正是卢梭和伏尔泰思想的区别所在，当伏尔泰看见世间的苦难时，他会痛苦地质问上苍；面对同样的问题，卢梭把希望寄托在上天，所以他斗胆在1756年给伏尔泰写信批驳《里斯本地震哀歌》，表示对灵魂不朽的信仰，因为他"今生受苦太多，不可能不指望另一生"。灵魂的存在成为卢梭调和上帝公正和世间苦难的唯一途径,在《爱弥儿》里他强调,衡量公义与道德的依据就在我们的灵魂深处,那就是我们的良心。而良心总是远离世界和喧嚣,它喜欢幽居和寂静。最重要的伦理法则,是不要伤害任何人。一旦我们全面了解《社会契约论》,认清宗教在卢梭思想中的地位,我们就会明白,不管是卢梭的本意还是他的思想逻辑都完全不包括革命。

放胆思考

魏明德

在思想的牧场上嬉游

思考,真正思考的人,好像我认识得并不多。在思路上勇往直前,不在乎风险,放胆去想的人,我认识得也很少。相反的,我遇过一些有学问的人,懂得将自己所学写成前后连贯的评论。我也遇过一些人,我不得不赞赏他们的博学。对于熟稔技术方面知识的人,我也十分钦佩。

虽然有些人宣称自己不属任何学派,不受任何人影响,然而他们知道自己身归何处。从何开始,从何结束,他们本能地知道自己思想天地的界线。他们激扬自己的才能,在思想的牧场上嬉游,不需要依赖电线。思想天地有的大,有的小,虽然他们不会说出自己天地的宽窄,但他们认为"思考"这样的活动需要不断被确认、重复、停驻。

这样说好像表示我自己是个懂得放胆思考的人。其实我只是懂得依赖某些珍贵而看来不连贯的经验。然而,我觉得有必要检视这些片段的经验,重新回顾出新意义,思考今日什么是思考。而且,我还要探索"思考"的欲求,它如何在片刻内乍现又远远而来,给我们清晰的思路?我觉得似乎必须把这些问题弄清楚,我们才能学会思考或是说重新学会思考,往后我们才能思考得更深、更全面。

思考这样的行动，首先必须将过去自认为学到的东西凝固，了解"思考"这样的行动如何在我内结晶，就像物质从液态形成晶体的结晶过程，"思考"如何以最简洁、最剧烈、最具争议或者说最软弱的方式在我内开花结果。我再拿这些结晶进一步审视、推敲、凿刻，或者弃绝，或者重新建构新思想。

思考，就是寻找入口与出口

到底思考是什么？思考，就是开始。这一天，思考撞击我信念的起源，同时撞击他人信念的源头，我决定开凿自己与他人的内在矿坑，直到见光为止。思考，就是寻找入口与出口（两者是同一回事）。平日，找不到任何进出口；隔天，在隧道里开挖，重新开始找。出入口会挪移，想法总是在开始的时候更换新貌。

思考，也就是在我的思考里不能舍弃我自己的存在，思考动员我的身心，我的性情与才能，如记忆、才智、自由、欲望……我面对自己，重新找到自我。我必须面对形塑我的一切质土以及过去的点滴，并与之战斗，有时激烈，有时和睦。

我必须走到真理的前锋，不当停滞的死水，而是灵动的存在。真理将与我个人的生命体验奏出和弦，让我自己的生命光亮，并给予过去的生命一个意义。

思考，就是不欺骗。对于思考行为的两难，拒绝采取漠视的态度。思考，就是重新踏出开始的步伐。

分与聚，朝向本源流动

思考，将三整合为一：生命、真理、生命与真理相通的道路。

思考，就是敢于新生。

新生是什么？新生，就是诞生。思想诞生，生命诞生，我生命的真理诞生，他人生命的真理诞生。在一片黑暗中，在通透的光中，呼喊、微笑、说话……

思考，就是敢于孤单，不断寻索箴言。瞬间，我与他人有了联结，火从石里喷燃，他人的生命与我自己的生命通向同一个起点，同一个起源。思考，就是离分；思考，就是聚合。

思考，就像火一样，熔毁、苗旺。思考的体验，集结了哲学家、科学家、神秘家、艺术家，简单说——男人与女人，这些人不断寻索如何活跃思想的跳动。真正的思想超越学科、知识，朝向本源流动。

思考，就是敢于放弃、抛弃、重新开始，在思想不断更新的律动中寓居，离居，深居。思考，就是冒险。对于我思想的起源、视野、思索的对象，敢于赋予生命，使之燃而不灭。

专注，明确地前进

思考，简单来说，就是专注两个字。做到最高点，就是纯然的专注。明确地定义与前进：思考，就是保有警觉心，避开陈腔滥调，避免逻辑失误。对于使用的字词，注意其意义与影响，注意对方的反应……专注是思考的良友，纯然的专注来自静默，字词、影像、光逐一跃出。专注等同于欲求，胆子是思考的基础。

思考，就是呼吸

思考变成了律动，传达了书中的词句、绘画作品中的线条、音乐的旋律、静坐冥想者的呼吸。如果找到了这样的律动，思考就变成一个自然而然的行为。思考，就是呼吸。思考的律动传递出思索对象核心的涌动，思想随之跃然。思考与被思考物来自同样的源动。

有信仰，就不必思考？

有信仰的人往往不敢跨步去思考，好像思考是一种禁忌，以为信仰本身禁止思考，或是说信仰本身代替了思考。某些有信仰的人，可能会认为信仰得多一点，就可以思考得少一点。

真实的信仰只会提升思考。若没有思考，没有批评，没有确立，信仰本身便无法成立，只会成为情感、知识上相互取暖的崇拜中心。真正的信仰不怕挑战与更新，原来上主和我想的不一样……真正的信仰等待思想前来挖掘，深凿，净化，赋予新的生命。真正的思考不是死硬的，它会带来生命，它会助燃火苗。

思考的铺陈属于智力的活动。但这样智力的活动需要意愿、欲求、想象力同行，才能往前推展，甚至在思考之前，就必须要有这样的特质，为思考这样的行为铺路。整合这些特质时，切莫忘了批评的视角。如此，思想将会越深越宽广。如果只有固定不变，思想会失去延续的起点。这是理性、意愿、爱的共通默契：思想在直觉中开始，在直觉中达到圆熟，一旦思考起身而动，瞬间打动真实人心。

纯然的专注，涌动着没有杂质的爱

前面说过，思考最高致的表现是纯然的专注。这就是爱，没有杂质的爱。一片汪洋里，爱与思考的律动逐浪。纯然的专注变成事物核心的真实存在。直觉，预知事物存在的闪光。

吊诡的是，通过专注的力量，信仰、思考、爱三者涌着律动，新浪追前浪，律动的海心是信、望、爱的欲求。这三者的涌动越是汹涌、变动、迈向浪头，就越朝向平静、歇息、合一。

越是封闭，悲伤就越有养分

思考是一条道路。当我们铺陈思绪时，发现思考无所不在。思考让你安憩，思考让你活跃。思考是否定，思考是肯定。思考回归本源，思考走向熟满。思考在远方，思考在当下。思考是舍，思考是取。思考是孤寂，思考是与他者合一。

思考不苍白，也不哀伤。思考的底色是欲求，载满了喜悦。思考对战忧伤。越是封闭，悲伤就越有养分；越是不思考，悲伤越是茁壮。悲伤在你内反刍，悲伤是不思考的一项产物。

放胆思考，勇于新生。吸润空气、光亮，切莫停步。切莫畏惧喜悦的诞生。

如孩子般，找回思考的火苗

为什么思考？我们如何开始思考？也许，更正确的是，我们应该问："为什么我们不思考？""我们怎么不思考了？"发问、惊讶、寻思，这对孩子来说都是很自然的事。

思考是很自然的事，但我们必须不断学习思考。这和绘画很像，大家小时候都有拿笔涂鸦的创意，长大后才发现需要学习用笔用色的原则。我们因为急着接受教育，急着长大，人生初期的火花转瞬间沉入地下，被埋在瓮里，然而这样的火花并没有熄灭。有一天，火苗将旺盛、燃烧、照耀。

答案不是结束，是为了寻找更宽广的答案

我梦想的教育是，对于孩子的提问，给的答案都能够帮助孩子思索，不会把孩子关在笼子里：不但能满足孩子的好奇心，而且启发孩子更多的好奇本性。也许这样的教育一开始不会为人所接受，也许一开始孩子对这样的答案一点安全感也没有，因为他们得到的答案让他们知道自己必须去探索的竟是无边无际。也许人生某个阶段我们必须停下来，只去学习而不要去思考。

停顿，中断思考的智慧

但是，可别把这个想法当成人生的全部。思考和学习相辅相成，不过我必须指出两者的心智活动不外有一个竞争关系。思考无法分分秒秒，思考是一种智慧，懂得停止思考更是一种智慧：统整片面学到的知

识、信念，享受与人同在的情感交流，过日子，沉睡，做梦——梦想与思考有一定的关联。思考是一项行为，思考是一个行动，世上没有一个活动是可以连续而不中断的。睡眠时虽然呼吸，但也有起有落。

渡越，探索万物

学习，学习思考。

思考有岁数。

思考，渡越。思考是为了渡越，渡越是为了思考。

思考有岁，想法有品。

一开始，实践先于思考，渐渐地智慧与方法累积交织，适于探索万物。

思考，有时是为了放空。

心灵的记忆

昆德拉与往事

鲁 进

记忆是昆德拉小说的重要主题之一。在他笔下,记忆仅仅能存留所有往事中微乎其微的部分,不可能真实完整地重现过去,在往日发生的所有事中,我们只能记得一些支离破碎的片段,不得不用想象和推理来重构事情的前因后果。正因为记忆的高度选择性,所以在昆德拉小说中久别重逢都是不愉快的,因为人们不可能有同样的回忆,而且各自在对方记忆中占据的位置也有很大的差别,造成新的伤害。只有共同生活的人才有可能通过日常对话保持同样的回忆。《无知》中的伊莱娜在离开捷克20年以后,许多往事都遗忘了,昆德拉还用尤利西斯的经历证明即使最浓烈的乡愁也未必能保存记忆。从他的第一部小说《玩笑》起,遗忘就是一个重要的主题。时间必然带来遗忘,让过往的一切都无法弥补,同样的词也不再具有同样的意义,同样的景物失去了当初的内涵,人们在转换的场景中扮演着其他的角色,无论是报复还是原谅都那么荒唐,那么无济于事。

因为遗忘，人们对往事可能有追忆和弃绝两种截然相反的态度。《笑忘录》中的塔米娜设法托人从捷克带回自己的日记和与亡夫的通信，以便找回往日回忆的框架。在她心中，这些值得保存的记忆比过往生活中所有的人都珍贵，超过自己的父亲和兄弟。塔米娜的悲剧在于，她无法找回过去生活的记录，只能无力地任凭温情的回忆被令她厌恶的回忆湮灭。然而，《无知》里的约瑟夫读到自己旧日的日记时，不但对很多事情已经毫无印象，而且完全不能接受甚至十分厌恶日记中那个年少轻狂、顾影自怜、矫揉造作的中学生。他最后把日记撕碎，扔进了废纸篓，彻底弃绝旧日的自我：他不想把自己和那个家伙混为一谈，也拒绝对他的语言和行动负任何责任。

和人生一样，历史也是有选择性的。昆德拉最关心的是文学艺术的历史。历史未必能公正地评价艺术家及其作品的价值，因为他称之为"细菌"的某些微不足道、平庸可厌的东西会起到与其价值不相配的作用，所以，艺术家的"遗嘱"才会经常受到背叛。他认为艺术家的价值应当由他成熟时期的杰作来衡量，而不是他所有作品的总和。米莱克想从旧日情人那里取回从前的书信，因为他无法接受自己曾经爱过那个女人，对他来说，人生就像一件艺术品，只有毁掉这些书信，才能保持它的完美，就如小说家有权修改自己的小说一样，米莱克认为自己也有权删改自己的历史。他憎恨年青时的自己，也为那些充满谎言和陈词滥调的书信感到耻辱。

关于往事，人生和艺术其实不能完全等同。作家的确有权利修改自己未发表的作品，但是一旦发表，连自己也不能改变它的轨迹。而修改过往的人生实际上是不可能的，无论遗忘或是记忆，发生的一切已经在周遭所有人的生活中溅出了水花，留下了痕迹，这一切虽然已经被时间变形，但我们还是无法把它销掉。过去的日记可以扔进废纸篓，或者付之一炬，但是过去依然存在。对于往事，诚实的态度是：反思、淡忘和原谅，无论对人还是对己。也许，不加删改地直面往事，会让昆德拉的作品上升到新的高度。

心灵的体操

魏明德

体操使我们变得强身柔骨，心灵的体操帮助我们达到内在的成长。退省，又称为避静，带领的人会给予退省者默想的材料。退省者找合适的地方静坐，定下心祈祷，或者照见内心，或者与神晤谈。

28岁的时候，我进入耶稣会初修，开始耶稣会士修行的第一个阶段。我的初修地在法国，那个地方离里昂不远。我那时早已写过不少作品，主要是诗和评论。我常常梦想着有一天能画画，却不敢对自己说得太清楚，因为我的视力很差。我觉得我应该是永远学不好画的。

我后来竟开始写书法、画水墨画，跨出这一步，依靠的是两个重要的体验。一个是我来到亚洲，与华人世界交会。一个是圣依纳爵·罗耀拉（Saint Ignace Loyola）的"神操"（Spiritual Exercise），通常也被称为"内在的感官"的操练法给我的锻炼。

不同的灵修传统有不同的操练法，来拓展默想、苦修以及内在的成长。这些操练法是性灵成长重要的催化剂，使得参与者投身、进入一个真实而个人的体验。一个灵修传统若能发展得越来越深厚，重要的不只是修行的方法，修行应该成为迈向自由的途径，才能够得到应有的意义。

初修之前，初修两年，以及升为神父后所做的退省，让我一步步探索《神操》的灵修方法，慢慢学会并加以活用。《神操》是圣依纳爵撰写的一本小书，这本书意在帮助退省者进入灵修的体验。

神操的意思很容易懂，就像体操使我们变得强身柔骨，神操希望帮助退省者通过性灵的操练做到内在的成长，使得退省者更加接近受造的目的。一般来说，圣依纳爵的神操分为四期，前后共需要一个月的时间，但是五到八天的避静也足够让人体验神操的律动。

对于正视内心交战的人，神操的操练法肩负重任。退省者逐渐明了默观的锻炼帮助我们做出日常生活的决定，退省者的生活于是得到全面转化。

行动与默观并不是没有交集。相反地，行动与静观构成一个空间，独一无二，神化为万物，任人探求与品味。

旅程的延伸

魏明德

选定一个旅程的地点，随着心灵的注视、倾听、品味，继续前行。

圣依纳爵《神操》的操练是一趟灵修之旅，常常需要记忆与想象力的帮助来实践。凡是投身灵修之旅的人，必须带着自己的一切出发：回忆、伤痛、梦想、与他者建立的关系，以及自身的限度。带着自身的原罪与欲求，以及交流中累积的经验，随着天性与后天学习的创造力，人和天主较量。

通过我生存的真理，我的身体，我的记忆，我的信德与活力，我与天主相遇。

在记忆、想象及意志等等力度充分发挥与施展前，圣依纳爵提出一个操练的步骤："从默想到默观。"

默想是针对一个特定物，有意识投注个人的信德，对象可能是《圣经》的一段经文、一篇祈祷文、一篇赞美词，或是自己的一段过去。这样的操练必须藉助预先设想过的"地点的草图"，那可能是我认识的一个地点，或是自己想象的一个地点，勾勒默想的底色。

接下来，我的德能逐渐聚合，逐渐进入体验真理的锻炼，带我走到更远的地方，越接近光亮。在退省的过程中，默想很自然地转向默观。

默观随着"五官的运用"而前行。默观可说是更加潜化的默想：退省者运用自身的信德，对一个特定的主题，更深刻地去品味其中的一个细节、音色、脸孔的表情，在退省的过程中特别使得退省者念念不忘的，比如马槽、十字架、复活等。

这样深化的过程逐渐描绘出一条灵修体验的旅程，影像与象征因而占了重要的地位。默观的场景是可以重现的，这也是为什么圣依纳爵提出"五官的运用"。通过听觉、视觉、触觉、嗅觉、味觉，默观的场景自然而然地重现，这是默想所达不到的境界。

于是，你身居默观的场景，双眼看见马槽旁或是环绕十字架的人群，双耳听见场景里面人们说的话。你看到诞生与死亡，你闻到乳汁，你尝到血水、汗味，甚至不乏抚触的体验，就像圣依纳爵说的："抚触人们行经之地，抚触人们入座之处。"

漂流的伤痕

失去的照片

鲁 进

塔米娜最后一次环视小小的公寓。她已经拿好了自己的衣服、书和电脑，世界上也就这些东西属于她。一定要在他回来之前离开，该说的已经在留下的信里说过了。塔米娜想到他发现自己搬走后的反应，突然觉得心里很痛，那痛来自于想象他的感受。这样一来她就不忍心把照片也拿走。塔米娜心想照片是属于两个人的，从21岁到29岁几乎所有的照片都是他照的，最好等大家谈好以后心平气和地各自拿走自己的，至于两人的合照，那就随便他好了。她没想到一念之差会给自己的心挖上一个无法填补的洞。

那以后的一年里，他们见了很多次面，每次都是他来找她，要她回去，她问他要自己的照片。就像他们所有的谈话一样，这个话题也是无限循环式的：

——你应该把我自己的照片给我,因为那毕竟是我的。

——那都是我照的!

——那你至少给我一部分,这算公平吧?

——不行。你丢三落四的,我不放心。所有的照片都完整地保存在我这里,你总有一天会回来的!

——我真的不会回去了。已经给你说过很多次了。

——你以为会找到一个比我更爱你的人?你都快三十了,怎么可能?只有在我眼里,你永远像二十一岁时一样漂亮。

她这时就没有心思去想谁会爱一个30岁的老女人,只想把21岁时的照片要回来。你留着我的照片有什么用,将来你的太太也不会答应的。他说他会永远等着她回去。

她意识到这个僵局是无法打破的:她搬出来了,他没有办法让她回去;他拿着她的照片,她也没有办法让他还给自己。她从来没有去找过他,因为庆幸自己搬出来了,但是他来找她时,她总抱着一线希望想把照片要回来。就这样循环往复,直到她搬到另一个远远的地方去工作,没有留下地址。

塔米娜从此不喜欢照相了。她以前照相时,有时候微笑,有时候沉思,有时候调皮,有时候乖巧,都很自如。现在她首先觉得笑不出来,或者笑不真切。她既然笨到连二十多岁的照片都弄丢了,再照又有什么用?每个人的青春都会过去,和谁一起都会过去,可是有谁会笨到连青春的影子都留不下?她觉得有人在自己的生命中挖了一个大窟窿,而且恰好挖在最美丽的地方。

几年以后,塔米娜在办公室时,突然接到从前一个老朋友的电话。那时互联网还没有那么发达,除了电邮,其他的联络方式都还没有。塔米娜不喜欢被人找到,连家里的电话也不在白页上。老朋友不肯说是怎么找到她的,但他是电脑专家,大概想找谁就能找到谁。他说自己一直记着她当初的模样。塔米娜体会这话的意思就是永远不想再见到她。她又想到了那些照片。老朋友觉得这么多年了，要回自己的照片不会有什么问题，答应帮忙。

过了一段时间，老朋友来电话了。

他结婚了，有两个孩子。这很好，他孩子越多，塔米娜越高兴。他没有办法再把照片放在家里，所以寄放在妹妹家。这一点塔米娜也想到了，这更好，还有什么理由不还给她呢？

他妹妹把照片放在地下室了。有一年发大水时地下室淹水，把照片淹坏了，只好都扔掉了。

手　腕

魏明德

她吃冰淇淋的顺序总是不变：先是香草，然后巧克力。她会先将香草完全歼灭，然后才开始攻击巧克力。她真的做得很彻底——当她把注意力转移到巧克力上，盘中或杯里必然已经连一抹白色的痕迹都没有。他对冰淇淋的选择就没有那么容易预测，不过最后通常会点绿茶和草莓。他每吃一匙绿茶，之后一定会去舀粉红色的草莓，仿佛这当中有什么微妙的平衡非得保持到最后不可。如果他大胆连吃两匙绿茶，接下来一定也会连吃两匙草莓。

不用说，他们两人真是绝配。

她的左腕有一道伤口，很深的一道切痕，但她对此绝口不提。她也会抱怨右腕很紧，那是输血所造成的。而他想，那大概是左腕不知出了什么事之后紧接着进行的输血。他得经常提醒自己不要去握到她的手腕。他们开始在冰淇淋摊碰面。而他每次看着她，便隐约觉得她对香草决不宽贷的处置，应该与手腕上那既深又长的伤口、那失去的生命和实质有关。而她随后对巧克力所展开的攻击，就仿佛是在补充血液和生命力，虽然疼痛，却又不得不然。

他常感到好奇，不知自己何以总是选择颜色清淡柔弱的冰淇淋，又为何在铲光最后一匙之前，总要在盘中维持着等量的绿色和粉红色。在目睹那惨烈的香草巧克力戏码之前，他从来没有注意到自己奇特的举止——他总是设法维持平衡，总是想要让所有可能选项都保持开放，直到实际上再也没有时间做出什么选择为止。这样的发现令他深感困扰。他也会偷偷检视自己的手腕，仿佛在寻找一道从来不曾存在的切口。那不存在的伤痕反而好像隐藏着一道更深的、看不见的伤口，一道除非先切开了宛若新生的肌肤，否则永远不会治愈的伤口。

他没有打算切开自己的手腕，只是试着要挑战自己吃冰淇淋的顺序，比方说，先吃掉整球焦糖或开心果，然后才转而吃第二球。但改变习惯让他不太自在，觉得不再以外交风范处置两种对比的口味，味觉上的精巧平衡也就随之失去。而对于这种有心没意地改变人格特质的行为，她并不怎么赞许。于是他很快又再回复到原先的老样子。

冬天来临时，她穿起长袖衣服，遮住了手腕，而天气也已经变得太冷，不再适合去冰淇淋摊了。

法语区域文学的困境与超越

鲁 进

法国学术界和出版界常常把"法国文学"（littérature française）和"法语区域文学"（littérature francophone）划分为两部分，甚至隐含"中心"和"边缘"的关系，尽管按逻辑说，前者应当是后者的一部分。"法语区域"（Francophonie）是一个新词，于1880年由法国地理学家奥讷希姆·荷克吕斯创用，但直到20世纪60年代才在后殖民的政治文化背景中逐渐盛行起来。它是个集体名词，包括世界上通用法语的所有国家或地区，并且组成了一个具有正式宪章的国际组织。然而，文学上的法语区域在很大程度上超出了地理范畴，因为它是一个由全世界讲法语的人组成的不受国界限制的空间，法语作家不一定来自或者生活在通用法语的地区，比如诺贝尔和平奖得主埃里·韦塞尔出生在罗马尼亚，生活在美国，但是主要用法语写作。法语区域文学包括的范围很广泛，其共同特点就是用法语写作，但是作家和语言之间的关系却千差万别。对于加拿大法国人后裔来说，法语代表他们的文化本源和自我认同感，他们对法语的热爱和保护，往往超过本土法国人。一个比利时法语作家可能觉得自己和巴黎的文化距离比和本国的法兰德耳地区更接近。然而，前法属殖民地的作家对法语的感情就往往不免爱恨交加：法语可能是一个不得不用的写作工具，或者是从殖民者手中夺过来的武器；它一方面让自己的作品得到广泛的传播，一方面又可能给土著语言带来冲击。

法语区域文学可以被看作是一个属于所有运用法语者的广阔的领域，也可能被认为是对非本土法语作家的排斥，因为它专用于出生于法国本土之外的作家。更有意思的是，一个作家即使出生在法国本土之外，比如出生在阿尔及利亚的加缪，因为父亲是法国（白）人，自然就是法国作家，相反，出生在海外地区的非白人作家，尽管有法国籍，也通常会被称为法语区域作家。此外，一个用法语写作的外国作家一旦入选法兰西学士院，那么书店往往就会把他的作品排入法国文学之列。正因为此，阿曼·马洛夫才在2006年写下了《反对法语区域文学》一文，2007年又出现了由包括马洛夫在内的44位作家签名的《拥护法语世界文学（littérature-monde）》的宣言，反对"法语区域"的概念，因为这个概念作为殖民主义的最新体现，把法国看成法语世界的中心，把非本土法语作家当作边缘化的点缀，认为"法语区域"是一个虚拟空间，只有"世界"才是一个真实的存在。这份宣言也是对法国现代理论界和批评界的反叛，召唤作家们走出"怀疑的时代"，毫无怯懦地运用小说的各种手法，面对世界去开创新的艺术道路。然而，法语区域文学也有自己的拥护者，包括一些非本土法语作家。他们认为法语区域文学和法国文学之间存在的是一种相互交流和丰富的关系，"法语世界文学"的概念无视语言和民族的特殊关系，否认非本土法语作家和法国作家的文化差别。也有人认为"法语世界文学"和"法语区域文学"根本就没有什么区别，都代表全世界运用法语的人创造的文学。

在法语文学中，来自非法语地区的作家属于比较复杂的情况。他们的母语不是法语,也不来自于任何法语地区,而是在成年以后选择了法语,其中较著名的有昆德拉、安德烈·马基内、程抱一、南希·休斯顿、戴思杰、瓦西里斯·阿勒克萨奇等,也许是为了让自己的作品能够不经翻译与更多的读者直接见面,或者以更主流的身份纳入欧洲文学的范畴,也许是出于对法国文化的崇尚和认同,也许是出于对母语和母亲的反叛,也许是人生际遇的自然结果。因为不能简单把他们归类到一个特定的国家,很难从文学史现成的模式中找到一个适合他们的称谓,连他们自己也没有统一认识,我姑且叫他们跨语言法语作家。跨语言这个概念来自凯尔曼(Kellman),用于成年后改换写作语言的作家。昆德拉认为自己是法语作家,作品属于由歌德提出的世界文学(Weltliteratur)的范畴,这里世界文学不是各个国家文学相加的总和,而是在文学价值方面互相影响的作品所属的共同历史,一个共同视野下超越国家民族的大背景,是欧洲文学的延伸。这个概念把那些和欧洲文学没有关联的文学作品排除在外了,有欧洲中心之嫌。程抱一先生的法文作品是建立在中国文化和法国文化的对话基础之上的,和地理、政治上的"法语区域"没有什么契合,尽管他曾经获得过法兰西学士院的法语区域文学大奖。马基内提出"法兰西特性"(Francité)这个概念,它代表法国文化的精华,是世世代代作家共同创造的财富,一个作家不需要出生在法国,就可以通过自己作品的本质属于这个范畴。

跨语言法语作家很多人都做过比较文学研究或者翻译工作,也经常自我翻译。他们第一部成名法语小说的主题通常和法国有关,如昆德拉的《慢》、程抱一的《天一言》、马基内的《法国遗嘱》、阿勒克萨奇的《巴黎—雅典》、戴思杰的《巴尔扎克与中国小裁缝》。他们会比前法属殖民地作家更强调与法国的文化联系,也经常会讲述自己逐渐掌握法语和认识法国文学的历程,讲述自己和两种语言、文化的关系。流亡是文学中常见的主题,但是跨语言法语作家的流亡常常和语言的选择联系在一起。休斯顿在《断层线》里讲叙了一个令人心碎的语言流放的故事:

埃拉六岁时发现自己是德国人二战中从乌克兰抢劫来的婴儿，从小生活的德国家庭原非亲生，她永远失去了母亲，也失去了母语。埃拉后来成为一个著名的歌手，但她只用自己美妙的歌喉唱无字之歌，拒绝选择任何语言。在法语里埃拉（Erra）这个词的词根就是流浪。在全球化人口流动的浪潮和信息跨越地域限制的背景下，文化认同感不仅取决于我们出生和生活的地域，而且也取决于我们相遇接纳的语言和文化。

未完成的印记

魏明德

作品是圣境、渡口，为的是走向开阔的天地。

我结识很多艺术家，他们有的立足于自身道家传统的基础上，有的汲取佛教传统的源流。当我研究道家思想，用书法写出庄子或是老子的言论时，对我来说，就是一个跨宗教的体验。

跨灵修相遇，我祈祷更宽广的地平线

这种跨宗教的体验，可说是一种"原始"的体验，这样的体验并不是通过完整的辩论，也不是来自和各方公认的灵修大师对话的结果。对于这样的方式，我抱持保留的态度。不过，学习气功的入门把我的祈祷带向前方。跨宗教的实践和绘画上的实践两者是合一的，也许我应该用"跨灵修"的体验比较恰当。但我能够确定的是，跨灵修的相遇转化了我自己的心灵景色，而我心灵的景色相信也转变了因画结缘的友人心中的景色。

到中国大陆以前，我常拜访一位隐士，他离群索居好几年，我常常想起他对我说的话。我想知道他从神那里学到了什么。他对我说："我从神那里学到的，就是祂永远不会一成不变。"这句话无法交代他所有的体验。如果他无法体验神的不可捉摸，如同神的实在，他就难以坚守他所选择的道路。但是这句话也精确传达出一种永远日新又新的惊喜，他越熟悉神，越不敢怠慢轻忽。

离一切相，圣境是一个渡口

中文的用词提供丰富的比喻和新字，成为我书画灵感的来源，并培育我的灵修体验。老子在《道德经》第五章谈到天地之间的橐钥，《庄子》首篇提及海中大鲲化为天上大鹏，《金刚经》第十四章说："应离一切相，应无所生心。"这些见解引发我内心的共鸣，让我的美学探索更上层楼。我在前面说过，作品让我发现一个圣境。中国的古文使我明了圣境是一个渡口，有如河中的浅处，为的是走向开阔的天地。

宇宙的真气，大鲲的鳍一开一闭，大鹏的双翼拍动，荒地是所有灵修地的滥觞。一切直指一个"无"地，每次我们要确定三王朝圣的地点，这个地方就仿佛不见了。绘画作品是一种示众，让大家思考诞生的过程，而非诞生的结果。品味创作的苦涩、喘息与希望，共同来到未完成的地点。绘画的美学应该是懂得如何表达"未完成"。中国水墨画家都明了作品中的"空"传达的是静谧与高妙。

异与同之间，我们的居住地

同样的，未完成也是宗教交流的印记。来自不同传统的男女，彼此的对话正是白日与黑夜的搏斗。大家必须承认每个人在同一艘船上摸黑前进，大家也必须承认黑夜使得道路难以分辨，我们被困在河洲上。没有人能催促诞生的脚步，"痛苦"和"未完成"是过程中的两个印记。

我的作品汲取中国灵修传统的泉源，作品的阶段性说明对话仍有待完成。更大胆地说，我的作品可能是一个过渡地。雅各布伯搏斗的夜晚，神性被视为他者，神性被视为一个个体，被人抱紧不放。心灵与宗教的相遇，在异与同之间紧绷到极点。我一挥笔，我身居此地，我身无所居。

时代的理想人格：18世纪法国哲学家

鲁 进

对18世纪法国有基本了解的人都认为自己知道什么是哲学家，谁是哲学家，一般会把哲学家和百科全书派等同在一起，最可能记得的名字是伏尔泰、孟德斯鸠、卢梭和狄德罗。这个简单化的答案尽管通行，却不符合18世纪法国文化生活的现实。的确，伏尔泰和狄德罗都公开以哲学家的头衔自居，但是孟德斯鸠不以此为荣，尽管他被当时许多人当作哲学家的典范，而特立独行的卢梭自始至终拒绝这个在他心目中带贬义的称号。更多的人觉得伏尔泰是个杰出的诗人，根本不是哲学家。哲学家的涵义在18世纪发生了很大的变迁，法国文坛的论辩中，有相当一部分恰恰就针对这个问题，同时参加论辩的人几乎都认为自己是真正的哲学家。可以说，哲学家是一个具有象征意义的头衔，它丰富的内涵囊括了18世纪法国人普遍憧憬的理想人格。

哲学家一词的多义性，从它的词源 philo-sophia "爱智慧的人"可见

舞在桥上

一斑，因为 sophia 一词从希腊语开始，就具有丰富多样的涵义：工艺方面的技能、与人相处的艺术、生活方式和伦理、科学知识，或者理解各异的智慧，这就为哲学家一词后来的发展既保留了空间，又划出了弹性的范围。今天人们之所以往往赋予启蒙时期哲学家单一的涵义，是因为思想史上某一类型哲学家的光环遮蔽了它在18世纪的多样内涵。实际上，人们相对熟悉的狄德罗和达朗贝尔主编的《百科全书》里"哲学家"一文是发表于1743年的一篇匿名文章的节选。这篇文章有很多不同的版本，但共同特点是认为哲学家彻底反对任何形式的宗教，同时具有高度的理性和社会责任感。《百科全书》的版本在宗教问题上口气稍有缓和，体现了应付审查和集体著作不可避免的妥协。纵观18世纪法国思想史，把这个几乎人人追求的称号让某一群作家独占，未免有失公允。所有自称哲学家的人，包括那些被称作"哲学家敌人"的作家，都具有共同之处：对人类感情和社会性的肯定，对理性和思考的重视，对事实和经验观察的强调，对科学文化的认同。然而，在此之外，他们也有丰富的特殊性。只有深入渗透不同思想家的特殊性，我们才能把握这个游移复杂的形象。正因为哲学家涵义的多样性、丰富性和模糊性，它才有足够的张力和弹性总括同时代人不同的理想，成为思想倾向相异的众多个体认识自己的棱镜。与其说是某一派的胜利，不如说是时代的共识，使法国18世纪成为哲学家的世纪。

马利沃是我最喜欢的作家之一。很少有人把马利沃称为哲学家，尽管他写下了《贫穷的哲学家》《哲学家的书房》，而且他的"法兰西观察家"自称为哲学家。他认为真正的哲学家是一个独立思考的人，他会注意到极其精妙细微的事物，因此必须用创新的语汇去作准确描述。对语言与思想关系的探索使马利沃在18世纪备受非议和讥讽，也是他与我们时代的哲学家和文学家不谋而合的共性。此外，马利沃又是基督徒，他把那些拒绝相信神的作家称为"所谓的哲学家"，他们过分骄傲，不懂得理性的局限性，只懂得几何式系统思维，而不具备精妙灵敏的才情。有关18

世纪哲学家的讨论不可能回避基督徒和哲学家关系这个问题。因为一部分百科全书派作家的影响，人们往往认为18世纪哲学家必定是反对宗教的，但当时有"基督徒哲学家"之称的，大有人在。他们当中的很多人思想很宽容，比如伏尔泰的敌人、孟德斯鸠的崇拜者弗雷龙。他相信灵魂的存在和灵性的生活，认为思想是自由独立的灵魂的属性，反对宗教迫害，对洛克和莱布尼兹的信仰都能接受。在认为自己是真正哲学家的耶稣会学者与其他哲学家之间，也有不少相合性，他们都相信人的社会性，相信人能够根据自然伦理做出善美的行为，相信科学和文化在人类思想发展中的良好作用。同时即使在百科全书派里，彻底的无神论者也极为罕见。在欧洲历史上，从柏拉图和亚里士多德开始，理性的层面和神性的召唤就是密不可分的。

哲学家一词在18世纪不是一个抽象的概念，而是内心深处真切亲历的体验。它不意味着专门知识的训练，而代表一种重视思考的生活方式和人文理想。不同的作家在有关哲学家定义的争辩中，深刻地思索和表达它的内涵。哲学家这个词的生命力，来自于它具有随不同历史文化背景而变迁和适应的内在特质。孔子说："君子不器。"哲学家是通人，符合"君子"的定义。我们生活在学科高度专门化的时代，商品经济需要把绝大多数人变成只具备技术知识的专业人士、可以任意置换随时裁掉的企业员工、社会机器上的螺丝钉、欲壑难填的消费者，总之一句话，变成工具。当我们的分分秒秒都用于争取现时的利益或应付紧迫的需要，我们就不再有时间去陶冶我们的心性、滋养我们的本质、反思我们生活的环境体系，于是就在增长产量的压力下成为不断吐网、内在贫瘠的蜘蛛。如果我们时代的人要寻求一个值得向往的称号，那会是什么呢？

舞在桥上

智慧与启示

魏明德（鲁进译）

智慧与启示通过语言的创造交会为同一个经历

常有人指出，《智慧篇》是一次写作实验，它用希腊语写于亚历山大城，总括共同智慧的范畴。"写作实验"恰如其分地形容了一切智慧内容在特定文化中的涌现。《论语》《道德经》和《庄子》（每部著作都惊人地相异，和《智慧篇》同样独特）的文学形式在另一个背景下确证了这一点。可以说，智慧寻索自己的词语，忠实表述自己的词语，"验效"自己的词语，让自己在听者心灵里降临和觉醒。同样，《约翰福音》的写作是"为了让你们信他（……），并得到生命"（第20章31节）。语言的创造是智慧突现和信仰启示的共同特点，表现在作者用独特的词句营造语义效果，同时预备继续唤起听众或读者丰饶的感受。

智慧与启示的共同线路在历史上是通过翻译来显扬的。正如在古典神学里智慧预备启示的突现，在历史的进程中，启示的宣告必须通过回溯共同智慧的基底，运用启示希求嵌入的文化的语言资源。启示与智慧于是通过语言构想紧密相连。

在信仰群体讲叙、延续和复述的故事中，通过这些群体从他们的文化中接受的语言和文字，智慧与启示编织共同的叙事，那就是神的启示，透过显明祂能力的民众的人道化，神将自己显现给我们眼见耳闻。启示的语言和智慧的语言回应共同的召唤，一起编织人类更新的故事，人类从中意识到自己在时间和迁移中催生。在标志人类历史的移居人潮中，在必须创造新语言的突破关口，启示与智慧既经受考验，又"变为现实"。

换句话说，尤其是在移居、迁徙、走出一片地域迈向另一片未知地域的经历中，智慧与启示交会为同一个经历。迁徙由紧迫状况引发，反而表明神持续的耐心和每一次在深重危机里开启的机会。从今往后迁徙发生在一个不但有限而且全球化的世界，也就是说地球上任何一地发生的事件都会在相当数量的其他地方引起反馈。因此，迁徙比从前还更加肯定地改变了历史的面貌，不但繁增真实效果，而且繁增语义效果。迁徙于是变成了可以称之为语义地质构造学的作用力：各文化的接触、各宗教的相遇、不同生活方式的对抗、经济制度的交错、冲突的风险或变为现实，或导向协商和交流的新模式。虚拟迁徙和现实迁徙于是协同描画正在诞生的新世界地图，在那里经济和思想的大陆继续碰撞它们正在形成的板块，移居和流亡是神性显露的优选地。

智慧的流动性，启示的开放性

以上过程可以总结延展如下：

我们可以而且有必要确认圣灵在世界智慧的深处做工。只不过同时也应当说，圣灵的工作更多显露在智慧的流动性，而非智慧的断言。这里流动性指的是智慧具备的特质，通过阐释和各部分之间关系形成的"游戏"，智慧能够实现或允许本身的超越。智慧（任何智慧）不是置放于启示面前的"教义汇编"，而是一泷"水流"，冲卷经过反复回顾的经验，将其重构直到投射至现刻的需要。

那些把特定智慧"僵化"，变成某种文化、种族或者宗教身份所特有的固定格言汇编者，同时也背弃了它奥秘的灵感。说到底，当智慧在创世之初覆盖"整个大地"时，它宛如"蒸汽"（《传道书》第24章第3节）一般，这表明了它对边界的藐视和根本的不确定性。智慧的拟人化可能更忠实地反映了所有智慧之所以是真正智慧的缘由：反复回顾的经验在生命的流程中变化和扩展（智慧之子在《箴言》第8章22—31节勾画的过程中变成了工匠师）。这个人首先是一条关系线路，游移并且时而矛盾的线路，反映智慧特有的知识形态。

从这个角度看来，离开了智慧的背景，启示不可能被接受和理解，只有智慧才能提供鲜活阐释的初始线索，让启示得到接受。或者说，让我们借用中国智慧和《智慧篇》里的隐喻，智慧是承载启示的江河水系，通过它启示才能达到内地深处，让土地结出硕果。否定或毁坏智慧系统，等于是让启示变成还未栽种就注定不能结果的树。

换句话进一步说，启示为了被听见和理解，只有通过反复回顾、统整成形的经验，才能保证适合此时此地。只有智慧的现时性内容，和它提供的悠长的叙述情节，才能让启示成为音信，成为福音。

因此，启示之所以是事件，是因为智慧的叙述线索会提供"情节处理"，让发生和宣告的事情成为事件。所以我们不应当说，智慧仅仅在平常的时间才"有用"，一旦危机、事件、意外来临就无济于事。可能上文讲过的"僵化"的智慧确实如此，但是鲜活的智慧，一方面因为融合了不断温习的过往危机时刻的教训，让人能够凭借回忆和过去危机的范例度过当下的危机，另一方面成为判断事件之新的思想背景。

依循这个逻辑，我们不妨把天主教会权威在历史上许可的对启示的阐释当作智慧话语，引导和重新推进福音信息所遇文化和穿越时代特有的智慧阐释。这个视角强调教会权威智慧建构的集体特质，智慧的集体领导特质深刻影响了《圣经》的传统，也阐明了这种智慧话语的逐步建构，如同所有智慧话语，是对经验的回顾，在这里包括所有基督教民的经验回顾。最后，它为两种阐释之间的关系提供了一个模式：教会权威的智慧阐释与各个文化的智慧对启示的阐释和延续，后者也是经验回顾的结果，以此成为普世基督教经验的一部分，因而被教会权威在不同程度上、不同时间里所吸收。

中国智慧，包括经典的诠释和当代的多次重构，成为确认启示持续新鲜的重要阐释资源，根据两个不同的原因：其一，在于这个思想经验的内在本质，它的流动性、谦让性和不断超越性成为其故事的线索；其二，由于中国在当前历史时期的重要性，这一点在神学方面的蕴意还有待探求，30年来全球化与中国的崛起相依相存，以至于这两个现象都不可能离开对方而产生。

重视中国智慧资源将会影响到神学事业的语言和叙事风格，并藉由其他产物，让启示和智慧的语言交汇合一在共同的叙事里，讲述人类绵延不断的故事，人类在移居与全球化的双重冲击下"重新上路"，从持续人道化的角度梦想自身的未来。智慧在今日与其说是对过往的回顾，毋宁说是奔向未来的激情和生命冲动，奔向渴望在万物中向万众启示自己的神。

有光

la nuit
devient
lumière
autour
de
moi

幸福的作家孟德斯鸠

鲁 进

孟德斯鸠是 18 世纪法国一个非常幸福的作家。我不说他是最幸福的作家，也不说他是第一个或者最后一个幸福的作家，在这点上跟在很多问题上一样，有前车可鉴。罗兰·巴尔特在 1958 年的一篇短文中称伏尔泰为"最后一个幸福的作家"之后，他那么显赫的名望也没能阻止不少批评家的反对，因为即使声名远不及巴尔特的人，也不乏人有充分的理由相信自己比他更了解 18 世纪，或者更了解伏尔泰，或者认为"最后一个"的提法未免绝对。当然最重要的区别是，他的文章实际上是在否定伏尔泰，而我是真心仰慕孟德斯鸠。

作为作家，最幸福的事情是在相信自己作品价值的基础上，有充分的时间专心致志地去把它完成。孟德斯鸠深信世间千差万别的法律和风俗背后隐藏着普遍的规律，因此花了 20 年时间退隐去写《论法的精神》。他的身世和家产保证了他自由支配时间的权利，20 年间无需向任何人汇报，不必申请科研基金，也不用卖文为生，光是这一点就够幸福了。尽管这本书被列入罗马教廷的禁书目录，但是照样在法国及欧洲其他国家畅销无阻。巴尔特对伏尔泰的攻击，很大程度上是因为觉得伏尔泰的思想对我们今天的世界失去了指导意义。谁也不能拿这样的话去否定孟德斯鸠，因为三权分立的原则已经成为当今世界上所有民主国家的共识。《论法的精神》的前言，可以说是温和、谦虚和自信的完美结合。孟德斯鸠的人格魅力，在很大程度上使那些即使反对他观点的人，也同时对他表示尊敬。和其他哲学家如伏尔泰、卢梭和狄德罗相比，孟德斯鸠受到的攻击是最少的，这一点达朗贝尔在《孟德斯鸠悼文》中无论怎么夸大也不能改变。连伏尔泰的死敌弗雷龙也一再赞美孟德斯鸠的学术和为人，把他称作真正哲学家的典范。

即使孟德斯鸠只写出了《论法的精神》，那也说得上是不虚此生，可是他在这之前三十刚出头就发表了《波斯人信札》（1721），展示了法兰西文人讽刺轻灵的才华，在18世纪引发出一系列以外国人眼光看法国的信札：中国人信札、犹太人信札、秘鲁女人信札、易洛魁人信札等等。人说模仿是最高的恭维，孟德斯鸠作品的成功可想而知。在《波斯人信札》中，孟德斯鸠巧妙地借波斯人之口对法国的风俗、政治和宗教提出疑问，波斯人提了这些问题以后孟德斯鸠也没有遇到很大的麻烦，因为谁也不能肯定是不是孟德斯鸠自己在提问。有些问题看似调侃，也有些很尖锐。比如郁斯贝克认为人想象神的时候把各种各样的完美属性都堆加在一起，没有想到其中有些属性互相抵消，比如神对未来无所不知的预见性与神的公义之间的矛盾：神既然是公义的，人的灵魂必然是自由的，这样才能对自己的行为负责；人的灵魂既然是自由的，那么在它作决定之前事情根本就不存在，即使神也不可能知晓不存在的东西。郁斯贝克用亚当和夏娃作例子说明神的预知性与公义的矛盾：如果神预先知道亚当夏娃未来一定会吃禁果，那么这个禁令岂不荒唐？从18世纪至今，运用理性思维的人难免会有这类的问题。郁斯贝克最后的结论是我们应当谦虚，神的伟大更让我们意识到自己的弱小，我们没有能力从逻辑上去探讨神的属性，只能在谦卑中敬拜。郁斯贝克／孟德斯鸠的结论是否有说服力，很大程度上在于读者自己的取向。在凡人很难体察的终极层面，时间也许不是直线的。

我个人还觉得孟德斯鸠另一个幸福的缘由，来自于他的至交耶稣会卡斯特尔（Louis Bertrand Castel）神父。卡斯特尔神父是法国文坛一个色彩斑斓的人物，在数学和物理方面都有专长，不但是神学家而且以哲学家自居，我更欣赏他的文采和丰富的想象力（有人觉得这是缺点）。他最有意思的一个想法是为聋人做出视觉的羽管键琴，用色彩来表达音符，让眼睛能看到声音。狄德罗在《聋哑人书信》中提到过他。尽管这个设想始终没有实现，可是我们不能怪他，因为我们今天还是做不出这么一种"乐器"，但是他的构想和19世纪象征派诗人探索的通感（synesthésie）不谋而合，我们可以在想象的世界里感受，即使难以在现实中复制。卡斯特尔神父的思想很活跃，兴趣不限于宗教，参与过欧洲文化生活中的不少论争，似乎已经接近本来比较开通的耶稣会能够忍受的极限。

他们的友谊持续了30年。孟德斯鸠愿意遵循自己所属的社会与宗教的法规，但同时又要尽量保持心灵自由，做到这一点，需要智慧，也是有思想的人幸福的必要条件。卡斯特尔神父在这个过程中起到了不可代替的作用，多次在自己撰写的评论中强调孟德斯鸠对宗教的遵从。孟德斯鸠临终前特意请求让卡斯特尔做自己的忏悔神父。如果他对这个宗教仪式不重视，那么让谁来走一下过场都一样。如果他的思想完全正统，也不必在乎谁来听他的忏悔。卡斯特尔神父为孟德斯鸠的人生画上了一个完满的句号。有条件挑选临终忏悔神父是一件幸事，正好有合适的人选，更为难得。卡斯特尔神父比孟德斯鸠晚出生两个月，在他之后两年就去世了。这样的机缘，既是幸，又是福。

舞在桥上

海洋的感觉

魏明德（张令憙译）

海洋的感觉让喜悦以某种原初样貌，在我们的灵魂中升起；它是神赐予我们的亘古常新的礼物。所有的海洋生态系统都受外在影响、短期阻扰与季节周期所波及，而不断流动变化。居住于环海地带的人们看待世界的方式，必定与在平原、高地或山区安身立命的人们截然不同。突然、出乎意料的变化，孕育了对行径高深莫测的遥远神祇的概念形象；由环境衍生的不确定感，则助长了弹性策略，而非线性思维。这对于海洋覆盖面积大过所有陆地的总和，且其岛屿占了全球 80% 的太平洋地区而言，是再真实不过了。

在太平洋地区，海洋才是大洲：海构成了各种生命形态的自然环境，它也是沟通的媒介。来自东加的作家艾培里·豪欧法（Epeli Hau'ofa, 1939—2009）曾言及"诸岛之海"，一片连接而非分隔的大海，自身即一个活生生故事的大海：因为海洋流动、呼吸于那些从岸上出生的生命体之内，如同盐在海中，血液在身体中。是的，浩瀚无垠的海洋也居于人类身体的狭窄限度内，让人能够深入自我进行内在之旅，就像他登船出发去找寻其他岛民一样。

这一切或许会使我们想起作家罗曼·罗兰与弗洛依德的来往书信中曾提起的"海洋的感觉"（oceanic feeling）。透过这个词汇，他试图精简地传达一种在所有结构化的宗教信仰上，一种悸动的、对于无限的感受。如今，罗曼·罗兰的"海洋的感觉"仅成为宗教心理学历史中的一则注脚而已。弗洛依德对此不太能领会，他回信写道："你悠游其中的世界，对于我是多么陌生啊！神秘氛围对我来说，如同音乐一样门户紧闭。"罗曼·罗兰回复："我难以相信神秘经验和音乐对你是陌生的。我想,其实你害怕它们,只因你希望保留批判理性这项工具不受沾染,完整无瑕。"

由罗曼·罗兰再进一步,可以说:神临在灵魂中,犹如浪潮的凯旋欢声——这里的"犹如"同时具有双重意义:首先,它讲述心灵经验的普世性;再者,它明确神让自己临在人内心深处的方式是无可比拟的。海洋的感觉帮助我们领悟的是:喜悦总以某种原初样貌,在我们灵魂中升起。在我们深处的黑暗内,喜悦成为天光,咏唱与唤起它的,是那永恒却又初始的海洋之动态,是那以颤动却笃定的指头,在沙上铭刻与拭去字迹的浪潮之旋律。终究,海洋的感觉让我们瞥见神在灵魂内诞生的奥秘:一份永恒等待人接受的礼物——而且亘古常新。

美丽与崇高

魏明德(谢静雯译)

"美丽"与人性有深切的关系;"崇高"要我们面对的是超越人性与人性背面的事,包括我们源自的动物,以及我们渴望成为的神圣。

人类是美学的动物。当人物、生物、物件、思想、演出、音乐与风景能激发想象力、回忆与所有感官的时候,人类会抱持着思索与欣赏的兴致,并且从中获得欢愉。他会把这样的欣赏化为内在生活的驱动力,同时透过美学能力的操练,使得内在生活更具深刻意义。欣赏美,投注时间在美的沉思上并进而改变自我,也能让人获得灵性养分与洞察力。

美可以改变人类,这一点早已深受肯定,长久以来在各个文化里也以多种形式备受称颂;可是,美并不会凭空产生,而是需要将时间投注在沉默与专注中,才可能获得。因此,美是种脆弱的力量;欣赏美的能力应该一代接一代受到培养。我们也必须有这样的认知:美不只是久远的古老事物,有些美的形式更会以我们身处的时代与环境为根据,直接诉诸感官与理解力。

可是，到底什么是美？希腊哲学家与其后的众多思想家，通常会把两种美学情绪区分开来，可粗略地分为"美丽"与"崇高"。美丽指的是，我们对引起共鸣的事物加以掌握与理解，因此激发出美学上的欢愉感。我们欣赏一首乐曲的美，是因为我们了解它的编曲技巧有多么高超，而且能够拿它跟其他作品进行比较。呈现在眼前供人欣赏的画作、珠宝或花瓶，我们会赞赏其中的技艺。在西方文化下，人们会以某种美学标准（例如浪漫派、现代派、古典派等等）为依据，赞美爱恋对象的脸庞；而人们是通过教育与旅游才得以认识这些标准。这就是为什么面对陌生文化的艺术作品，我们有时会很难欣赏或引起共鸣。

崇高则是种情绪，能唤醒这种情绪的有：（一）神秘感；（二）顿悟自己无法彻底掌握或理解某种特定思想、某艺术作品与风景为何会如此存在。崇高的情绪，并非来自于认出美学典律所获得的快感（美学典律是通过学习来加以掌握和欣赏的），而是来自我们所思索的物品在感官上留下的强烈印象。崇高与震撼有关，有时也跟恐怖、生死挣扎、在我们内在与周围运作的原始力量有关。美丽与人性有深切的关系，但崇高要我们面对的是超越人性与人性背面的事，包括我们源自的动物，以及我们渴望成为的神圣。

美学情绪的光谱有各种不同阶层，据此构成了我们的人性：追求理性，也追求超越理性与理性背面的东西；人类以受托主宰大自然的任务为荣；我们既是大自然的开发者又受其哺育，这事实虽然强大，但对我们来说却是一种无意识的记忆，我们因而渴望神的境界，是神创造我们成为今日的模样，并召唤我们超越自我的界限。

灵与美的合一

美的显现

鲁进

如果生命如永恒之一日
如果人世间旋转的年岁
驱走每日后再不能返回
如果有生之物必然消失

你在想什么,我被囚之魂?
为何眷恋这幽暗的所在
如果能飞向明亮的天外
凭借你背上的羽翼在身?

飞向那精神渴望的居所
飞向那人人神往的安宁

舞在桥上

那里有真爱,那里有奇乐

啊我的灵魂,飞向天之顶
在那里会认出美的理念
是我今生爱慕你的显现

——杜贝莱《橄榄集·理念》

  柏拉图想把诗人驱逐出他构想的共和国,杜贝莱却用不朽的诗篇展现阐释了柏拉图的美学思想,从某种意义上说,也讲述了我一生的故事。透过朦胧模糊的记忆之光,在专注静观与投入深化的过程中,美在我的生活中显现。关于美的起源和依据,无数美学家提出过无数学派,不能说最新的就是最正确的,我也不能从理论上证明我的选择,只能说,杜贝莱诗意的阐释,符合我的性情、直觉和想象。我们对美的理念只有局部的感知,所以艺术家往往会提出与前辈相反的主张,所有的定义都会被后来的思潮推翻。美的共性并不在于我们能用现成的语言作出统一明晰的定义,而在于每个人都能够用自己的心灵去体验和领受美的理念在我们生命中的显现。当人们为理论争论不休的时候,也许只有艺术的感触,能让我们管窥什么是美。我们最好不要用自己的管窥去反驳别人的管窥。当我们设法把各人特殊真切的体察编织汇总在一起时,我们也许更能接近美的理念。

  小时候看过一部香港电影《屈原》,那时好电影少,所以至今还清楚地记得一些片断。里面有一个美丽的女子叫婵娟,她弹着古筝唱了一首我印象很深的歌《橘颂》。那时没有任何音乐素养,印象中是第一次听见古筝,但是立刻就喜欢了。这是我很早的一次美的体验。相信婵娟的琴弦,当年曾经打动过许多和我一样的爱美者的心。美的共性不仅在于有多少人喜欢同一部作品,也在于我们对艺术直觉的欣赏,在毫无准备和培养的情况下,初次的体验,旁证美的普遍性。我喜欢婵娟,不仅因为她长得美，因为电影女主角基本上都有美貌的特质，更因为她的才艺和心灵，在电影里这个虚构的角色是屈原的学生，而且比宋玉更有悟性和操守。我自己的生活中那时没有仰慕过谁，但是看得出，婵娟仰慕屈原，她误喝了南后预备害死屈原的毒酒，临死前说真高兴，能用自己微小的生命换得他在世间伟大的存在，我理解她的感情。当艺术让我们超越自身处境的限制，感受自己从来没有体验过的心绪，这也体现出人类经历的共性。不用说，屈原不管诗作还是人品都值得我们崇拜，《天问》里面至今还有我想探询的问题。不过仰慕一个春风得意的名人比得流感还容易，仰慕一个穷途潦倒的人，内心需要有自己的天平。婵娟死了，我哭得很伤心，那时候还不知道根据一种美学理论，悲剧就是把美好的东西毁灭给人看，但我依然体验了悲剧美的效果。我也喜欢过何仙姑。何仙姑和婵娟一个飘逸出世，一个美如朝露，各自不同的美恰似两根不同的琴弦在同一颗心里回荡。屈原的《橘颂》和电影插曲我一直喜欢，尽管这一生曾经想做橘树而不得，虽有"深固难徙"之感，却不敢以"受命不迁"自居。但是不管走到哪里，还是可以想象心里一直有一棵橘树。

80年代初在北大的时候，法国在中国美术馆举行了一次空前的大画展，那次画展上我最喜欢的画是科罗的《蒙特芳丹的回忆》。我觉得自己喜欢这幅画是因为它描绘了我心灵神往的景色。当时能够读到的有关科罗的材料，比如说属于巴比松画派、现实主义画风、注重描绘大自然等，都是有用的知识，但都不能成为审美体验。尤其是科罗这幅画，既然是回忆，就不可能完全写实。那是一个笼罩在水光与雾色中的温馨回忆，湖面映照出淡绿色的树影，一个年轻妇女带着两个孩子在森林里不知在采摘什么，人在画面中占的比例很小，但是在朦胧的光中和大自然有着和谐的关系，静谧的景色中只有他们在从容地活动。这幅画里也有一丝淡淡的忧郁，这一点可能是我自己加进去的，不过感觉回忆中有忧郁，从道理和体验上说，都有明显的依据。这幅画喜欢的人很多，也许他们都在自己的心灵里描绘它，闭上眼睛凝视它。如果能够读他们个人特别的体会，会比读正统的艺术史享受到更多美的体验。

我对"正统话语"的距离感从某种程度上成为后来做研究的原动力。硕士论文选题的时候，我想研究一个20世纪的法国女小说家，当时把所有范围以内的作家都浏览过，也读过相关的文学史，最后选定科莱特的《青色的麦苗》(*Le blé en herbe*)，因为我的阅读体验不但和文学史上的简介有相当出入，而且与我自己事先的设想大相径庭。《青色的麦苗》和中文的"青梅竹马"差不多的意思，是一个初恋的故事，人们也常常将这部小说与古希腊小说家朗古斯的《达夫尼与克珞艾》相比。我没有办法看希腊小说的原文，幸好科莱特本人也没有，但是研读了法国16世纪作家阿密欧的译本。的确，科莱特的小说在基本情节梗概和人物关系上与朗古斯的作品有类似的地方，但她的现代性恰恰体现在对故事和人物关系全新清醒的审视，反映出走出人类童年后对相似的感情局面更成熟的体认。我的论题就是她如何通过语言运用、人物塑造、情节处理和叙述角度方面的距离化态度，达到对情感世界的探索与发现。为了准确地描述复杂的情感世界，她避免用现成的语汇和套话，时而借用表现自然世界的词汇，时而运用不常用的组合更新读者的感知。对语言表达功能的探索，是我后来喜欢的其他作家具有的共同特质。只有承认人类语言局限性的作家才会去探寻种种途径，让语言表达超出寻常语境的涵义，语言才能和音乐、绘画一样成为一种艺术。

当我在文学研究方面渐渐入门的时候，我也意识到，尽管我们对美都有直观和即刻的感受，如果在增加知识的同时加深思索，对美的契悟就会更深刻。我们都有体验美的潜能，但是懂得专注的人，有更丰富的发现和感受。当人们长久不再关注美时，他们的审美功能就会变得麻木迟钝。在专注中思索，我们就能在生活中唤回更多美的显现。瓦莱里的诗《脚步》就描述了诗人静默专注的境界：

你的脚步，我静默的结晶，
圣洁缓慢地踏近，
向我警醒的床边
无言冰凉中缓行。

纯洁的生命，神妙的身影，
多么轻柔，你悄然的脚声！
天神！……我冥冥中预想的赠品
尽在你裸足中向我降临。

如果，从你伸出的双唇
你要安抚
我思想的寓居人
预备亲吻的食物

不要仓促完成这温柔的赐予
这欲来又止的甘露
因为我用生命等待你
我的心跳是你的脚步

  我从小就喜欢音乐，包括声乐，尽管没有机会接受任何训练，连简谱都是自己琢磨出来的。那时音乐对我来说，表达印象、思绪、故事、情感、图像，那种欣赏很随性，对音乐的特质不大关注。我女儿六岁的时候开始学钢琴，我就这样自己也拜师求学，可能因为算是个好学的人，而且对做母亲的种种职责都很投入，居然发现对钢琴很着迷，以至于好些朋友对我说，你这么喜欢，为什么不早点开始学？问题是我事先没有预想到自己会有这样的意愿。没有按图索骥，才领受了不期而至的喜悦。我那么晚才学琴，对自己的演奏水平没有奢望，但是每一个曲子都是和以往作曲家的对话与交流，体会每一个音符从指尖流出合成的音流，调动过往经历的相关感受。自己会弹琴以后，听音乐的时候就比以前更加专注，更知道倾听细节，对音乐的和声、节奏和结构也更加明了，连读诗都比以前更有心得。再听自己会弹的曲子，会有更细腻的领略，更能欣赏音乐家的阐释。亲自动手和参与，加深了美的体验。所以当我开始在自己的花园中照料许多花草树木以后，对植物世界和园艺的感知契入，比以前游览花园时，体悟更加真切。当我离开人世的时候，也许眼睛已经不能看见，也不知道会记得哪一种语言，但我希望耳边回旋着自己一生听过的最美的乐声，愿它们伴我走向那个难以言说、不可思议的至高世界，在那里我会找到今生隐约模糊中感受过的美的理念。

追随自由的风

魏明德

1990年，我开始学书法。三年之后，我的兴趣拓展到中国现代水墨画领域。早在学书法前，我梦想投入中国的书画世界，大约梦想了三年。1987年，当我第一次到中国大陆旅行时，买了一幅书法作品，上面是《孙子兵法》战略的四个字："风林火山。"

这四个字来自《孙子兵法》第七章军争篇："故其疾如风，其徐如林，侵略如火，不动如山。"有人将书法家比喻为军队的将领，必须熟知如何占领空间、摆阵，并懂得掌控阵式移动的节奏。这也表示所有的艺术家都应该知道风的不定、林的繁密、火的猛烈与山的沉稳。

艺术伴随我，生命的转化过程

从这一刻起，我的心中似乎响起某个声音，告诉自己："我将成为书法家。"这个想法打乱了我原有的逻辑，因为我的手很笨拙，这早是众所皆知的事。在那个年代，我正经历一段内心的转化，让我做出人生中重大的决定，中国艺术的表达形式引发了我内心丰沛的情感，正伴随着这个转化的过程。

这是我愿意与大家分享的经验，也许过于主观与片面。不过，我不只是要说自己的故事，我要说的是在我的生命与作画经验中，我的目标、领会以及我选择的道路。我无意独白，而是希望和路途上相遇的友人继续对话，同时陪伴友人继续追寻。

视力与听力的障碍，比不过笨拙的手

打从童年起，我的视力就很差。念小学时，我坐在第一排，还是无法抄写黑板上的字，差不多要贴着黑板才有办法读。而且，我只有一只耳朵听得见。幸好我有父母的不断协助，还有老师们的真心谅解，视力与听力的障碍才没有对我造成很大的困扰。

对于极度近距离的东西，我没有视力的问题，所以我嗜书如狂。在课堂中，我开始眯起双眼，顺利地记下老师讲的话。小学上课时最大的问题，是我写的字。念小学的前几年，我写字必须用墨水和沾墨钢笔，而我的笔记簿上总会被我挥出可怕的黑点，让我得到很低的分数。笨手笨脚的我弄得满手油墨，还要拿浮石用力搓洗才能洗净。

从迷墨到舞墨，心灵自由的起站与靠站

30岁左右，第一次有机会写书法，我感到快乐无比。我终于可以在纸上尽情挥洒，而且乱墨也有可能变得很美。墨水对我来说，一度是令人敬而远之的东西，只要一靠近，就会弄得全身黑，四处墨。中国的书画世界里，墨随笔运，留下的就是水墨的痕迹，没有脏不脏的问题，画的美丑端看个人心手的节奏。在早期畏惧墨水的心理下，其实墨对我还是有一股无言的魅力。在我十二三岁时，我记得看过一幅雨果（Victor Hugo）的素描，奇山上耸立着阴暗的德国城堡，令我深为着迷。

舞在桥上

　　心灵的自由是一条无止尽的道路，我在水墨与书法中的发现，只是这条路途中的一站，但也是极具象征意义的一站。有一天，有人告诉我："孩子，过去的我希望成为一个圣人，但是现在，我只想成为一个自由的人。"这句话在我的心田深处低徊不已。

　　怎样才是一个自由的人？自由的人不容易被描绘，不容易被定型。不定的特性或许是自由不可或缺的一部分。但我仍然大胆提出个人的看法，帮助大家进入我所要谈论的心路历程。

内心世界直觉的印记

　　自由的人说话。他不需要说太多话，不一定用嘴说。通过众多的表达语言，他全心去表达他的想法。他说出的每一句话都是他感受到的生命中最深刻的点滴，这些生命的印痕有时轻淡飘忽，有时沉重强烈。自由的心表达出来的语言，就像书法作品，可以见到缓重轻急的对比。言的墨不在乎丑，它是内心世界直觉的印记，正如老子《道德经》第八十一章所说的："信言不美。"

自由的心与万物合一

　　自由的人是个活着的人。他不会无动于衷，不同于行尸走肉。他痛苦，他激动，他渴求，他快乐。外在环境的人来人往、一事一物、一石一木在他的心中留下印记，但他有取舍，有愤慨，有赞赏，而不失衡。生命的律动在他心中日益蓬勃，直到四海为家，直到他的心与穷人、富人同在一起，直到他的心与本国人、外国人同在一起，直到他的心与万物合为一体。内心的宽广容纳天地万物。自由的心不会分裂，感受天地万物的同时，自然地走向整合的境界。

　　艺术旅程对我来说，就是一种心灵体验，让我找回内心道路中的某些事物。中国绘画理论中所谓"一笔画"，就是表达了一心的自由。一笔画就是通过外在形形色色的万象，用心的眼光观照而成的艺术风格。

在对话的律动中创造

自由的心具有感染力。自由的心灵折服他人，使他人的心中出现新的语言。有的人产生自卫的心理或是为反对而反对。自由的人与自由的人能自然结交为朋友，共同创造新的团体。封闭自我的人无法变成自由的人。通过语言的交换，自由在日益茁壮的律动中被共同分享。我的自由很有限度。比一般人值得庆幸的是，我了解自己内心的困顿。我感受到自由的味道与追求内心自由的强烈渴望，我本能地追随自由的味道，在这样的本能下，我才得以继续我的道路。

我们必须懂得分辨什么是艺术家的自由眼光。艺术家应是用自由的眼光看待世界。如果一个艺术家的创作不是源于内心的本源，有何乐趣可言？一件艺术创作会告诉我们，艺术家的心如何与天地万物的心相会，艺术创作也会表达出天地万物的心如何转化成艺术家的心，艺术家的心又如何转化为天地万物的心。

永不止息的呼唤与过渡

艺术创作如同自由的心一般是具有感染力的，它邀请观画者品尝创作者的自由。艺术创作是自由眼光的表达，表达了一段永不止息的过渡：从受困到解脱，不断重新开始、不断深化的过程。艺术家不自由，他因转化而得到自由。艺术家时时刻刻憧憬着自由，他通过一件件创作，将自我解放的道路越走越长。这就是为什么每一件创作都是必要的，因为每件作品都说明自由不是一个稳定的状态，自由是一个过渡。艺术家的每件创作都是对观画者的一个呼唤，一旦艺术创作唤醒观画者内心自由的律动，是否回应这股律动将是观画者的决定。

从受缚到解脱的过渡，有很多种方式去体验以及重新体验，我自己采用的方式是遨游于中西文化间的艺术创作。我们不能论定西洋文化代表束缚，而中国文化代表自由；反之亦然。从一个文化模式过渡到另一个文化模式的过程本身即是自由的见证。更精确地说，通过每幅艺术创作，中西艺术的交融见证了一条道路，这条道路会让创作者的自我更体会到自我的一体，内心获得更宽广的自由。我从来不担心我的创作是东方的还是西方的，我选择对我最美好的部分，凭着直觉，心随意动。我创造，所以我新生。

第一次脸庞的消失，最初"生心"的一刻

无时无刻体会到心的诞生。自由、一体、诞生。心一旦不自由，困于技法，复制风格，碍于名声，滞于传统，自缚于市场，受限于情结，心将无法诞生。《金刚经》有句话说："应无所住而生其心。"每当创作时超越囚困的心，就会体会到"生心"。我们若因此走出困境，将不只为个人"生心"。凡是超越己身的，领先己身的，与每一个人息息相关的，我们将会赋予"生心"的力量。

法国名画家苏拉吉（Pierre Soulages）有句话我非常喜爱，他说当他作画时，他在窥探。他在窥探什么？他窥探"元始的时刻"。什么是"元始的时刻"？我们很难定义，那是一个过渡：从事物过去不曾有的意义到事物产生意义的过程。人类第一次画出或雕刻出的脸庞，那是"元始的时刻"。第一次出现在雕像上的微笑，那是"元始的时刻"。肖像第一次脱离写实的形象，那是"元始的时刻"。每个人都可以自己的方式来重新感觉并创造第一次出现的脸庞、第一次出现的微笑，甚至是第一次脸庞的消失。水墨画从山到人、从人到山之间不断转变的过程中，画家第一次意识到元始的真气时，贯穿所有万事万物的时刻。

与风共游，生命的律动不停留

苏拉吉也说，有一天当他在准备雕刻铜版时，他尽全心去窥探，试图在雕刻的过程中寻找最深的黑色。当他奋力地凿刻，最后他找到了白色。从最深的黑色转化为白，最白的颜色转化为黑，这样的过程也是"元

始的时刻"。那是我们心中生命不断延续的动力，内在生命的节奏，停滞于黑或是留恋于白都阻碍了心中生命力的律动。宇宙万物被映照于心，流动于心，不滞不凝，这样的人是自由的人，具创造性的人，因为他尊重心中的自由。

某天，有位记者一直问我，想了解我这一生中想做什么？我为什么画水墨画？我想不想成为大师？她很尊敬地问我，而且很认真地等待我的答案，就在这个时刻，有个完整的答案脱口而出，一个真正的答案，只能回答一个好问题的答案，却超越以往所思所想。

我回答说我生活的目标，就是"追随风"，与风共游。当我说出这样的话时，自己也很惊讶。后来我反复思考我所说的话，才明白原来自己一直背离这样的目标，常徘徊在不该停留的地方，想将风挽留在风柜里，或是企图驾驭风的方向。但是我终于了解，追随风才是我真正的欲求。

聆听风，自由的种子随风茁壮

与风共游不是到处漫游，与风共游是去聆听。聆听真气的力量，那是一股超越你个人之上的、环绕你的、让你产生转变的力量。聆听奥秘的声音。风是宇宙心灵的声音。聆听风，就是重新找回心中真气的声音。与风共游就是让内心自由地成长。自由是吊诡的。自由端视个人的决定，我决定追随风，献身给风：我信任超越我之上的真气，因为我相信它住在我的心中。

自由的人不会成为自由的俘虏，他以谦逊的心灵态度看待自由，而且知道自由会超越自己，并不是他的功德使他得以与自由相配。他心中的自由会像一粒种子，长在未知的田里，随风茁壮。自由会在他的心中生活、成长。

艺术家不会浪费时间用创作来声明自己获得自由。艺术家的自由是一个空间，从而会出现一个新的眼光，这个眼光也许会打乱他原有的秩序，打乱观画者原有的秩序。自由是他的眼光。眼光是他的自由。

解放记忆，新光照亮过去的深邃不可知

为了在作品中表现自己创造的自由性，艺术家首先必须解放自己的记忆。我们常成为记忆的囚犯。有些过去的印记或记忆是我们没有勇气承认的，有些日常的印象与隐约的记忆，我们无法清楚地理解它们的震撼与美丽。

创造的工作解放记忆，给予记忆新的色彩，新光照亮过去的深邃不可知。当我开始画中国山水时，我才明白法国的景色是怎样活在我的记忆里，也才明白法国对我是多么充满怀旧与亲切的色彩。当我试着去画中国的景物时，我解放了我的记忆，我重新发现一个隐藏在记忆中的法国。也许我们需要一段距离、一点空缺，隐藏在记忆中的生命反而明朗清楚。

"玫瑰花没有为什么。""留心"，仔细留心奥秘，因为奥秘"没有为什么"。"平心"，在创作的过程中，不将作品视为己有。在寂静、黑夜、专注中创作。"生心"，让穿越个人的真气在心中开辟一条崭新的道路。最后，我们将散发出"没有为什么"的光亮。